VORAZ

SÉRIE QUANTUM — LIVRO 05

MARIE FORCE

Voraz
Série Quantum — Livro 05
Marie Force
Publicado por HTJB, Inc.
Copyright © 2016 por HTJB, Inc.
Copyright da tradução © 2019 por Andreia Barboza — Bookmarks Serviços Editoriais.
Copidesque da tradução: Luizyana Poletto.
Capa criada por: Moonstruck Cover Design & Photography
Capa criada por: Kristina Brinton

ISBN: 978-1950654444

A melhor maneira de manter contato é assinar minha newsletter. Acesse marieforce.com e se inscreva na caixa na parte superior da tela que pede seu nome e-mail. Se não receber mensagens regulares, verifique seu filtro de spam e configure seu e-mail para permitir o recebimento dos meus e-mails, assim você não irá perder lançamentos, a chance de participar de sorteios ou, quem sabe, uma possível visita minha em sua região.

Assine o meu blog para receber novidade, incluindo sorteio de brindes e outros ótimos prêmios. Vá até o blog e insira seu endereço de e-mail no lado superior direito.

Série Quantum

Livro 1: Virtude (Flynn & Natalie, parte 1)
Livro 2: Valentia (Flynn & Natalie, parte 2)
Livro 3: Vitória (Flynn & Natalie, parte 3)
Livro 4: Arrebatador (Hayden & Addie)
Livro 5: Voraz (Jasper & Ellie)
Livro 6: Delirante (Kristian & Aileen)
Livro 7: Escandaloso (Emmett & Leah)
Livro 8: Fama (Marlowe)

SINOPSE

Ela quer um bebê. Ele a quer. Simples, não é?

Ellie Godfrey beijou sua cota de sapos. Na verdade, foram tantos que ela teme não reconhecer o príncipe se e quando ele finalmente aparecer. Cansada de esperar pelo CARA CERTO, Ellie decide ter um bebê sozinha, antes que seja tarde demais.

Quando Jasper Autry fica sabendo do plano de Ellie, o que mais ele pode fazer além de intervir e se oferecer para *contribuir* com o projeto? Isso faz dele um oportunista? Que seja. Ele deseja Ellie Godfrey, a garota que sempre esteve fora do seu alcance, e quando vê uma chance, resolve aproveitá-la. O fato de ela ser a irmã do seu amigo e sócio, Flynn, o faz pensar duas vezes, mas isso não o impede de ter o que quer.

Enquanto Jasper e Ellie embarcam no *projeto secreto*, ele deixa claro que enquanto estiverem juntos, ele está no comando — no quarto, pelo menos. Após a transa mais sensual da sua vida, Ellie percebe que fez um acordo com o próprio diabo.

Aviso: Se você não gosta de mocinhos desbocados que gostam de sexo com pegada e erotismo, este pode não ser o livro certo para você... contém cenas BDSM quentes e sexys, entre outras coisas, que podem não agradar a quem tem um coração frágil. Leia por sua conta e risco e divirta-se!

Série Quantum

Livro 1: Virtude (Flynn & Natalie, parte 1)
Livro 2: Valentia (Flynn & Natalie, parte 2)
Livro 3: Vitoria (Flynn & Natalie, parte 3)
Livro 4: Arrebatador (Hayden & Addie)
Livro 5: Voraz (Jasper & Ellie)
Livro 6: Delirante (Kristian & Aileen)
Livro 7: Escandaloso (Emmett & Leah)
Livro 8: Fama (Marlowe)

Ellie

Enquanto todos comemoram o noivado de Hayden e Addie, saio pela porta lateral, pois preciso de um pouco de ar fresco depois de assistir o encontro emocionado entre Addie e o pai. Ele finalmente aceitou Hayden. Estou muito feliz por eles. Acho que os dois são ótimos juntos, e Hayden precisa de alguém como Addie para mantê-lo firme e bem. Sem mencionar que depois de ter sido criado de forma vergonhosa, ele merece ser o amor verdadeiro de alguém.

Enquanto caminho até o final do deck da piscina na casa linda do meu irmão no México e olho para o mar lá embaixo, não posso deixar de me perguntar se mereço o mesmo. Ver meu irmão, Flynn, se apaixonar loucamente por Natalie e agora Hayden e Addie, que saíram de um beijo inesperado no Oscar, há algumas semanas, para ficarem noivos, me faz começar a questionar se minha vez vai chegar. Minhas duas irmãs estão casadas há anos com caras ótimos. Durante muito tempo, Flynn e eu fomos a resistência da família Godfrey, mas agora ele também foi para o lado negro.

Embora eu imagine que não seja realmente o lado negro, se o sorriso constante, feliz e bobo em seu rosto dê qualquer indicação de seus verdadeiros sentimentos sobre amor e casamento. Natalie é a mulher ideal para ele, e estou muito feliz pelos dois. Eu costumava me preocupar com o fato de que ele nunca fosse encontrar alguém verdadeiro ou sincero em Hollywood. Mas Natalie é tão sincera quanto possível, e eu a adoro. Assim como a família inteira. Todo mundo está feliz.

Isso me deixa como a única Godfrey ainda solteira. No casamento de Flynn, ouvi minha mãe dizer a alguém que estava orgulhosa de mim por me concentrar na carreira. Minhas irmãs têm carreiras de sucesso: Aimee é dona de um estúdio de dança e Annie é advogada — e as duas têm famílias lindas. Elas fazem parecer fácil, quando sei que é exatamente o contrário.

Annie e Hugh estão juntos desde o ensino médio e Aimee conheceu Trent na faculdade. Flynn se casou aos vinte e poucos anos com Valerie, a bruxa, como a chamamos desde que ela quase arruinou a vida do nosso *querido* irmão com sua desonestidade. O casamento durou pouco tempo.

E eu? Nunca cheguei perto de me casar. Verdade seja dita, nunca nem cheguei perto de estar apaixonada.

Homens são um mistério para mim. Não importa o quanto pareçam legais, sempre há um lado ruim. Namorei caras que eram bonitos, charmosos e diziam todas as coisas certas, só para descobrir que estavam fazendo o mesmo com várias mulheres — ao mesmo tempo. E tem o antissocial. Você conhece o tipo: tem que arrancar cada pensamento dele, porque Deus os proíbe de compartilhar algo voluntariamente.

Namorei *bad boys*, aqueles que fazem o coração de uma mulher acelerar antes que seu lado malvado evolua para um comportamento regular, o que desanima instantaneamente. Tem também os medíocres com fobia a relacionamentos, aqueles que falam desde o início que não querem sossegar — nunca. Por que deveriam, se podem ter uma mulher diferente a cada noite?

Recentemente, tive a infelicidade de me misturar com um tipo completamente novo quando achei que já tinha visto de tudo. Sabe do que aquele cara estava atrás, além do óbvio? Ser apresentado ao meu irmão famoso. Sim, ser usada para chegarem ao meu irmão é um saco e, francamente, ele me fez desanimar de encontros em geral. Prefiro ficar sozinha para sempre do que me acostumar a ser usada para que se aproximem dos membros famosos da minha família.

Pelo menos, é o que digo a mim mesma... vejo meus sobrinhos adoráveis, meus ovários explodindo com o desejo de ter um filho e me lembro de que não estou ficando mais jovem. Em breve, estarei com trinta e seis anos, o que não é considerado velha para os padrões de ninguém, mas meus óvulos estão correndo contra o tempo.

Agora, um pensamento otimista.

Estou pensando em ter um bebê sozinha. Por que não? Estamos no século XXI, afinal de contas, e tenho amigas que fizeram isso. Uma das minhas amigas da faculdade teve gêmeos sozinha e conheceu um pai solteiro dois anos depois. Agora eles estão casados e encantados com a família que formaram juntos.

Não que eu ache que ter um bebê melhoraria minha sorte no amor, mas estou cansada de esperar por algo que, provavelmente, não vai acontecer e não quero acordar um dia, depois que o meu tempo acabar, e perceber que perdi a oportunidade de ser mãe.

Cheguei a pesquisar o que era preciso, e minha médica está disposta a me ajudar a realizar meu desejo. Devo me consultar novamente com ela quando voltar do México e o pensamento de concretizar esse projeto faz minha pele formigar com excitação, medo e um milhão de outras emoções. Não contei a ninguém, nem mesmo às minhas irmãs, que, geralmente, sabem tudo, mas acho que terei que conversar com meus pais antes de continuar com essa ideia.

Rio ao pensar em aparecer na casa dos meus pais em Beverly Hills, 36 anos, solteira e grávida.

— O que é tão engraçado, amor? — Uma voz pergunta atrás de mim. E não é qualquer voz, mas a voz de derreter calcinhas, com um sotaque britânico que me faz querer desmaiar toda vez que estou perto dele. Uma vez pedi para que ele lesse *A noite antes do natal* para minha família, só para poder ouvi-lo dizendo aquelas palavras conhecidas. Meu único arrependimento é não ter pensando em gravá-lo.

Me viro para encarar Jasper, amigo íntimo e sócio do meu irmão, que também se tornou um grande amigo desde que comecei a trabalhar como gerente de produção na Quantum. Jasper... alto, loiro, musculoso de um jeito esguio, pecaminosamente bonito, talentoso ao extremo e um mulherengo da mais alta ordem. Ele é o famoso "pote de mel" quando se trata de mulheres, atraindo-as com tanta facilidade quanto respira. Por falar em homens que nunca vão se contentar com apenas uma quando podem ter todas, Jasper Autry se encaixa perfeitamente neste perfil.

— Estava pensando em algo engraçado que aconteceu em casa — digo em resposta à sua pergunta, porque não posso dizer a ele que estava pensando em cronômetros e ciclos de ovulação.

— Quer compartilhar a piada?

— Foi algo com as crianças que só teve graça na hora.

— Ah, entendo. — Ele me entrega uma das duas mimosas que trouxe para fora.

— Obrigada.

— Disponha. — Seus olhos castanho-dourados estão sempre cheios de malícia, como se ele tivesse um segredo enorme que está morrendo de vontade de me contar ou, pelo menos, é o que parece. Agora não é diferente. Aqueles olhos incríveis estão cheios de alegria. — Que tal o nosso menino Hayden e a nossa adorável Addie? Tenho que dizer que nunca pensei que o veria tão... domesticado.

— Ele está feliz — falo em tom mais brusco do que pretendia. — Não há nada de errado com isso.

A testa de Jasper franze em resposta ao meu tom. Ele não está acostumado com as mulheres falando de forma direta com ele. O normal é que elas deixem a calcinha cair aos seus pés ao invés de responder a ele.

— De fato, não há nada errado.

— Me desculpe. Só quis dizer que é bom de se ver. Só isso.

— Acredite ou não, eu concordo, mesmo que meus camaradas estejam caindo como dominós nos últimos tempos.

— Você pode não querer beber a água daqui.

— Beber água nunca é uma boa ideia no México.

Começo a rir, o que não me surpreende. Ele me faz rir com frequência. Sua incessante e espirituosa interpretação sobre a vida é uma das muitas coisas que gosto nele.

— Não pude deixar de notar que você parecia muito pensativa aqui sozinha, olhando para o mar azul profundo. No que estava pensando, amor?

Deus, quero contar a ele. Quero contar a alguém e por que não a Jasper, um amigo em quem confio para manter minhas confidências em segredo? Ele não é da minha família. Não é uma das minhas amigas que tentaria me convencer a não fazer isso, dizendo que o meu sr. Certo vai aparecer em breve. Na verdade, ele pode ser a pessoa perfeita para testar essa ideia.

— Se eu te contar, promete não dizer uma palavra a ninguém, especialmente ao Flynn?

— Claro que não vou contar a ninguém. Não vamos nos esquecer que você poderia me arruinar com os segredos que guardou ao longo dos anos.

— Isso é verdade.

Ele me pega pelo braço e me leva a uma das espreguiçadeiras duplas no deque da piscina.

— Entre no meu escritório. Minha consulta inicial é gratuita, mas só para os melhores amigos.

— Você é charmoso demais.

— Minha mãe diz a mesma coisa. Digo que sou charmoso o suficiente para o meu próprio bem.

Revirando os olhos para a sua indignação, me acomodo na espreguiçadeira e tomo um grande gole da bebida, buscando a coragem necessária para falar.

— Agora me conte esse segredo profundo e obscuro antes que eu morra de curiosidade.

Com o momento da verdade na minha frente, me sinto muito nervosa. Essa vai ser a primeira vez que vou dizer as palavras em voz alta para alguém importante para mim.

— Estou pensando em... não, espere, isso não é verdade. Não estou mais pensando no assunto. Vou fazer mesmo.

Suas sobrancelhas arqueiam e juro que ele para de respirar.

— Vou ter um bebê.

— Você... — Seu olhar cai para o meu abdômen liso. — Como... você já está... Ah. Bem. Então está bem.

Não posso deixar de rir da gagueira em seu comentário.

— Não, não estou grávida no momento, mas espero estar. Em breve.

— Perdoe-me por perguntar o óbvio, mas não posso deixar de notar que você parece estar solteira. Então quem é o sortudo que vai ser pai do seu filho?

— Não sei ainda. Isso é parte do que tem que ser decidido quando eu voltar para Los Angeles. Tenho milhares de homens para escolher e tenho que decidir se prefiro beleza a inteligência, ou talvez eu dê sorte e encontre os dois em um doador.

Ele fecha os olhos e suspira.

— Ellie... — Abrindo-os, ele olha diretamente para mim e diz: — Pelo amor de Deus e por tudo que é mais sagrado, você *não* precisa recorrer a um banco de esperma para encontrar um pai para o seu filho.

Isso me deixa com raiva.

— Quando você é uma mulher solteira e quer ter um bebê, precisa *recorrer* a um banco de esperma.

— Você, baby, poderia ter qualquer homem que quisesse.

— Isso não é verdade. É diferente para as mulheres. Não podemos sair por aí e pegar todo mundo sem ficar mal falada, especialmente quando se tem pais e irmão famosos. Não é tão fácil quanto você pensa.

— Realmente não pensei por esse ponto de vista. Posso ver como a fama por osmose pode representar certo desafio. E, à propósito, *não saímos por aí e pegamos todo mundo,* como você diz.

— Como você chamaria então? — pergunto no meu tom mais divertido.

Um sorriso encantador ilumina seu rosto lindo.

— Ter um pouco de diversão?

— Tentei isso. Não foi tão divertido assim. Estou cansada de esperar que um raio me atinja. Quero um bebê e estou ficando sem tempo para fazer acontecer. Vou realizar meu desejo. — Em algum momento, durante aquela viagem para o México, meu plano mudou de *talvez* para *definitivamente*.

— E tem certeza de que quer fazer assim?

— Tenho certeza de que este é o único jeito de fazer, tendo em vista a minha condição de eterna solteira.

— Não é o *único* jeito.

Estou quase com medo de olhar para ele e quando o faço, o olhar perspicaz que ele me dá faz minha pele se aquecer.

— O que você quer dizer?

— Você poderia pedir a um velho amigo que seja, ao mesmo tempo, bonito *e* inteligente, para não mencionar incrivelmente charmoso, que forneça o "capital" inicial que você precisa para que seu projeto decole.

Estou espantada com o que ele está sugerindo, mas não posso demonstrar. Não posso correr o risco de ele estar brincando.

— Se eu conhecesse alguém que se encaixa nesse perfil...

Sua risada baixa é sexy e excitante.

— Você conhece. Conhece o cara certo.

Meu coração está batendo tão forte e tão rápido que temo hiperventilar.

— E esse cara estaria disposto a fornecer seu "capital" para o meu projeto?

— Sob as condições certas.

Depois de uma longa pausa, pergunto:

— Que condições?

— Tem que acontecer do jeito normal. Nada de laboratórios, termômetros ou tubos de ensaio, apenas infusão quente, suada e sem barreiras na *injeção do capital*.

Meu corpo se acende com as imagens que queimam meu cérebro em cinco segundos. *Puta merda*. Estou cega, surda e muda, ou Jasper Autry está me dizendo que quer fazer sexo e um bebê comigo?

— Está falando sério?

— Ellie, meu amor, nunca falei mais "sério" em toda a minha vida quanto agora. — Ele se inclina para mais perto de mim, tão perto que paro de respirar. — Diga sim.

Engulo em seco.

— Existem outras condições?

— Algumas.

— Estou ouvindo.

— Quando estiver comigo, é só comigo.

— Igualmente para você.

Assentindo, ele diz:

— Igualmente para mim. E vamos fazer do meu jeito ou não faremos.

— O que isso significa? — pergunto, minha voz falhando.

— Eu estou no comando na cama.

De repente, estou tão excitada que fico preocupada que haja uma mancha na espreguiçadeira quando eu me levantar.

— E se eu não gostar dessa ideia?

— Então não há acordo.

Demoro um pouco para processar o que ele está dizendo. Ele é dominador na cama. Caramba. Limpando minha garganta, pergunto:

— E quanto à custódia do seu investimento?

Sorrindo, ele diz:

— Toda sua, com visitas ocasionais do colaborador de capital.

— Ele ou ela saberia que você é o colaborador?

— Se você quiser.

— E você estaria disposto a assinar documentos que estipulem esses termos juridicamente de forma antecipada?

Com o dedo no meu queixo, ele me força a olhar diretamente em seus olhos.

— Eu seria receptivo a qualquer coisa que levasse Ellie Godfrey, incrivelmente sexy e infinitamente intocável, para a minha cama.

Agora imagine essa frase no sotaque britânico mais sexy que você já ouviu. Eu sei!! O que mais posso dizer para essa proposta, além de:

— Ok.

— Ok o quê?

— Temos um acordo.

Ele me presenteia com o sorriso sexy que transformou o diretor de fotografia em uma celebridade.

— De repente, mal posso esperar para ir para casa.

2

Ellie

Dois dias depois que Jasper e eu fizemos nosso "acordo", ficou claro para mim que fiz "negócios" com o próprio diabo. Ele me observa constantemente, me fazendo sentir caçada, mas não necessariamente de um jeito ruim. É mais como se estivesse prestes a ser devorada, como um animal indefeso se sentiria ao ser comido por um predador. E, sim, me comparei a um animal indefeso. Mas eles sempre são comidos nos shows da natureza, então a analogia se encaixa.

Felizmente, nenhum dos amigos ou familiares com quem estamos de férias notou que estamos brincando de animal indefeso versus predador. Confesso que estou em conflito sobre o esse interesse repentino dele por mim, mas acho que não deveria estar. Se uma mulher razoavelmente atraente oferece ao homem acesso irrestrito à sua vagina para fins reprodutivos, ela deve esperar um certo nível de interesse.

Mas há interesse comum e também há o interesse do tipo predador, daí vem o meu dilema. Em todos os anos que conheço Jasper e cobicei secretamente a ele e seu sotaque britânico sexy, nunca suspeitei que ele retribuía a admiração. Claro, ele gosta de mim como amiga, colega, a irmã do seu melhor amigo, como uma mulher para desabafar sobre outras mulheres. Mas como parceira romântica? Não muito.

No entanto, desde a nossa conversa na outra manhã, tudo isso mudou e seu interesse é tão grande que me encontro em um perpétuo estado de excitação e antecipação, desejando que pudéssemos colocar nossos planos imediatamente em prática. Pensar no sonho de ser mãe se tornar realidade me deixa em uma bagunça de emoções: excitação, ansiedade, alegria e medo. Isso é muito para esconder do grupo perspicaz que me rodeia em espreguiçadeiras à beira da piscina no nosso último dia no México.

Todo mundo ainda está encantado com o noivado de Hayden e Addie, e as conversas sobre planos de casamento continuam ininterruptas quarenta e oito horas depois do grande anúncio. Addie está incandescente de felicidade e Hayden não parou de sorrir nem por um minuto. Nunca vi o melhor amigo do meu irmão parecer tão sereno. Normalmente, ele é como uma nuvem tempestuosa procurando um lugar para explodir. Essa intensidade serviu-lhe bem em sua carreira, mas contribuiu para uma vida pessoal confusa.

Se apaixonar por Addie o fez ficar mais centrado e firme, e eu não poderia estar mais feliz pelos dois. Hayden é o segundo do nosso grupo a encarar o casamento, sendo o primeiro o meu irmão, Flynn, que não consegue manter as mãos longe da sua adorável esposa. Eles sumiram juntos com tanta frequência durante essa viagem que piadas sobre buscas aos desaparecidos foram uma ocorrência diária.

Gosto de estar com Flynn e Natalie pelas poucas horas do dia em que eles aparecem. Meu irmão passou a vida adulta exposto aos olhos do público, antes da Natalie sua vida era interpretar uma série de papéis de filmes de alto perfil, sendo adorado por fãs e um breve casamento desastroso que o deixou determinado a ficar solteiro — até Natalie aparecer, e ele mudar de ideia.

Admito estar com um pouquinho de inveja do meu irmão, que, como nossas duas irmãs, encontrou o amor verdadeiro e uma parceira de vida. Só recentemente comecei a fazer um balanço da minha vida e perceber que acabaria sozinha se não conseguisse enxergar além dos meus padrões rigorosos no que diz respeito aos homens e encontrar alguém com quem eu possa suportar ficar junto.

Como cheguei a esse ponto? Encontrar alguém com quem eu possa *suportar* estar junto. Você descobriu meu grande segredo: sou realista, sem um osso romântico no corpo e depois de ter namorado todos os tipos de sapos conhecidos da humanidade, estou pronta para me contentar com alguém que não me enoje. Não tenho ilusões de o acordo de conceber bebês com Jasper seja algo mais do que uma troca de DNA com, talvez, alguns encontros sexuais satisfatórios ao longo do caminho.

Enquanto isso, preciso me ocupar em encontrar um pai de verdade para meu filho que ainda nem chegou. Gosto de pensar em mim como uma mulher moderna e independente, mas por baixo do meu verniz contemporâneo, há um coração de uma tradicionalista. Fui criada em uma família de dois pais, meus sobrinhos estão sendo criados da mesma forma, e eu quero o mesmo para o meu filho. Quero um homem que esteja pronto para se estabelecer, que seja maduro, confortável consigo mesmo, confiante, mas não convencido. Alguém que trabalhe para ganhar a vida e que não queira se aproveitar de mim ou de meus familiares famosos. Seria legal se ele fosse bonito e educado. Como você pode ver, não estou sendo excessivamente exigente. Conheço mulheres que não saem com um homem se ele tiver dente torto, mesmo que seja o homem mais legal, sexy e charmoso que já conheceu. O dente é motivo de desistência.

Não sou esse tipo de garota. Ninguém é perfeito, muito menos eu, então por que esperaria isso de alguém? Não estou à procura de perfeição, mas seria bom encontrar alguém com quem eu pudesse conversar sobre coisas que me interessam, que se mantém atualizado sobre o que está acontecendo no mundo, que se importa com as mesmas coisas que eu: família, amigos, minha comunidade, o mundo ao nosso redor.

Nada disso parece excessivamente ambicioso, certo? Bem, você teria dificuldade em encontrar um homem em Los Angeles, ou na maior parte do sul da Califórnia, que atenda a metade dos meus critérios razoáveis. Descobri que se ele for bonito e bastante inteligente, já foi casado três vezes e vem com várias ex-esposas, sem mencionar várias crianças com mulheres diferentes. Em outras palavras: drama. Não, obrigada. Já tenho bastante drama no trabalho, do tipo que fabricamos em nome da Quantum Productions.

Recebo muito drama pela ligação ao meu irmão e seus amigos famosos. Não preciso disso em um relacionamento também.

Ou talvez você encontre um cara maduro, que nunca foi casado, confiante, mas não convencido. Mas quando você menos espera, descobre que ele não consegue manter um emprego, não fala com a mãe ou alguma outra característica altamente indesejável aparece e invalida as coisas boas.

É *exaustivo*. Se fosse apenas eu, diria para se danar essa coisa de encontrar um cara legal e normal para me estabelecer. Mas não posso negar ao meu filho uma figura paterna diária simplesmente porque estou cansada da procura. Isso não é justo para esse bebê, por isso a minha determinação em encontrar *alguém*.

Quando eu chegar em Los Angeles, vou fazer algo que disse que nunca faria, não importando o quanto as coisas ficassem desesperadas. Vou me registrar em um serviço exclusivo de encontros que foi altamente recomendado pela minha querida amiga Marlowe Sloane. O serviço tem a reputação de associar pessoas que não podem, por qualquer motivo, serem listadas na internet. Ainda terei que usar um nome diferente para poder manter a fama da minha família de fora da equação. Se puder encontrar um homem que se apaixone por mim, Ellie, e não pelo sobrenome Godfrey, será motivo de comemoração. Se eu encontrar alguém que também esteja disposto a criar meu filho como seu, será um milagre. Estou esperando conseguir.

Addie abre uma toalha na espreguiçadeira ao lado da minha e se deita para manter seu bronzeado, já impressionante. Fico encolhida debaixo do meu guarda-sol, com a voz de Estelle Flynn na minha cabeça, me dizendo que vou ter rugas aos quarenta anos se continuar adorando o sol. Minha linda mãe, com sua pele de porcelana, é uma verdadeira assassina de férias mexicanas.

— Você não está trabalhando, está? — ela pergunta, olhando meu iPad.

— Não, só dando uma olhada rápida no e-mail. — Como chefe da equipe de logística de produção da Quantum, estamos sempre trabalhando dois ou três filmes à frente do restante do grupo, pesquisando locações e garantindo as licenças necessárias para filmar em lugares distantes. Também lidamos com viagens, hospedagem e refeições para os atores e toda a equipe. — Meu pessoal tem as coisas sob controle, ou assim parece.

— A melhor parte de sair de férias com meu chefe é que meu pessoal também está de férias — Addie fala. — Ahhhh, é tão relaxante.

— E muito injusto — eu digo. — Estou de férias com os patrões e ainda estou sendo requisitada.

— Totalmente injusto, especialmente porque você é irmã de um dos chefões.

— Não é? Preciso exigir uma reunião com meu irmão.

— Faça isso na semana que vem. Sua assistente está em férias muito necessárias.

Meu riso se transforma em preocupação quando noto uma grande contusão no interior do pulso de Addie.

— O que aconteceu aí?

Addie protege os olhos do sol.

— Onde?

— Seu pulso está todo machucado. Foi de quando você caiu na outra noite? — Ela tropeçou e quase caiu em um barranco durante uma tempestade. Felizmente, Hayden e Flynn estavam bem atrás dela e conseguiram tirá-la de lá.

Virando o braço para dentro, Addie olha mais de perto, como se estivesse vendo o machucado pela primeira vez.

— Ah, sim, deve ser. — Mantendo a outra mão apoiada sobre os olhos, ela diz: — Me diga que estou louca, mas parece que há um inglês em nossa festa olhando para você como se a quisesse para o jantar.

Não sei para onde olhar — para Jasper, que está sentado do outro lado da piscina com os caras ou para qualquer lugar, menos aquele.

— Eu... não tenho ideia do que você quer dizer. — A única coisa que sei com certeza é que meu irmão e os outros sócios da Quantum *não podem* saber sobre o meu acordo com Jasper. É um acordo pessoal e a última coisa que quero é fazer deste projeto algo em grupo, com todos fazendo perguntas. Estremeço ao pensar nisso.

— Você e o Jasper... posso realmente imaginar.

Solto uma risada.

— Que bom que você pode, porque eu, não. Eu e o playboy? Certo.

— Sabe que não deve acreditar em tudo que é dito sobre ele, não é? Você o conhece melhor que isso.

— Sei que ele troca de mulheres assim como você e eu trocamos de roupa.

Como ela não pode contestar esse fato, Addie diz:

— Hayden e Flynn pensam muito bem dele. Isso deveria contar para alguma coisa.

— Claro que sim, e eu também penso muito bem dele, mas eu o conheço bastante para imaginar o que você está pensando. — E também, o conheço o bastante para fazer um bebê com ele, não que qualquer um dos nossos amigos e colegas jamais saberão disso. A ideia de realmente "fazer um bebê" com Jasper me faz sentir superaquecida.

— Vou para a piscina. Quer vir?

— Obrigada, mas vou ficar aqui e pegar um pouco de sol enquanto Hayden está na reunião com Flynn e Nat.

Eu me levanto e tiro a saída de praia, revelando o biquíni que parece simples até que eu tenha que usá-lo na frente de Jasper. Agora me sinto excessivamente exposta e não de um jeito bom.

— Eles estão em reunião? Durante as férias?

— É informal e é por isso que estou aqui fora. Eles estão falando sobre o roteiro da história de Nat. Flynn tem um roteirista em mente e queria a opinião de Hayden antes de seguir em frente.

— Eles vão realmente fazer esse filme, hein?

— Flynn está extremamente determinado, e você sabe o que acontece quando ele fica assim.

Rio, porque sim, sei o quanto meu irmão pode ser obstinado quando coloca algo na cabeça. Não sou diferente dele. Decidi que quero um bebê e menos de duas semanas depois de finalmente tomar essa decisão, encontrei alguém para ser pai do meu filho e tenho um plano. É uma característica da família Godfrey. Somos todos do tipo que coloca a mão na massa e ao caminhar até a piscina, percebo que o pai do meu filho está me observando. Bem de perto.

~

Jasper

ELA ESTÁ me matando naquele biquíni minúsculo que não deixa nada para minha imaginação fértil. Se eu fosse criar a garota ideal do sul da Califórnia, seria Ellie Godfrey com suas pernas compridas, seios fartos, barriga lisa e tonificada e cabelos loiros que caem em cascata pelas costas, quase alcançando seu traseiro macio.

O problema é que não posso babar com a visão dela em um biquíni cor de pêssego enquanto ela desaparece sob a água e ressurge, parecendo uma ninfa do mar. Ela é sexy demais e o pensamento de fazer um bebê com ela chama a atenção do meu Junior. Essa é a última coisa que preciso com Emmett e Sebastian sentados ao meu lado e Kristian ao lado de Seb. Eles estão lendo, dormindo, ouvindo música e, felizmente, não prestam atenção ao meu estado de excitação.

Não seria péssimo se dissessem a Flynn que eu ostentava um pau duro enquanto observava a irmã dele na piscina? Graças a Deus pelos óculos de sol. Mas afinal, por que eles prestariam atenção ao meu pau? Pelo menos não serão capazes de dizer o que ou quem provocou essa reação.

Desde a conversa com ela no outro dia, tudo em que posso pensar é transar com Ellie Godfrey. Vinte minutos antes daquela conversa tão importante, a possibilidade de fazer qualquer coisa sexual com ela era tão remota que só foi considerada de passagem. Tipo, *caramba, Ellie está gostosa demais hoje* ou *fico imaginando como ela estaria na cama,* ou ainda, *adoraria saber se seus seios são tão fantásticos quanto parecem.*

Pode tirar esse da lista. O biquíni confirma que são tão espetaculares quanto parecem quando estão completamente cobertos — um pensamento que não faz nada para aliviar a dor na virilha.

Puta merda. Estou desejando a irmã do meu amigo e sócio. Se eu não estivesse meio cansado pelo sol e a tequila, poderia dizer a mim mesmo para parar. Mas não ando no meu juízo normal desde que ela confessou querer um bebê e eu me ofereci para fornecer os serviços de garanhão. Como ainda não tive um momento a sós com ela desde então, me perguntei algumas vezes se eu havia sonhado com a coisa toda.

Mas eu não estava sonhando quando a extraordinária Ellie Godfrey me disse que anseia por um bebê. Nem quando eu disse a ela que ficaria feliz em ser o pai do seu filho, mas só se fizéssemos o bebê à moda antiga. Na verdade, nunca esperei que ela aceitasse minha oferta e sua aceitação me disse muito sobre o quanto ela quer essa criança que faremos juntos.

Nos dias que se passaram desde a nossa conversa, alguns outros pensamentos me vieram à mente. Em primeiro lugar, ninguém, especialmente minha família na Inglaterra, pode saber que sou pai de uma criança, por motivos que Ellie não faz a menor ideia. Segundo, preciso falar com Emmett sobre as questões legais, e Ellie precisa contratar um advogado. Precisamos fazer tudo do jeito certo.

A última coisa que preciso é de problemas legais com qualquer membro da família Godfrey. Minha sociedade com Flynn foi mais bem-sucedida e lucrativa do que jamais imaginei, sem mencionar que valorizo sua amizade. Não vou arriscá-la, mesmo que isso signifique, finalmente, ter a chance de tocar a linda Ellie. Independentemente das minhas preocupações, meu relacionamento com Flynn não me impedirá de seguir em frente com meus planos de fazer bebês com a irmã dele.

Ela é uma mulher adulta capaz de tomar suas próprias decisões. E decidiu me permitir a suprema honra de ser o pai do seu filho. Não posso e não vou retirar minha oferta, nem a deixarei fazer o processo impessoal de recorrer aos bancos de sêmen e Deus sabe o que mais está envolvido nisso. Estremeço só de imaginar como funciona.

Não, estou mais do que feliz em fazer tudo como Deus mandou e permitir que ela tenha nosso filho como desejar. Ela será uma mãe maravilhosa. Disso não tenho dúvidas. Ela tem uma mãe maravilhosa. Sou mais do que um pouco apaixonado por Stella Flynn, assim como a maioria dos nossos amigos. Quero que Ellie realize seu maior desejo e espero desfrutar totalmente de fazer amor com ela. Por mais que eu goste e admire Ellie, nunca poderíamos ser um casal de verdade. Ela é muito doce — e muito baunilha — para pessoas como eu.

Posso fazer sexo baunilha e doce para fazer um bebê. Mas a longo prazo? De jeito nenhum. Tenho quase trinta e sete anos e descobri há muito tempo que não sou capaz de ser gentil e amoroso no geral. Não, quero sexo quente, excitante e sacana. Preciso disso como algumas pessoas precisam de cafeína para passar um dia. Um homem chega a um ponto na vida em que não está disposto a se comprometer em certas coisas. Minha preferência sexual não é negociável e, portanto, a minha percepção é de que eu, provavelmente, continuaria solteiro ao invés de ter que me contentar com uma garota boa e inocente que preferiria ser eletrocutada a ser amarrada, açoitada, espancada e fodida de todas as maneiras possíveis.

Não importa o quanto eu tente, não posso imaginar Ellie Godfrey se submetendo a mim ou a qualquer outro homem. Ela não é submissa, mas *eu sou* um dominador. Gostaria de viver para comemorar meu próximo aniversário, então não vou dominar a irmã de Flynn, ainda que eu fosse adorar soltar a fera com ela. A fera permanecerá acorrentada e em segredo enquanto fizermos esse bebê que ela tanto quer.

Quanto tempo demoraria? Um mês, talvez dois? Assim que ela engravidar, posso voltar ao trabalho, como de costume, e isso significa muitas mulheres diferentes, tão excêntricas quanto eu, se não mais. Muito menos complicações a longo prazo, mesmo que tenha pensado algumas vezes em fazer mais do que bebês com Ellie. Simplesmente não é possível, e isso me deixa extremamente triste.

Olho para ver que Emmett baixou seu livro, Seb está com os olhos fechados com os fones de ouvido, e Kristian está roncando alto o suficiente para acordar os mortos, do jeito que ele sempre faz depois de ficar meio bêbado com uísque.

— Posso reservar quinze minutos com você na segunda de manhã? — pergunto a Emmett.

— Claro, o que houve?

— Assunto pessoal. — Embora, provavelmente, fizesse mais sentido manter um advogado externo para lidar com essa questão, é um risco que não quero aceitar, já que a mãe dessa criança é a irmã do Flynn. Não posso arriscar que um advogado de fora decida que seria mais lucrativo vender essa informação à imprensa do que atuar como meu advogado. Encontrar outro profissional também levaria um tempo que não estou disposto a desperdiçar. Tenho medo de dar a Ellie a oportunidade de reconsiderar nosso acordo. Como sócio da Quantum, pago uma parte do salário de Emmett, e ele irá respeitar a natureza advogado-cliente da nossa conversa. Não me preocupo que ele vá contar a alguém, mesmo que receie que ele não aprove nossos planos.

— Tudo bem? — ele pergunta como meu amigo e não como meu advogado.

— Sim, está tudo bem, camarada. Apenas um detalhe que preciso ver.

— Sou seu cara para detalhes.

Ellie emerge da piscina, brilhando por causa das gotas de água que cintilam em sua pele bronzeada, os mamilos intumescidos que podia ver claramente sob o pequeno top. Tenho que cerrar os dentes para conter o desejo de atacá-la aqui e agora. Como isso não é uma opção, cuidarei das questões legais e começaremos a trabalhar o mais rápido possível.

3

Ellie

Um grupo feliz, relaxado e bronzeado retorna a Los Angeles na noite de domingo. Concordamos em ficar o máximo de tempo possível e é por isso que pousamos no LAX às 21:50. Flynn e Hayden têm reuniões às nove da manhã, mas eu estarei no escritório às sete para acompanhar os dois milhões de e-mails que ficaram em espera enquanto estávamos fora. Vou me reunir com a minha equipe às nove e meia para saber o que está acontecendo.

Estou juntando minhas coisas quando pego Jasper me encarando. Ele fez isso muitas vezes nos últimos dias e estou começando a esperar que ele esteja me encarando como se não pudesse esperar para me ver nua toda vez que olhar para ele. Predador, essa é a presa. Meu corpo vibra com a consciência dele, especialmente minhas partes femininas. Se ele pode me fazer gemer só por me olhar, o que acontecerá quando chegarmos à produção de bebês?

— El? — Kristian gesticula para eu ir em frente para que ele possa me seguir e sair do avião.

— Ah. Desculpa.

— Ainda sonhando que está no México? — ele pergunta, rindo.

— Algo assim. — Não posso confessar que estou fantasiando fazer amor com Jasper. *Argh,* estou excitada com isso e nada aconteceu ainda. Tudo o que ele tem a fazer é falar com aquele sotaque britânico delicioso para a minha calcinha derreter.

Ele podia ler um cardápio em chinês naquele sotaque e eu estaria acabada. Minha família ainda fala sobre eu ter feito com que ele lesse *A noite antes do natal* para nós só porque eu queria ouvi-lo. O que eles não sabem é que fui para casa e me satisfiz com Pete, meu maior vibrador, ainda ouvindo aquela voz deliciosa declamando as palavras mais inocentes.

Até hoje, a frase "foi a noite antes do natal" me deixa molhada quando penso nele pronunciando-as.

Falando em Pete, tento me lembrar do status de suas baterias e se ainda funcionam. Espero que sim, porque preciso me livrar dessa ânsia louca que me atingiu desde que fizemos nosso acordo. Cada parte minha está formigando em antecipação e eu me pergunto, por um breve segundo enquanto entramos em nossos carros para ir para casa, se verei Jasper em breve.

Entro em pânico ao pensar nele aparecendo antes de eu estar pronta. Preciso me depilar. Não posso simplesmente abrir a porta e deixá-lo entrar. Preciso me preparar e que ele faça exames para provar que não tem qualquer doença antes de concretizar nosso acordo.

Ele deve ter notado meu ataque de pânico, porque quando olho para ele, sua sobrancelha direita está arqueada. Ele está entrando no lado do carona do novo Tesla prateado de Kristian enquanto eu destranco meu conversível BMW M6 vermelho. Jasper aponta para o telefone, e eu aceno antes de entrar no meu carro.

Ligo para você em uma hora.
É o que diz a mensagem dele.
Está bem.

Posso lidar com uma ligação. Só não estou pronta para conversar pessoalmente. Ainda não. Saio do aeroporto e vou para o norte na Rota 1 até minha casa em Venice. Não tenho certeza se Jasper está indo para sua casa na cidade ou na praia de Malibu, mas o que importa? Quando ele ligar, em cinquenta e sete minutos, direi a ele que não estou disponível hoje à noite e podemos conversar amanhã.

Minha pele parece arder, como se tivesse enrugado durante o tempo que passamos longe. Provavelmente foi muito sol. Mas se esse for o caso, como explico os mamilos intumescidos e o formigamento entre as pernas que ocorre toda vez que penso nos planos que fiz com Jasper? Dizer que sua disposição em ser pai do meu filho foi inesperado é colocar as coisas de forma muito branda. Nem em um milhão de anos eu esperaria contar a ele que queria ter um bebê, muito menos aceitar sua oferta de ser pai dessa criança.

Tem que acontecer do jeito normal. Nada de laboratórios, termômetros ou tubos de ensaio, apenas infusão quente, suada e sem barreiras na injeção do capital.

Caramba, só de lembrar o jeito como ele disse aquilo me faz enfiar o pé no acelerador, desesperada para chegar em casa para usar Pete. Sigo pela praia de Venice e dirijo ao longo do famoso calçadão, que ainda está cheio tarde da noite de domingo. Enquanto meu irmão e seus amigos preferem a sofisticação refinada de Malibu, eu gosto da *vibe* mais ousada e artística de Venice. Moro a uma quadra da praia em um bangalô de dois quartos que eu mesma reformei. Fiz cursos de "faça você mesmo" para tudo, desde encanamento até ligação elétrica, retoques de pisos e reboco de paredes.

Cada centímetro da beleza reluzente que chamo de lar tem meu toque e gostei tanto que estou procurando outra casa para reformar. Neste ponto, você deve estar se perguntando o que uma princesa de Hollywood como eu está fazendo em Venice Beach, reformando minha própria casa quando posso me dar ao luxo de contratar pessoas para fazê-lo por mim. É verdade, posso mesmo. Meus pais são bem ricos, graças às carreiras de sucesso no *show business*. O mundo inteiro sabe quem são Max Godfrey e Estelle Flynn. E o príncipe herdeiro dos dois, Flynn Godfrey, é um astro internacional.

Mas eu sou apenas Ellie, filha de artistas, irmã de um super astro e vivo do trabalho que me paga muito bem. Meus pais criaram fundos fiduciários para cada um de nós que foram liberados em nosso vigésimo quinto aniversário. Minhas irmãs usaram parte do dinheiro delas para comprar suas casas, mas nunca toquei no meu e não acho que Flynn tenha usado o dele também. Ele não precisa e eu também não.

Tenho tudo o que preciso nesta casa aconchegante a uma curta distância do calçadão da praia de Venice. Posso sentir o cheiro do oceano da minha varanda, junto com os aromas de comidas fritas, protetor solar e, ocasionalmente, escapamento de muitos carros e motos.

Meus pais estão cuidando do meu cachorro, Randolph, e amanhã irei a Beverly Hills para buscá-lo na casa do vovô e da vovó, que é como eles se referem a si mesmos para Randy. Acho que eles têm medo de não terem netos de verdade de mim, então oferecem todo o carinho para o meu bebê de quatro patas. Em breve, terei uma surpresa para eles!

A casa fica estranhamente silenciosa sem que Randy me cumprimente e está cheirando a mofo por ter ficado fechada a semana toda. Abro as janelas para deixar entrar a brisa fresca do oceano, que bagunça as cortinas. E não, não fui eu que a fiz, embora costura esteja na lista de coisas que ainda quero aprender. Na porta do quarto, do outro lado do corredor, acendo a luz e observo o espaço vazio que espero, em breve, preencher com um berço, trocador e tudo mais que preciso para o bebê que quero com tanto desespero.

Meu coração bate mais rápido com animação, agora que tenho um plano para tornar meu sonho realidade. Jasper e eu vamos fazer um lindo bebê. Não tenho dúvidas quanto a isso. Não tenho certeza de como vou esperar quase um ano para conhecer meu bebezinho. Suspirando com impaciência, apago a luz e entro no meu quarto.

Embora eu tenha pensado em Pete durante todo o caminho para casa, adio nosso encontro, sabendo que Jasper vai ligar. Tiro as roupas que lavei antes de sairmos do México da mala, visto um pijama confortável, lavo o rosto e escovo os dentes antes de ir para a cama com o telefone ligado ao carregador. Minha pele está sensível e formigando, como se algo estivesse prestes a acontecer. Se ele pode me deixar assim por esperar um telefonema...

O telefone toca dez minutos antes do horário marcado, e eu quase pulo de susto.

— Pelo amor de Deus — murmuro antes de atender e forçar um tom alegre, como se aquilo não fosse grande coisa quando é algo muito importante. — Alô.

— Oi, amor. — A palavra soa como *amóor* no seu sotaque gostoso, e a expressão carinhosa me faz derreter nos travesseiros.

— Oi. — Uau, o quanto meu *oi* parece excitante depois do seu *amóor* tão sexy?

— Bem — ele diz —, você me deixou em situação difícil nos últimos dias. Espero que saiba disso.

— Espere. O quê? O que eu fiz?

— Hum, vamos começar com o show de ontem na piscina?

— Que show na piscina? — pergunto, genuinamente confusa.

— O biquíni cor de pêssego, a pele molhada, os mamilos duros, as pernas sem fim, o cabelo. Preciso continuar?

— Eu... você...

Sua risada profunda e rica me deixa totalmente aquecida.

— Tudo o que tenho pensado desde que conversamos é quanto tempo tenho que esperar para colocar o nosso plano em prática.

— Ah. Você... é mesmo? — A última parte soa mais como um grito do que como a frase de uma mulher geralmente articulada. É o sotaque. É o meu ponto fraco. Eu poderia morrer feliz se pudesse ouvi-lo falar o tempo todo.

— Com certeza. E quanto a você?

— Passou pela minha cabeça. Uma ou dez mil vezes.

Essa risada está se tornando rapidamente minha segunda coisa favorita sobre ele.

— Então você está animada? — ele pergunta em um tom baixo e íntimo que nunca ouvi antes. Claro que não ouvi. Nunca fui íntima dele.

Pressiono as pernas uma contra a outra, como se só isso pudesse parar o pulsar insistente entre elas.

— Com o bebê? Muito mesmo.

— Com a produção do bebê também?

— Hum, sim, isso também.

— Argh.

— Ah, não! Não quis dizer isso! Você não sabe como estou aliviada por não ter que seguir o caminho clínico para ter um bebê. Você está me fazendo um enorme favor, e eu agradeço.

— Bem, tenho certeza de que será uma dificuldade terrível — ele diz, soando tão incrivelmente britânico que eu teria desmaiado se não estivesse na cama —, mas de alguma forma vou enfrentar isso.

— Você está brincando, não é?

— Sim, amor. Estou brincando.

— Ah. — Solto um murmúrio nervoso que não soa nada como a minha risada habitual. — Que bom.

— No entanto, não estou brincando quando digo que precisamos cuidar dos aspectos práticos do nosso acordo antes de prosseguirmos.

— O que você quer dizer com os aspectos práticos? — Ele está pensando em algo tipo a sua casa ou a minha?

— Questões legais, por exemplo. Devido à nossa amizade e à minha amizade e sociedade com o seu irmão, acho que precisamos cuidar das questões legais antes da diversão. Só assim não haverá confusões depois.

— Por mim, tudo bem.

— Você tem um advogado que possa te representar?

Penso imediatamente em Cecily St. James, minha amiga de infância, que tem um escritório em L.A.

— Tenho.

— Se você me passar as informações de contato, vou pedir que o Emmett marque uma reunião.

— Emmett? *Emmett Burke*, com quem trabalhamos?

— Emmett Burke, o advogado que trabalha para mim como um dos diretores da Quantum.

— Mas... ele é amigo e advogado do Flynn e...

— Ellie, respira fundo. Confio nele e o estou usando tanto para sua proteção quanto para a minha.

— Como ele vai me proteger se ele é seu advogado?

— Ele se preocupa com todos nós. Jamais contaria a alguém qualquer coisa sobre o que estamos planejando fazer. Não posso ter certeza disso quanto a outro advogado e preciso dessa garantia. O que acha?

Bem, quando ele coloca assim...

— Sim, claro que sim. Vou te dar as informações de contato da minha advogada.

— Excelente. Vamos resolver rapidamente essa questão e seguir em frente. Certo?

— Você disse aspectos. Quais eram os outros?

— Achei que você deve ter algumas condições.

— Isso pode parecer um pouco grosseiro, mas me perguntei como vou saber que você está, você sabe... saudável.

— É sábio da sua parte perguntar esse tipo de coisa. Fico feliz em te enviar meus exames. Imagino que você fará o mesmo.

Disse a mim mesma que não estava ofendida por ele me pedir exames também, mas me sinto.

— Claro. — Vou me consultar com a dra. Breslow na terça-feira e poderia cuidar de tudo. Como eu não fazia sexo desde o último exame, seria fácil provar que estava livre de DSTs.

— Certo, muito bom então. Em breve, resolveremos tudo e poderemos dar duro em nosso plano.

— Isso é um eufemismo de onde você vem?

— Acho que é um eufemismo em todos os lugares para o que estou me referindo.

Sua risada sacana provoca um incêndio que me aquece por dentro e faz meu rosto e outras partes importantes se sentirem superaquecidas.

— Te vejo amanhã?

— Sim, até lá. — Pressiono o grande botão vermelho no telefone para terminar a chamada e o coloco de lado para alcançar a mesa de cabeceira, onde Pete está esperando para começar a trabalhar. É quando me lembro que esqueci das pilhas. Espero que ele ainda esteja funcionando, porque preciso dele hoje à noite.

~

Jasper

EMBORA TENHA CHEGADO CEDO no escritório, ansioso para ver os detalhes do meu acordo com Ellie, o primeiro horário livre de Emmett é só às onze. Me sinto inútil quando minha manhã passa com uma falta de produtividade incomum. Tudo o que posso pensar é em levar Ellie para a cama, o que é mais assustador que qualquer coisa. Eu a conheço há anos, trabalhei em estreita colaboração com ela e saio com nosso grupo de amigos regularmente. Com o passar dos anos, ela se tornou uma espécie de caixa de ressonância para minhas tentativas com outras mulheres. Mas até aquela manhã no México, nunca permiti que minha imaginação excessivamente ativa se voltasse para ela, por ser quem é para Flynn, mais do que qualquer outra coisa. Agora ela é tudo em que penso. Como isso aconteceu tão depressa?

Quero que os detalhes sejam resolvidos o mais rápido possível para que possamos seguir em frente. Com esse objetivo em mente, marco uma consulta com meu médico para amanhã. Jurídico, médico e logística. Dois resolvidos, um a resolver. Onde nos encontraremos para fazer nosso bebê? Sua casa, a minha ou um lugar neutro como um quarto de hotel? Preciso perguntar o que ela prefere.

Tenho coisas que preciso resolver no primeiro dia de volta ao trabalho, mas com a maior parte do meu sangue acumulado no Jasper Jr., minha concentração está um lixo. Às onze horas, estou nervoso e com os hormônios em polvorosa, para não mencionar a ansiedade. Que combinação potente.

Agora é o momento em que eu, provavelmente, deveria fazer uma confissão. Ainda que eu nunca tivesse permitido que minha imaginação corresse livre em direção a Ellie, sempre mantive uma faísca acesa, um *e se*, aquele tipo de pensamento *Deus me livre, mas quem me dera*. Não que eu tenha feito algo, por razões que você já conhece. Mas ela me intriga. Não posso negar que se eu fosse procurar um relacionamento de verdade, ela seria alguém que poderia me fazer repensar a maneira como vivo a minha vida.

No entanto, minha vida é do jeito que é por motivos que guardei todos esses anos, e não tenho a liberdade de repensar nada. É por isso que preciso ter muito cuidado com a forma como abordo esse projeto de fazer bebês. Assim ninguém, especialmente Ellie, sairá machucado.

Emmett avisa que está livre. Quando fico de pé, sinto um momento de tontura que me faz lembrar onde a maior parte do sangue do meu corpo está localizada atualmente.

— Me dê cinco minutos — respondo a ele.

— Sem problemas.

O telefone é desligado, e eu me forço a pensar nas coisas mais insólitas do mundo — o cheiro de bife de fígado na casa da minha avó aos domingos, cigarros, tatuagens faciais, pessoas que são grosseiras com garçons em restaurantes. Esse último surte o efeito desejado. Detesto grosseria.

Agora que o Jr. está sob controle — por enquanto, pelo menos — sigo pelo corredor até o escritório de Emmett, entrando depois de uma batida rápida. Ele está falando ao telefone com um tom de voz tenso, então me sento e finjo interesse no meu celular para lhe dar um pouco de privacidade.

Ele termina a chamada, batendo o receptor no telefone de mesa.

Levanto uma sobrancelha em sua direção.

— Detesto o primeiro dia depois das férias.

— Ruim, hein?

Emmett acena, descartando a situação e força um sorriso.

— O que posso fazer por você?

Escolho chocá-lo, já que o dia dele foi ruim até agora.

— Parece que decidi ter um bebê.

A boca de Emmett se abre.

— Você... quer repetir isso?

— Você me ouviu bem na primeira vez.

— E você... você... — Ele limpa a garganta. — O bebê já está a caminho?

— Ainda não. — Imagino que ele não está mais pensando em sua frustração. Eu me divirto com a gagueira não característica em sua voz. Geralmente, ele é calmo e tranquilo. É engraçado ver Emmett chocado e quase sem palavras.

— Ah, então...

— Concordei em ser o pai do filho de uma amiga. — Quase consigo ver seu cérebro trabalhando para compreender o que estou dizendo.

— Esta amiga... é alguém que você conhece bem?

— É alguém que todos nós conhecemos bem.

Emmett me olha, esperando que eu fale.

— Ellie.

Ele arregala os olhos. Sim, definitivamente ele não está mais pensando no que o estressou.

— A *Ellie Godfrey?* — ele pergunta, empalidecendo.

— A primeira e única.

— Me perdoe perguntar, mas puta que pariu, *você perdeu a cabeça?*

Não consigo evitar. Rio. Muito.

Não parecendo se divertir como eu, Emmett se endireita na cadeira, com os braços cruzados, olhando para mim.

Quando me controlo, digo:

— Primeiro, é ela que quer um bebê. Em segundo lugar, me ofereci para ajudá-la para que ela não tivesse que recorrer a um banco de esperma. Terceiro, o bebê será dela e só dela. E quarto, é aí que você entra, se certificando que tudo fique legalmente estabelecido.

— Então você e a Ellie vão...

— Fazer um bebê. Certo. — Balanço o queixo para confirmar. — Imagino que o bebê será fofo, não acha?

— Eu, sim, claro. Mas Jesus, Jasper, é a *Ellie.*

— Sim, eu a conheço.

— E você também sabe que o Flynn vai te matar por tocar na irmã dele?

— Não, não vai. Ela não vai deixar. É isso que ela quer, Em. Ela quer mais do que tudo e se fizermos tudo certo, ninguém além dos nossos advogados precisará saber quem é o pai do bebê.

— Você realmente acha que pode manter algo assim em segredo?

— Não vamos contar a ninguém. Você vai?

Emmett franze a testa.

— Não me pergunte isso. Você me conhece.

— Sim e é por isso que confio em você para lidar com essa questão. Darei a ela a custódia total e qualquer outra coisa que tenha que acontecer para fazer o bebê ser inteiramente dela.

Ele pega uma caneta e a equilibra entre os dedos enquanto me olha com apreensão.

— Como seu advogado e amigo, sinto que tenho de adverti-lo contra abrir mão dos seus direitos antes que o bebê seja concebido ou tenha nascido. Você pode se sentir de forma diferente quando conhecer seu filho ou filha.

— Não vou me sentir de forma diferente, e a Ellie concordou com visitação livre, que é tudo que me interessa. Não tenho vontade de trocar fraldas ou ter meu sono de beleza interrompido por meses. — Uma dor no meio do peito faz de mim um grande mentiroso, mas a minha realidade é essa e nenhum filho meu vai ser sobrecarregado com as obrigações que marcaram a minha vida. Eu não faria isso com meu pior inimigo, muito menos meu próprio filho.

— Jasper, não posso, em sã consciência, permitir que você faça isso.

— Preciso de outro advogado?

— Claro que não. Só quero que você pense a respeito – realmente pense – antes de fazer algo que não pode ser desfeito.

— Você é um dos meus melhores camaradas, Em, como você bem sabe. Assim como a Ellie. Não espero que nada mude entre nós quando concebermos essa criança. Ainda seremos amigos, e ela terá o que mais deseja. Terei uma transa gostosa com uma mulher bonita. Ninguém sai perdendo. — E eu... poderei acompanhar a uma distância segura enquanto meu filho cresce e prospera, sem o peso que está sobre os meus ombros desde o dia em que nasci.

Emmett bate a caneta na mesa enquanto continua a olhar para mim.

— Essa transa gostosa que você vai ter com a irmã do nosso amigo...

— O que tem?

Ele se inclina e apoia os cotovelos na mesa. seu olhar está intenso e concentrado agora que o choque passou.

— Ela não está no estilo de vida, Jasper.

— Sei disso. Não tenho planos de dominá-la, não como de costume, de qualquer forma. Não vou fazer isso com ela. — Espero um instante enquanto tento avaliar seu humor. — Vai me representar, não é?

— Sim, vou te representar — ele fala, com óbvia relutância. — Só espero que você saiba o que está fazendo.

— Você diz isso como se eu sempre estivesse fora de controle.

— Você nunca fica fora de controle, e é por isso que estou preocupado. Esse tipo de atitude não é normal para você.

— De vez em quando, temos que sair da nossa zona de conforto para ver o que está acontecendo no resto do mundo.

— É disso que se trata?

— Se trata de mim fazendo um favor para uma amiga querida. Nada mais. Nada menos.

— Há maneiras de você fazer esse favor sem colocar as mãos nela.

— Estou bem ciente disso, assim como ela. Concordamos que preferimos o método de concepção normal à versão de laboratório.

Emmett pausa por outro longo momento antes de perguntar:

— Ela tem advogado?

— Está resolvendo essa questão hoje. Devo pedir que sua advogada entre em contato?

— Hum, claro, isso seria bom.

— Você não me parece entusiasmado.

Depois de outra longa pausa, Emmett fala:

— Apesar da nossa amizade, você ainda é um dos meus chefes, Jasper, e meu trabalho é proteger você, os outros diretores e a própria Quantum da exposição. Não estaria fazendo o meu trabalho como seu advogado se não dissesse que acho que essa pode ser uma péssima ideia. Como seu amigo, temo que não seja tão simples quanto você faz parecer e me preocupo com o fato de você estar se metendo em algo que pode ser desastroso para você em vários níveis. E não menos importante, Flynn vai matá-lo se descobrir – e pessoas que você considera amigos próximos podem se oferecer para ajudá-lo.

Ouço o que ele tem a dizer e, mesmo que eu não concorde, aprecio a sua preocupação. Na verdade, pagamos a ele para cuidar dos nossos interesses e é o que ele está fazendo. Mas seus avisos não vão me convencer a rescindir minha oferta. Eu nunca faria uma coisa assim com Ellie e — além disso — estou ansioso demais para pensar em recusar.

— Entendo o que você está dizendo e o porquê, mas estou decidido. Se estiver preocupado em ficar em uma situação estranha com o Flynn, posso arranjar outra pessoa...

— Não. Você não vai arranjar outra pessoa.

— Muito bem então. Gostaríamos que os detalhes fossem organizados essa semana. Sei que você está atolado depois das férias, mas agradeço se resolvermos essa questão rápido.

— Sem problemas — ele fala, embora eu possa dizer que ele ainda não está feliz com essa situação.

Não importa. Ele não precisa estar feliz. Só precisa ter certeza de que tudo está estabelecido da maneira que queremos.

— Depois que eu tiver notícias da outra advogada, vou redigir os papéis e marcar uma reunião para todos nós na quinta-feira. Pode ser?

Três dias. Acho que posso esperar mais três dias se for preciso.

— Pode. Obrigado. Me levanto para sair, mas sinto seu olhar em mim. Se eu for sincero, provavelmente teria dito a mesma coisa para ele se estivesse em seu lugar.

O corredor está deserto, então me arrisco e bato na porta fechada de Ellie e quando ela diz para entrar, abro antes que alguém possa me ver. Sim, estou ciente de que estou sendo um pouco bobo, mas nosso plano parece frágil e tênue. Estou com medo de algo dar errado — tipo o seu irmão descobrir e pirar antes de realizarmos o que planejamos.

— Oi — ela diz, me lançando um olhar curioso e adorável. — Dando uma passada?

Percebo que estou encostado na porta, agindo como se tivesse escapado de alguma coisa. Alcançando as lapelas, ajusto o paletó feito sob medida e tento encontrar um pouco do meu charme lendário. Raramente fico confuso, e essa sensação me pega desprevenido.

— Falei com o Emmett.

— E?

Me sento na cadeira para visitantes e olho para a foto dela com seus pais que fica no balcão atrás da mesa. Hoje, Ellie está usando uma linda blusa de seda floral e seu cabelo está solto. Ela está levemente bronzeada da viagem e as sardas no nariz são muito fofas.

— Jasper? Você está bem?

— Sinto muito. Não queria encarar. Você está adorável hoje. Bem, está todos os dias, mas hoje em particular. — Pareço um paspalho. Quando ela me pergunta o que isso significa, percebo que falei em voz alta. — É uma gíria antiga para idiota.

— Ahh, bem, você não é idiota, mas está agindo meio estranho.

Passo os dedos pelo cabelo, procurando uma maneira de gastar um pouco da energia que vibra dentro de mim.

— O Emmett me surpreendeu um pouco.

— Por quê? Ele desaprova?

— Ele não disse com todas as palavras, mas a essência era que eu poderia me arrepender de abrir mão da custódia total de um bebê que ainda não foi concebido.

— Ah.

— Não se preocupe, não mudei de ideia quanto a isso, nem nada.

— Não esperava que ele se opusesse a isso.

— Bem, ele mencionou a possibilidade do Flynn e outros camaradas próximos conspirarem para me matar.

Isso a faz rir, e o som rouco e sexy atrai a atenção imediata do Jr. Cruzo as pernas na esperança de impedir o fornecimento de sangue, mas o Jr. é um cara persistente quando coloca algo — ou alguém — na cabeça.

— Peça a sua advogada para entrar em contato com ele. Emmett prometeu resolver tudo esta semana.

— Vou pedir a ela que ligue hoje ainda.

— Gostaria de te levar para jantar hoje à noite. — Eu não tinha planejado dizer isso quando cheguei aqui, mas preciso vê-la longe do campo minado que é o escritório. Preciso de mais dela, e essa necessidade não tem só a ver com o Jr. É maior que isso, um pensamento que faz meu coração bater um pouco mais rápido que o normal. O que há de errado comigo?

— Ah, claro. Tudo bem. Tenho que buscar o Randy na casa dos meus pais, mas posso ir depois.

Decido sair antes que o Jr. exploda em uma ereção completa, que ela com certeza vai notar.

— Ótimo. Te pego na sua casa às oito. — Saio antes que ela possa responder ou perceber o que sua presença faz comigo. Caramba, estou arruinado e ainda não a toquei.

4

Ellie

No segundo em que Jasper sai do meu escritório, ligo para a mulher que cuida da minha depilação. Sou cliente há anos, mas geralmente é preciso agendar com semanas de antecedência. Este é um daqueles casos em que o nome Godfrey vem a calhar. Ela encerra o dia de trabalho às cinco e meia, mas concorda em me atender mais tarde. Não faço ideia se "jantar" é outro dos eufemismos de Jasper e preciso estar pronta para o caso.

Seu convite destrói minha concentração pelo resto do dia. Participo de várias reuniões com minha equipe para repassar o tipo de detalhes em que costumo focar quando se trata do meu trabalho. Hoje tenho dificuldade. Tudo em que posso pensar é na maneira como ele estava esta manhã em um paletó azul-marinho que, obviamente, havia sido feito sob medida, o cabelo caído na testa do jeito que ele usa para trabalhar, as maças do rosto proeminentes, a pele bronzeada das férias e os olhos castanho-dourados...

— Ellie? — Dax, meu assistente, me olha com as sobrancelhas arqueadas. Ele é um *hipster* da cabeça aos pés, começando com os cabelos encaracolados, passando pelos óculos de aro preto, o brinco, a camiseta justa com estampa de uma banda que nunca ouvi falar e o corpo esguio. Ele também é eficiente de um jeito assustador, e eu estaria perdida sem ele. — Está com a gente?

— Sim, me desculpe. Qual foi a pergunta?

— Estamos falando sobre o local das filmagens em Helsinque. Kristian e Hayden fizeram algumas perguntas que estamos trabalhando para responder.

— Certo, Helsinque. Ok, o que você tem?

A reunião termina pouco tempo depois e minha equipe sai, deixando-me sozinha com Dax.

— Onde você está hoje, chefinha? — ele pergunta. — Ainda de férias?

— Talvez — respondo com um sorriso tímido. — As férias foram boas. Tenho que sair às quatro hoje. Vou compensar depois de casa.

— Claro, sem problemas. Estarei aqui até tarde.

— Aprecio as longas horas que você tem trabalhado ultimamente. Não passou despercebido.

— Está brincando? Meus amigos morrem de inveja por eu trabalhar aqui e amo tanto o que faço que nem parece trabalho.

Eu o contratei depois que estudamos juntos na escola de cinema da UCLA e ele se tornou completamente indispensável para mim nos últimos dois anos. Preciso falar com os diretores para dar um aumento para ele.

— Que bom.

Volto para o meu escritório, atravesso o pântano que está a minha caixa de e-mail e reconheço que Jasper conseguiu me arruinar pelo resto do dia. Às três, aviso a Dax que estou saindo e vou buscar Randy na casa dos meus pais.

Na viagem para Beverly Hills, me ocorre que preciso me recompor. Não posso me dar ao luxo de atrapalhar o trabalho para me concentrar em britânicos que fazem bebês e são muito sensuais. Tenho muito o que fazer e muitas pessoas contam comigo. Além disso, vou precisar sustentar a criança que planejo conceber, então arruinar o trabalho não está nos meus planos.

Amanhã vou voltar com um novo foco e dar minha atenção habitual. Mas hoje... hoje foi um fracasso. Chego na casa dos meus pais e vejo o Mercedes SUV da minha irmã Annie estacionado do lado de fora. Espero que ela tenha trazido os garotos. Lá dentro, Ada, nossa governanta de longa data, me cumprimenta com um beijo.

— Que bom te ver — ela fala. — Como foi a viagem?

— Fantástica. No entanto, voltar para a realidade não é tão bom.

— Ah, vai com calma. Você vai voltar ao ritmo. Está com fome?

— Eu poderia fazer um lanchinho.

— Vou providenciar, querida.

— Você é a melhor, Ada. — Ela trabalha para a nossa família desde que éramos crianças e nós a adoramos.

— Todos vocês dizem isso quando estão com fome — ela diz rindo, enquanto se dirige para a cozinha e fala por cima do ombro: — Eles estão lá atrás.

Embora esteja apenas vinte e um graus, meus sobrinhos estão na piscina que meu pai mantém aquecida durante todo o ano para os netos. Connor, o mais velho de Annie, com sete anos, está pulando mergulhando enquanto a mãe e meu pai olham. Mason, de quatro anos e Garrett, de dois, se esgueiram pelas escadas na parte rasa com minha mãe os observando.

Connor solta um grito quando me vê.

— Tia El, veja isso! — Ele faz um salto bomba perfeito e encharca o meu pai, que ri.

— Digno de dez! — digo ao garoto sorridente quando ele ressurge. Seu cabelo loiro está grudado na cabeça e a janelinha formada pela falta dos dentes da frente é adorável.

— Me veja cuspir por entre os dentes.

— Estou vendo. — Eu rio quando ele atira na água através da abertura. — Aproveite enquanto dura.

Minha mãe estende a mão para mim.

— Bem-vinda de volta, querida.

Seguro a mão dela e me inclino para beijar sua bochecha, que está escondida sob um enorme chapéu de palha. O cheiro de *Joy*, o perfume que ela usou a vida toda, me diz que estou em casa. Tiro os sapatos e me sento ao lado dela com os pés na piscina.

— Como foi a viagem? — meu pai pergunta.

— Horrível. Nós odiamos.

— Não diga "ódio", tia El — Mason diz. — É uma palavra ruim.

— Você tem toda razão e eu só estou brincando. Nós amamos.

— Estou com muita inveja — Annie diz do lugar onde está, sentada no centro da piscina com os pés na água. — Nossos irmãos livres, saindo para se divertir ao sol, enquanto Aimee e eu ficamos presas em casa. Não é justo.

Uma pontada de dor no coração me pega de surpresa. Se ela soubesse o quanto eu quero ficar sobrecarregada como elas.

— Não me venha com essa bobagem. O Flynn me disse que você e a Aimee vão usar a casa nas férias da primavera.

— Ainda falta mais de um mês e meio — Annie diz, suspirando.

— Isso é o que você ganha por matricular seus filhos na escola — meu pai diz com um sorriso provocante. — Eu avisei que você se arrependeria.

— Você também nos disse que deveríamos estudar com eles em casa, como se isso fosse acontecer — Annie responde.

— Está de folga hoje? — pergunto a ela.

— Trabalhei de manhã enquanto os macaquinhos estavam no colégio e na pré-escola. Desisti de trabalhar à tarde. — Ela tem um pequeno escritório jurídico em casa e trabalha de acordo com os horários dos meninos.

— Ela os trouxe aqui para gastarem energia — minha mãe acrescenta. — O que, para nós, é ótimo. — Garrett sobe as escadas com as perninhas gordinhas que tenho vontade de morder. Ele é muito fofo. Minha mãe tira as boias de seu braço e o envolve em uma toalha de praia grande, sem pensar no fato de que ele deve estar molhando-a toda. Meus pais são avós magníficos e participativos. Mal posso esperar para vê-los com meu filho.

Garrett aparece com o polegar na boca e os olhos pesados enquanto me observa.

Eu me inclino para beijar sua bochecha macia, e ele ri.

— Ainda está tudo certo para a noite de sábado? — Annie me pergunta.

— Mal posso esperar. — Os meninos vão dormir na minha casa

enquanto os pais vão a um casamento em Santa Barbara.

— Você é a melhor tia de todas — Annie fala.

Embora eu saiba que ela está me bajulando porque vou ficar com seus filhos, o elogio vai direto ao meu coração. Ser a melhor tia para meus sobrinhos é muito importante para mim.

— Convidei a Ivy e a India para virem me ajudar — falo, mencionando as filhas de Aimee, que têm sete e nove anos.

— Boa ideia — Annie fala. — Vai precisar controlar uma multidão.

— Conte as novidades às garotas, Stel — meu pai fala. Ele está com os braços apoiados atrás do corpo em seu comportamento casual, mas percebo uma tensão incomum entre os dois, que sem dúvida, são as pessoas casadas mais felizes que já conheci.

— Que novidades? — Annie pergunta. Mesmo que esteja usando óculos escuros, posso ver suas sobrancelhas se arqueando no que chamamos de seu modo advogada.

Mamãe ajusta a toalha para proteger Garrett do sol do final da tarde.

— Me ofereceram uma oportunidade no *Caesars Palace* em Las Vegas.

— O que isso significa? — Annie pergunta por nós duas.

— Sua mãe teria o próprio show, cinco noites por semana durante dois anos — meu pai explica. — É uma grande honra.

— Você vai se mudar para Vegas? — As palavras saem da minha boca antes que eu possa ter um segundo para pensar o que ou como as estou dizendo. Como meus pais podem se mudar quando estou prestes a ter um bebê?

— Nada foi decidido ainda — minha mãe diz. — Recebi a oferta e nós dois estamos conversando a respeito. Há muito a considerar. — Ela aconchega Garrett mais perto enquanto Mason vai para seu colo também. Até Connor ficou quieto enquanto nadava na parte rasa. A vida sem vovô e vovó aqui sempre que precisarmos deles? Inimaginável!

— Não consigo me imaginar vivendo longe da minha família durante seis meses por ano.

Seis meses por ano? Posso ver a expressão de *que porra é essa* da

Annie, mesmo com seus óculos escuros cobrindo os olhos. Eles não podem viver em Vegas por seis meses por ano! De jeito nenhum. E sim, sei que tenho quase trinta e seis anos, mas vejo meus pais várias vezes por semana. Nossa família é unida. Sempre fomos. Pensar nos dois morando fora do estado por *metade do ano* me deixa um pouco enjoada, especialmente diante dos meus planos. Como posso ter um bebê sem minha mãe por perto para falar sobre todos os aspectos da gravidez, do parto e da maternidade?

— O que você acha, pai? — Annie pergunta.

— É uma oportunidade incrível para a sua mãe e ela sacrificou muitas oportunidades para criar os filhos e apoiar minha carreira. Mesmo que nenhum de nós esteja ansioso para morar em Las Vegas, estou deixando a escolha para ela. Vou para onde ela for.

Por trás da resposta do marido perfeito, sinto sua tensão. Ele não quer ir, e eu não posso culpá-lo. Seus filhos e netos estão em Los Angeles. Ele não quer ficar longe de nós, mas a está apoiando.

— Quando você tem que decidir? — pergunto.

— Não por algumas semanas, então não se preocupem. Nós vamos resolver tudo.

Não se preocupe. Certo. Como vou pensar em mais alguma coisa até que ela decida?

A porta de correr se abre e Ada sai de dentro da casa com lanches. Randy, que corre em minha direção no segundo em que me vê, me sufoca com amor canino e os beijos molhados e desajeitados que eu adoro. Ele é de uma raça mista, de idade e origem desconhecidas, que adotei de um abrigo local. Sua cabeça é branca, o corpo é marrom e preto e as patas são quase tão grandes quanto seu coração, que pertence inteiramente a mim — e ao meu pai, que o estraga quando estou fora.

— Ei, garotão. — Abraçando-o, beijo sua carinha fofa. — Sentiu falta da mamãe?

Ele responde com um latido agudo que faz os meninos rirem. Nós juramos que ele entende cada palavra que eu digo.

Com o peso da notícia da minha mãe pairando sobre nós, ajudo Annie a trocar os meninos e comemos queijo, biscoitos e frutas com a limonada caseira especial de Ada, que amo a vida toda. Ela faz a bebida para que eu leve para casa, e eu a misturo com vodca, não que eu conte isso a ela. Mas aposto que ela suspeita. Nada aborrece a amada governanta que ajudou a criar os filhos dos Godfrey. Ela acabou de voltar de uma longa viagem a Porto Rico para visitar a família. São as primeiras férias reais que ela tirou em anos. Meus pais insistiram que ela ficasse por dois meses e foi assim que ela perdeu o casamento de Flynn.

Randy e eu voltamos para casa no trânsito do fim da tarde de Los Angeles enquanto meus pensamentos vagam com a possibilidade dos meus pais dividirem seu tempo entre Los Angeles e Vegas. Não achei que qualquer coisa poderia desviar meus pensamentos do bebê com Jasper, mas essa notícia me deixou em choque. E é claro que isso me faz sentir egoísta. Meu pai tem razão. Minha mãe sacrificou muito para nos criar e apoiar a carreira dele. Ela colocou a própria carreira como cantora de sucesso de lado quando Annie nasceu e não voltou a se apresentar até que Flynn estivesse no ensino médio.

Com certeza ela merece a oportunidade de fazer seu próprio show. Prometo apoiar qualquer decisão que ela tome, não importa como isso possa me afetar, mas o pensamento deles estarem tão longe de nós por meses me deixa com um mal-estar no estômago.

Randy entra na casa e segue direto para a tigela de água, com sede depois de ter pendurado a cabeça pela janela por todo o caminho para casa. Eu o acomodo e vou caminhando para meu compromisso, uma vez que fica bem perto de casa.

Todos me conhecem no salão e SPA que frequento há anos, e a recepcionista me leva até a área de depilação, onde Bryn, minha amiga de longa data, me cumprimenta com um abraço. Com vinte e poucos anos, Bryn é pequena, tem cabelos rosa-choque, vários piercings nas orelhas, um no nariz e tatuagens nos dois braços. Ela é uma das garotas mais legais que conheço.

— Olha como você está bronzeada!

— Não estou. Ganhei mais algumas sardas.

— Bem, para você é bronzeado. Entre.

Bryn fala comigo como se estivéssemos em um bar enquanto

cobre minhas pernas e área de biquíni. Em deferência aos meus planos, decido por uma depilação brasileira completa.

— Tem um encontro? — ela pergunta quando terminamos.

— Algo parecido com isso. — Não sei ao certo como chamaria o que planejei com Jasper, mas "encontro" não parece a palavra certa.

— Os sites de fofoca estão informando que a esposa do Flynn já está grávida. Palavras deles, não minhas.

— Bem, ela não está. Eles estão esperando um pouco para ter filhos.

— Você sabe como eu *adoro* ter informações privilegiadas. Você estava lá quando Hayden ficou noivo?

— Não estava no mesmo cômodo, mas eles estavam no México. Foi muito emocionante.

— Não posso acreditar que ele está noivo — Bryn diz de um homem que ela nunca conheceu. Eu me divirto infinitamente quando alguém que não está no universo das celebridades acha que conhecem os famosos quando tudo que sabem sobre eles é o que é publicado. E a maior parte disso é puro lixo. — Achei que ele continuaria um playboy solteiro até os cinquenta.

— Ele e a Addie são incríveis juntos. Ele está muito feliz.

— Isso é incrivelmente doce — ela diz com um suspiro. — Ele é *muuuito* gato. Gato do tipo total, incrivelmente, selvagem e sexy.

— Diga-me como você realmente se sente — respondo com ironia.

Ela ri e vou embora para o meu encontro com Jasper, pronta para o que quer que possa acontecer.

Às oito horas, estou nervosa, ansiosa e estressada. Quero voltar o tempo para a manhã do noivado de Hayden e Addie e não ter dito a Jasper o quanto quero um bebê. Quero desfazer nosso acordo verbal e acabar com isso antes de fazer algo que não possa ser desfeito.

Meu telefone toca com uma mensagem de Marlowe Sloane, estrela de cinema, diretora da Quantum e uma das minhas melhores amigas.

Estou com o nome daquele serviço de namoro exclusivo sobre o qual falei no México.

Em outro momento de fraqueza durante as férias, confessei a Marlowe o meu plano de me associar a uma agência para encontrar o Cara Certo. Juro aqui e agora nunca mais tocar em tequila. Essa é a única desculpa que tenho para todos os segredos que contei no México — segredos que não podem mais ser guardados agora que foram revelados.

Vou enviar as informações de contato da Serenity. Ela está esperando sua ligação.

Obrigada. Qual é o nome da agência?

Não tem. Ela mantém tudo muito discreto e fora do radar para proteger a privacidade dos clientes. Você estará em boas mãos com ela.

Já usou os serviços dela?

Não. Você me conhece. Não tenho interesse em namorar. De jeito nenhum. Me conte o que achou dela.

Pode deixar, obrigada mais uma vez.

Sem problemas.

Acho engraçado o fato de que Marlowe, que poderia ter qualquer homem do mundo, não se interessa por namoro. Não que eu a culpe. Como ela saberia se um cara a quer ou deseja ter acesso ao seu estilo de vida de celebridade? É muito mais fácil para mim, como filha, irmã e amiga de artistas, administrar minha vida fora dos holofotes que sempre estão por perto, mas não me tocam. Gosto assim, especialmente depois de ver os paparazzi perseguirem implacavelmente meu irmão. Eles quase arruinaram seu relacionamento com Natalie antes mesmo de começar. Não quero viver assim.

Não, estou muito bem com a minha vida fora dos holofotes em

Venice Beach. Só gostaria de encontrar um cara legal para compartilhar essa vida discreta. Amanhã de manhã, vou falar com a amiga de Marlowe para dar início às coisas. Enquanto isso, vou jantar com um britânico sexy.

Olho para meu armário, tentando encontrar a coisa certa para usar no jantar com o amigo que vai ser pai do meu filho. Não vi esse cenário específico em nenhuma das revistas de moda. Decido por uma roupa que me faz sentir sexy e feminina — uma saia fluida e top combinando que revela mais dos meus seios do que eu normalmente mostro.

Quero estar bonita para ele, o que me faz sentir boba. Mas isso não importa. Quero surpreendê-lo. Enquanto estou fazendo cachos em meu cabelo, me lembro de que ele nunca esteve na minha casa, e eu não disse a ele onde moro. Uma explosão de pânico me faz checar o telefone para ver se ele mandou mensagem, mas não há nada desde o contato com a Marlowe.

Espero que ele me encontre. Meus amigos não costumam vir aqui, porque todo mundo tem casas muitos maiores do que a minha. Estou aplicando máscara de cílios quando ouço Randy começar a latir. Olho para o telefone e vejo que Jasper chegou na hora certa. Respiro fundo, checo o espelho uma última vez e vou para a porta da frente, dizendo para meu companheiro de casa se acalmar.

Abro a porta e lá está ele, bonito, sexy e sorrindo. Mencionei sexy? Ele está usando uma camisa com as mangas dobradas nos antebraços e calças pretas. Nada de jeans ou camiseta para esse cara. Não, ele sempre parece ter saído das páginas de uma revista de moda masculina.

— Entre. Você me encontrou. Fiquei me perguntando se você tinha o endereço.

— Tive que agir como detetive, mas te encontrei.

A voz, o sotaque, todo o pacote atraente tem o efeito habitual em mim. Não é preciso muito esforço da parte dele para me deixar com vontade de fazer bebês quando chegar a hora. Só tenho que *pensar* em ficar nua com Jasper para o meu corpo se sentir eletrificado com o desejo. Mal posso imaginar como será a realidade.

5

Ellie

— Você está sensacional, amor.

— Obrigada. — Fico feliz por ele demonstrar. A maioria dos caras com quem saí não percebia o esforço de me preparar para o encontro e é sempre uma decepção quando eles não parecem se importar.

— E a sua casa é linda também. Maravilhosa.

— Eu mesma reformei cada centímetro dela.

— É mesmo? Preciso ouvir mais sobre esses seus talentos ocultos.

As coisas mais mundanas assumem tons sensuais ditas nesse sotaque, mas as palavras "talentos ocultos" são muito eróticas.

— Para onde estamos indo? Preciso de um casaco?

— Não faria mal levar um. Esfriou depois do pôr do sol.

Quando entro no quarto para pegar um casaco, percebo que ele não disse para onde estamos indo. Quando volto, ele está ajoelhado fazendo carinho em Randy. E poso dizer que meu cachorro gosta muito disso.

— Que garoto adorável você é. — Sim, mesmo um simples elogio destinado ao meu cachorro parece sexy vindo dele.

— Esse é o Randolph, também conhecido como Randy.

— Prazer em conhecê-lo, Randolph. — Randy dá uma lambida

45

nele pela atenção, se aconchegando no pescoço de Jasper. Ele ri da falta de vergonha do cachorro. — Qualquer carinho é bem-vindo, hein, amigo?

— Ele dá o coração para quem quiser receber.

Jasper olha para mim com lindos olhos castanho-dourados cheios de prazer.

— Quer levá-lo conosco?

— Ah, hum, não teria problema?

— Claro que não. — Ele dá mais um tapinha na cabeça de Randy e, em seguida, se levanta. — Achei que um pouco de privacidade para as coisas que precisamos discutir seria bom, por isso vamos jantar na minha casa em Malibu. Espero que esteja tudo bem para você.

Sua casa. Sozinhos. Bem, com o Randy, se eu decidir levá-lo. E por que eu não o levaria se não vamos sair?

— Claro, tudo bem.

— Vamos? — Ele conduz a mim e ao Randy para fora até um cupê esportivo cinza metálico rebaixado que nunca vi antes.

— Este carro é bom demais para colocar o Randy dentro — eu digo, admirando as linhas elegantes.

— Não tem problema — Jasper pega um cobertor na mala do carro e o coloca no vão atrás dos dois lugares para Randy. — Vamos lá, Randolph.

Meu cachorro responde a Jasper como se fosse ele quem o alimentasse. Após acomodar o cachorro, ele segura a porta para mim, esperando até que eu esteja acomodada para fechá-la. Tem cheiro de couro, perfume e homem. Quero respirar esse perfume até guardá-lo na memória. O aroma só melhora quando o próprio homem entra no lado do motorista e liga o motor.

— Que carro é esse?

— Seu irmão ficaria chocado por você ter que perguntar.

— Confie em mim, eu sei, mas não entendo nada de carros, apesar dos seus melhores esforços para me ensinar.

Rindo, Jasper diz:

— É um Jaguar. — Em seu sotaque, isso soa como jag-i-ar.

— É lindo.

— Eu gosto.

— É novo? Não o vi antes.

— Uma aquisição recente, uma espécie de presente para o ego após o Oscar.

— Bom para você. Deve mesmo comemorar o Oscar. É uma conquista incrível.

— Devo tudo ao seu irmão e ao Hayden. Eles tiveram uma visão incrível de *Camuflagem* e foi uma honra fazer parte disso.

— É o meu filme favorito de todos os tempos – e não só porque o meu irmão o estrelou. Tudo foi perfeito, especialmente a direção de fotografia.

— Você está puxando meu saco — ele diz, rindo.

— Não, estou falando sério. O trabalho de câmera foi excepcional e você mereceu todos os prêmios recebidos.

— Obrigado, amor. Fico feliz por saber disso.

Meu coração faz uma coisa engraçada quando ele me chama assim.

— Como você entrou para o cinema?

Ele faz uma pausa por um segundo antes de falar:

— Não me lembro de um momento em que não estava tirando fotos ou fazendo filmes, no começo com uma câmera que o meu avô me deu e uma oito milímetros que alguém deu ao meu pai de Natal. Ele nunca a tocou, mas eu filmava tudo. Deixei minha família louca com isso. Capturei coisas que todos nós preferimos esquecer. — Percebo que ele aperta o volante com firmeza e que sua mandíbula pulsa com uma tensão incomum. — Mas definitivamente foi meu chamado. Passei por cima das objeções veementes do meu pai, frequentei a escola de cinema da USC, fiz bons estágios, conheci o seu irmão e o Hayden em um dos meus primeiros filmes e o resto, como dizem, é história.

— Por que seu pai fez objeções se era sua vocação?

— Ele acha que qualquer coisa que tenha a ver com Hollywood e cinema é vulgar. Sei que é, mas é por isso que todos nós amamos tanto. — As palavras são ditas com o humor que tenho esperado dele, mas não deixo de notar a amargura em sua voz.

— O que ele disse quando você ganhou o Oscar? Não teve nada vulgar a esse respeito.

— Isso é o epitome da vulgaridade. Sabe a estatueta? Seria escondida em um armário na casa do meu pai.

De repente, estou com raiva por ele.

— Ele não ficou feliz por você?

— Amor — ele diz, de forma indulgente, acariciando meu joelho —, não dou a mínima se ele ficou feliz por mim. Sua opinião parou de me importar há décadas. Ele é só o homem que me gerou. Minha mãe e minhas irmãs ficaram emocionadas. Isso é mais do que suficiente para mim. E minha família, minha verdadeira família hoje, são vocês. Minha família Quantum.

Fico muito triste em pensar que ele ganhou o prêmio máximo da sua profissão e o pai não explodiu de orgulho como o meu sentiria.

— Nem todo mundo tem um Max Godfrey como pai — ele diz baixinho.

Dou um sorriso triste para ele.

— Você leu minha mente. — Depois de uma pausa, pergunto: — Você é próximo de algum deles?

— Falo com a minha mãe e minhas irmãs regularmente. Uma delas mora em Nova York e as outras voltaram para a Inglaterra, formando famílias e fazendo o que se espera delas.

— Então você é a ovelha negra?

— Algo do tipo. — Como sempre, seu humor irônico aparece, mesmo quando se discute o que soa como um distanciamento do seu pai. Eu adoraria saber os detalhes, mas nunca perguntaria mais do que ele está disposto a compartilhar – e sinto que ele já disse mais do que costuma dizer para outras pessoas. Ao longo dos anos, o ouvi contar histórias hilárias dos seus anos no internato, mas percebo que nunca o ouvi falar sobre o pai. Agora sei por quê.

— E eu fiz beicinho a tarde toda porque a minha mãe me disse que lhe ofereceram um show no *Caesars Palace*, em Las Vegas.

— Uau, bom para ela.

— Com certeza, mas o que isso diz a meu respeito quando se pensa que tenho quase trinta e seis anos e quase fiquei de coração partido em imaginá-los morando em outro lugar durante seis meses ao ano?

— Que você os ama e é extremamente próxima aos dois.

— Sim — digo baixinho, horrorizada quando uma onda de lágrimas surge. — E como vou ter um bebê sem eles para segurarem minhas mãos?

— Ahhhh, pobrezinha. Sua mamãe está indo embora e te deixando. Tento não rir e falho.

— Não tire sarro de mim. Estou muito chateada com essa situação inesperada.

— Corrija-me se eu estiver errado, mas conhecendo Stella, como conheço, se ela souber que outro bebê está a caminho, é possível que ela recuse essa maravilhosa oferta em Vegas.

— Acho que é provável que sim, mas isso me faz sentir egoísta. É uma ótima oportunidade para ela. Odiaria vê-la recusar por minha causa.

— Então, o que vai ser? — ele pergunta, rindo. — Você quer que ela fique ou que ela vá?

— Não sei! Sou uma filha horrível.

— Isso não é verdade. Você e seus irmãos são muito devotados aos seus pais, e eu invejo o laço da família Godfrey. De verdade.

— Bem, com certeza, você faz parte da família Godfrey. Sabe disso, não é?

— Obrigado, baby. É gentil da sua parte dizer isso.

Tremo no meu lugar e não porque o ar da noite está frio. Não, me sinto assim sempre que ele me chama de "amor" e "baby". É fácil conversar com ele, mesmo quando está zombando da minha hesitação.

— É verdade. Todos na Quantum fazem parte da nossa família. Meus pais sempre foram assim. Eles agregam as pessoas. Os amigos deles, os nossos amigos, todos são sempre bem-vindos. Quero ser assim com o meu filho. Quero que a minha casa seja o lugar que todos vêm porque temos as comidas mais gostosas e uma mãe interessada neles de verdade, como a minha mãe era.

— Isso parece adorável — ele fala com um suspiro melancólico.

— Sinto muito. Você acabou de dizer que tem um relacionamento ruim com o seu pai e eu aqui...

Sua mão cobre a minha, quente, sólida e deliciosa.

— Não precisa me pedir desculpas. Sua visão da maternidade é realmente adorável e nosso filho terá muita sorte de ter você como mãe.

Acho que minhas trompas de falópio acabaram de derreter. Na medida em que ele faz com que partes importantes do meu corpo derretam, não terei um sistema reprodutivo que valha a pena quando eu precisar. Virando a mão para que fiquemos com as palmas juntas, dou um aperto na dele.

— Fico toda nervosa quando você fala do nosso filho — eu confesso. — Ainda não consigo acreditar que isso está realmente acontecendo.

— Sem arrependimentos pós-férias?

Alarmada, olho para vê-lo observando a estrada sem nenhum sinal de diversão em sua expressão.

— N-não. E você? Se arrependeu, quero dizer? — Morro dez mil mortes enquanto espero que ele responda.

Ele aperta minha mão, fazendo com que fogos de artifício disparem na minha corrente sanguínea.

— Não me arrependo e mal posso esperar para começar.

Meu suspiro de alívio é audível.

Olhando para mim, ele franze a testa ligeiramente.

— Você não achou que eu voltaria atrás, não é?

— Não sei. Estive nervosa com isso por dias. Sou um desastre emocional e é por isso que as notícias da minha mãe me atingiram com tanta força hoje.

— Eu nunca faria isso com você, Ellie. Nunca.

— Obrigada por entender o quanto tudo significa para mim.

— Entendo e estou totalmente comprometido em infundir meu capital.

Eu rio, mas só porque a combustão espontânea não é uma opção. Odiaria fazer uma bagunça no seu carro novo. Cada parte minha está acordada, viva e cheia de antecipação.

Chegamos à sua linda, porém aconchegante, casa de estilo contemporâneo em Malibu, onde fui hóspede muitas vezes no passado. Randy vai à nossa frente, cheirando o lugar novo. Ele é treinado, então não me preocupo que ele levante a perna, mas continuo de olho.

— Não se preocupe — Jasper diz atrás de mim. — Não há nada com que ele possa se machucar aqui. Deixe que ele se divirta.

Sua mão pousa no meu ombro e fico assustada com o contato inesperado.

— Ei. — Ele coloca as duas mãos nos meus ombros. — O que foi?

— Estou nervosa. — A confissão parece aliviar um pouco da ansiedade que se formou na minha barriga.

— Por estar comigo? — ele pergunta, parecendo incrédulo. O sussurro de sua respiração contra o meu pescoço provoca uma reação em cadeia e a sensação termina em um pulsar entre as minhas pernas. Estive no limite o dia todo e coloquei a culpa disso no Pete, porque suas baterias morreram antes que ele pudesse terminar seu trabalho na noite passada. Mas agora, sei que não foi culpa do vibrador. É do Jasper.

— Não, não é isso. — Estou tão feliz que ele está atrás de mim e não pode ver o rubor que tingiu meu rosto.

Naturalmente, ele me vira, me forçando a revelar meu constrangimento para ele.

— Então o que foi? — Ele passa um dedo sobre a minha bochecha direita. — O que há de errado?

Eu me forço a olhar para ele.

— Você está preocupada que isso seja estranho?

— Isso o quê?

Deus, ele realmente vai me fazer falar?

— Isso. Você e eu. Nós.

— A parte do sexo, você quer dizer?

— Ah, sim — eu digo com uma risada nervosa.

Com as duas mãos emoldurando meu rosto, ele balança a cabeça lentamente. Leva um segundo para eu perceber que ele está chegando perto e minha respiração fica presa na garganta no segundo antes que seus lábios se encostam nos meus.

— Não acho que vai ser estranho. — Sua voz é um sussurro rouco que dispara mais fogos de artifício dentro de mim. — Não acho mesmo. — Ele me puxa para mais perto, até que nossos corpos estão pressionados um contra o outro. A forma inconfundível da sua ereção de encontro a minha barriga me permite saber que ele está igualmente afetado.

Eu deveria fazer alguma coisa, mas parece que não consigo me mexer, nem mesmo para abraçá-lo e encorajá-lo a continuar me beijando. Um leve gemido escapa dos meus lábios, o que atrai um gemido dele. Como se alguém tivesse acionado um interruptor, o beijo passa de inocente para erótico em um piscar de olhos. Sua língua desliza entre meus lábios entreabertos e, de repente, não estou mais paralisada pela indecisão.

Minhas mãos se movem do seu peito para os ombros e para a sua nuca. Enterro os dedos em seus cabelos para impedi-lo de fugir.

Uma das suas mãos se move do meu rosto para as minhas costas, deslizando para baixo até que esteja cobrindo minha bunda e me puxando ainda mais de encontro a si. Este é, sem sombra de dúvida, o beijo mais intenso da minha vida e não consigo ter o suficiente da sua língua, lábios e o perfume sexy e caro.

Tudo para de forma brusca quando Randy pula, quase nos derrubando para nos separar. Apenas a mão de Jasper no meu braço me impede de cair. Minhas pernas tremem quando Randy me olha com carinha de cachorro linda e sorridente. Ele está orgulhoso de si mesmo por me proteger.

— Não, não, Randy — digo quando recupero a capacidade de falar. — Não pule.

Ele assume a postura de cachorro brincalhão e late.

Jasper ri de suas travessuras.

— De quem foi a ideia de convidá-lo, desmancha-prazeres?

— Sua. Toda sua.

Randy late novamente, procurando alguém para brincar com ele.

Jasper passa a ponta do dedo sobre a minha bochecha e mais uma vez tem toda a minha atenção.

— Viu? Não foi nada estranho. Na verdade, foi gostoso pra cacete, como sempre imaginei que seria.

Espere, o quê? Ele sempre imaginou que seria assim?

— Você... você pensou em mim desse jeito antes do México?

— Amor, penso em você assim desde o dia em que nos conhecemos.

6

Jasper

Estou tão duro que mal posso funcionar. Aquele beijo incrível... explodiu meus miolos e me deixou morrendo de vontade de mais. Da próxima vez, Randy, o estraga prazeres, fica em casa. Quando penso no que poderia ter acontecido se não tivéssemos sido interrompidos de forma tão rude fico ainda mais duro se isso é possível.

— Que tal uma bebida? — pergunto, desesperado por uma distração, qualquer coisa para acalmar o fogo que queima dentro de mim. Uma prova. Foi preciso só isso para virar o meu mundo de cabeça para baixo. Desde que confessei sentir algo por ela há algum tempo, Ellie não tem muito a dizer. E por que senti a necessidade de deixar isso escapar?

A culpa é da sobrecarga de testosterona que está mexendo com a minha cabeça.

— Hum, claro. Seria bom.

Sorrindo, eu a levo pela mão até a cozinha.

— O que você quer?

— Pode ser vodca.

Sirvo uma Grey Goose a ela com refrigerante e acrescento um toque de limão, do jeito que ela gosta.

— Alguém tem prestado atenção.

Dando de ombros, sirvo o uísque irlandês Bushmills para mim e o bebo.

— Já bebemos algumas vezes juntos. Saúde. — Quando ela toca seu copo no meu, noto o brilho rosado da sua pele e os lábios inchados. Não posso resistir a me inclinar para prová-la novamente.

— Ainda não é estranho.

Seu sorriso tímido me faz sentir desequilibrado.

— Fiquei pensando — digo bebendo para criar coragem —, seria bom fazer um teste. Bem, um *teste* não, foi uma péssima escolha de palavra, seria mais como um *ensaio*, se você quiser.

Seus olhos se arregalam quando minha sugestão é registrada.

— Agora?

O Jr. se levanta e aplaude em apoio ao *agora*. Sim, agora mesmo.

— Depois do jantar, talvez? — Me inclino sobre o irritante balcão da cozinha que nos separa para segurar sua mão. — Poderíamos afastar as preliminares estranhas, se é que há alguma, antes de começarmos a trabalhar. — Temo que possa parecer descaradamente oportunista, mas não consigo me importar. Depois do beijo mais incrível da minha vida, quero mais e não posso esperar dias para tê-lo. Ou a ela.

— Preliminares estranhas — ela diz, tocando o lábio inferior de uma forma que me faz encarar sua boca. — É assim que vamos chamar?

— Depois daquele beijo, acho que podemos deixar a parte estranha de lado e simplesmente chamar de preliminares. Ou de ensaio para o evento principal.

Antes que ela possa responder, a campainha toca, quebrando o feitiço que permanece entre nós.

— Deve ser o jantar — eu digo, amaldiçoando o momento da entrega. Agora tenho que passar o jantar sem sua resposta para a minha pergunta. Com Randy bem atrás de mim, vou até a porta para receber a entrega, colocando uma nota de vinte na mão do jovem entregador.

— Obrigado, cara.

Em deferência ao bem documentado amor de Ellie por tudo o que é mexicano, fiz o pedido em um dos melhores restaurantes de Malibu, esperando que ela ainda esteja animada com esse tipo de culinária depois da viagem. Talvez eu devesse ter pedido algo diferente, já que comemos comida mexicana autêntica durante uma semana inteira. Raramente fico incerto no que diz respeito mulheres, mas aqui estou novamente desconcertado com relação a ela.

— O cheiro está incrível — ela diz, me deixando imediatamente à vontade.

— Sei que é o seu favorito. Só espero que você não tenha enjoado.

— Jamais vou enjoar de comida mexicana.

— Que bom. — Estou bem aliviado por ter acertado.

Ela me ajuda a desempacotar a comida, gemendo e sorrindo com as minhas escolhas.

— O Flynn ama esse restaurante.

— Foi ele quem me indicou.

Planejei arrumar a mesa da sala de jantar, mas acabamos nos banquinhos da cozinha, o que é absolutamente perfeito. Apesar do beijo que nos abalou, a conversa é fácil e sem o ônus das expectativas — ou antecipação. Estou cheio das duas coisas, mas faço um esforço para manter a leveza enquanto devoramos tacos de peixe, ceviche de camarão, salada de tortilla e arroz delicioso.

— Isso é muito bom — Ellie diz entre as garfadas. — Estou em abstinência desde que chegamos.

— Que bom que gostou. — Passo um chips de milho discretamente para Randy, que já descobriu que tenho coração mole. Se o caminho para conquistar uma mulher é através do seu cachorro, estou me dando bem. Como uma agulha riscando um disco de vinil, esse pensamento me deixa em paz. Estou tentando chegar ao coração de Ellie? Claro que não. Isso é sobre sexo e fazer um bebê. Nada mais.

Só que aquele beijo...

Foi só um beijo. Transformar em algo mais seria um erro de proporções épicas.

— Tomei uma decisão — Ellie anuncia depois de terminar um segundo taco.

— Qual?

— Vou me inscrever em um serviço de namoro de alto padrão para encontrar alguém que possa ser um pai presente para o meu filho.

Mais uma vez, a agulha risca o vinil. O que ela disse?

— Você vai...

— Encontrar um homem para um relacionamento. Está na hora, não acha?

— Ah. Bem, acho que sim. — Definitivamente vou precisar de mais uísque para essa conversa. Eu me levanto para encher o copo, ciente de uma dor no peito que não estava lá há um minuto. Pensar em Ellie – a linda, doce e vivaz Ellie – com outro homem, de repente me assusta. Sim, estou bem ciente de que não tenho o direito de ficar chocado com qualquer coisa que ela faça, mas estou mesmo assim.

— Preciso que alguém filtre os sapos por mim — ela continua, aparentemente sem saber que enfiou uma faca no meu peito com esta notícia. — A Marlowe conhece alguém que administra uma agência para pessoas públicas. Não que eu seja importante, mas sou próxima de pessoas que são. Estou tentando encontrar um sobrenome diferente para que ninguém saiba quem eu sou. Talvez Ellie Flynn? Não me ligariam ao meu irmão porque esse é o primeiro nome dele. O que acha?

O que eu acho? Em primeiro lugar, quero estrangular Marlowe, minha grande amiga e sócia, por indicar um serviço de namoro a Ellie. Em segundo lugar, quero matar todos os homens com quem ela sairá e, aproveitando que estou me sentindo um criminoso, talvez eu mate a amiga de Marlowe que administra a porcaria do serviço.

— Você não acha presunçoso da minha parte me considerar pessoa pública, não é?

— Hum, não, claro que não. — Por que minhas mãos estão tremendo enquanto eu tampo a garrafa?

— O último cara com quem namorei queria que eu o apresentasse ao Flynn. Estou meio cansada disso. Não quero que ninguém saiba quem eu realmente sou até decidir que quero ficar com ele, sabe?

A garrafa cai com um pouco mais de força do que o esperado no balcão, o som provocando um latido de Randy, que estava dormindo no chão da cozinha.

— Jasper? Você está bem?

Não, não estou bem. Me forço a parecer inexpressivo quando volto ao meu lugar.

— Eu, hum, achei que seríamos, você sabe, exclusivos durante a fase de infusão de capital.

Seu rosto se ilumina com risada e constrangimento.

— Não vou dormir com nenhum deles! O que você acha que sou?

— Ah, hum, uh... — Jesus, ela me transformou em um gago idiota.

— Não, o objetivo disso é namoro, não sexo. Mas não por enquanto.

— E como você planeja explicar sobre a criança que espera ter em breve?

Ela pondera a questão por um momento.

— Vou dizer que o bebê é do meu ex, que não está interessado em ser pai. É a verdade, certo?

Cada pedaço meu rejeita essa afirmação. Quero me enfurecer, rugir e protestar contra a injustiça absoluta de tudo isso. Em qualquer outra vida diferente da que nasci, eu gostaria de me casar com uma garota como Ellie e dar quantos bebês ela quisesse. Mas na minha vida, isso simplesmente não é possível, e eu odeio essa realidade.

— Jasper? Você está bem? Por que você está suando? Ah, são os jalapeños! — Ela pula, encontra os copos, me serve água gelada e o coloca na minha frente. — Beba. Isso vai ajudar.

Me dando um tempo para explicar minha estranha reação a mim mesmo para poder explicar para ela, viro a água e tomo tudo de uma vez.

— Melhor? — ela pergunta, me observando com cuidado.

— Sim, obrigado. — Digo o que ela quer ouvir, mas nada está melhor. Não, tudo está péssimo e a culpa é só minha. Fui eu quem disse a ela que a ajudaria a conceber um bebê, mas que nossa prole era toda dela para criar como quisesse. Então, como posso ser contra seu plano de encontrar um pai de verdade para a criança, alguém que estará presente para ele todos os dias quando eu não puder?

Se eu sei que isso é o melhor para ela e para o nosso filho, por que meu coração parece ter passado por um triturador de papel? Meu estômago embrulha, a refeição satisfatória azedando na minha barriga.

— Quer sair e tomar ar? — ela pergunta, me olhando com preocupação.

Parece uma boa ideia. Talvez eu possa respirar lá fora.

— Sim, vamos.

Randy vai junto quando saímos para a varanda com vista para o Pacífico. Normalmente, é o meu lugar favorito em todo o mundo, mas esta noite estou muito abalado para apreciar adequadamente a vista deslumbrante. Nos acomodamos em uma poltrona dupla, compartilhando um cobertor. Está frio, então ela se aconchega a mim enquanto Randy se acomoda do outro lado. O ar frio ajuda a me acalmar, mas tê-la confortável contra mim coloca o Jr. em alerta total.

— Pode me ajudar a decidir qual cara seria bom para mim e para o bebê?

Essa pergunta empurra a faca ainda mais fundo no meu peito, tornando difícil respirar.

— Quero dizer, será seu filho também e você deve opinar sobre quem irá ajudar a criá-lo. Ou a ela. Não sei por que sempre me imagino com um garoto — ela diz com uma risada.

Posso ver claramente: um garotinho loiro que se parece com a mãe. A dor é quase insuportável. O que há de errado comigo? Por que o pensamento dela escolher outro homem para criar meu filho me faz sentir como se eu estivesse tendo um ataque cardíaco? É o que eu disse que queria quando fizemos nosso acordo, mas agora...

Merda. Merda, merda, merda, *merda*.

— Você está quieto. Está tudo bem? — Ela me olha com aqueles olhos azuis claros que são sempre tão abertos e honestos.

Não quero falar sobre outros caras com quem ela vai namorar. Não quero pensar nela com mais ninguém além de mim. Pelo menos, não enquanto ela se aconchega em mim, quente, suave e infinitamente atraente.

— Estou pensando naquele beijo.

— Ah.

— Está pensando sobre isso?

— Passou pela minha cabeça uma ou duas vezes. — Ela me olha no mesmo segundo em que olho para ela e tudo para. Não estou mais ciente da brisa ou do som das ondas rugindo em direção à costa. Não posso sentir o cheiro do oceano. Eu só vejo a ela. Apena a ouço. Só sinto o seu cheiro inconfundível. E então eu a beijo novamente, desta vez pulando as preliminares e indo direto para as coisas boas. Quero arrancar o pensamento dela a respeito de outros homens e, sim, estou bem ciente de que pareço um selvagem por estar pensando em algo assim. Mas não me importo.

Sem interromper o beijo, eu a puxo para cima de mim, encaixando-a melhor na parte de baixo para conseguir o ângulo que quero.

Randy choraminga durante o sono, mas não acorda. Provavelmente, ele rasgaria minha garganta se soubesse o que planejo fazer com sua mãe. E o que exatamente pretendo fazer?

Tudo.

~

Ellie

ESTOU POR CIMA DE JASPER, que está me beijando descontroladamente com uma espécie de desespero que eu não esperava dele. Ele cobre meus seios e passa os polegares sobre meus mamilos, fazendo com que eu me contorça necessitando de mais. Algo aconteceu quando contei a ele meus planos de encontrar um pai em tempo integral para o nosso filho. Ele não gostou de ouvir isso? Eu não deveria ter contado a ele?

Sempre conversamos sobre nossos relacionamentos. Nossas façanhas de namoro. Está tudo diferente agora que estamos juntos?

— Vamos entrar — ele fala em um tom rouco entre beijos.

Com as mãos nos meus quadris, ele me ajuda a ficar de pé e segura a minha mão. Deixamos Randy roncando. Espero que ele me leve até o sofá, mas vamos direto para as escadas. Estou pronta para isso? Estou preparada para fazer sexo com Jasper? Observando sua bunda firme e musculosa subir as escadas à minha frente, decido que sim, estou pronta.

Minhas pernas parecem de borracha e não cooperam enquanto eu me esforço para acompanhá-lo. De repente, ele está com pressa.

— Jasper...

— Sim?

— O que, quero dizer... você... está com pressa.

— Com pressa — ele fala com uma risada seca e irônica. — Você me deixou à beira de um precipício por dias e me diz que estou com pressa. — Segurando minha mão, ele a coloca sobre a seu pênis rígido. Ele é longo, grosso e muito duro. Minha boca se enche de água com a antecipação. — Tenho lidado com ele desde aquela manhã no México, então me perdoe se, para nós, não pareço apressado.

Ele está realmente se referindo ao seu pênis como pessoa? Esse pensamento me faz rir.

Suas sobrancelhas arqueiam em sinal de aborrecimento.

— Você acha isso engraçado?

— Um pouco.

— Preciso transar com você.

A afirmação contundente me pega completamente de surpresa e envia meu corpo já superaquecido para a zona vermelha.

— Tudo bem?

Estou tão excitada e surpresa com esse lado macho alfa inesperado que mal posso pensar, quanto mais formular uma resposta.

— Foco, Ellie — ele diz com firmeza. — Não vou te tocar até você me dizer que está tudo bem.

— É... tudo bem.

Ele esquece os botões da minha blusa e a puxa para sobre a minha cabeça. Gemendo, ele enterra o rosto no meu decote, beijando, lambendo e mordiscando o topo dos meus seios.

Seguro seus ombros porque posso cair se não me segurar em alguma coisa. Meu sutiã desaparece, minha saia cai no chão e fico de pé de calcinha e salto alto.

— Tão sexy — ele diz com aquele grunhido baixo que fica ainda mais sensual pelo sotaque. — Quase gozei na calça ao te ver nadar no outro dia. Queria colocar as mãos em você bem ali na frente de todos. Quase me matou não poder.

Antes que eu possa processar as coisas que ele está dizendo, Jasper coloca meu mamilo esquerdo em sua boca, acariciando-o com a língua e chupando-o ao mesmo tempo. Eu grito pela surpresa quando uma pontada afiada de desejo se registra entre as minhas pernas.

— Você não tem ideia de quantas vezes desejei poder te pegar pela mão e arrastá-la para algum lugar para fazer isso. — Ele cobre minha vagina, pressionando dois dedos no meu clitóris com apenas a seda da calcinha bloqueando o caminho.

— Enquanto estávamos no México? — pergunto sem fôlego enquanto me esfrego contra seus dedos, buscando alívio.

— Desde que te conheci. — Ele se move para meu outro seio enquanto continua a acariciar minha boceta.

O estado em que Pete me deixou ontem à noite não pode ser comparado com o que Jasper está fazendo comigo agora, enquanto anos de fantasia se tornam realidade. Caramba, ele vai me fazer gozar e mal me tocou. Estou quase lá quando ele muda o jogo, retirando os dedos do meu núcleo e me virando, assim minhas costas ficam contra a cama.

— Sente-se na beirada — Ele não tira os olhos de mim enquanto desabotoa a camisa e a tira, descartando-a com os sapatos, que voam.
— Deite-se. — Ele solta o cinto e joga a calça, chutando-a para o lado.

Faço o que ele pede, me apoiando nos cotovelos para não perder nada. Vi seu peito uma centena de vezes na praia, em férias, em festas na piscina aqui e no México, mas nunca tive o luxo de olhar para o que tenho agora. Ele é magro e musculoso, com pelos dourados no peito que desce pela barriga bem definida e desaparece em uma cueca de seda que agora parece uma tenda.

Suas mãos encontram meus joelhos e abrem minhas pernas.

Os músculos das minhas coxas estão moles, tremendo por antecipação e necessidade, como nunca havia acontecido antes. Este é o homem que vai ser o pai do meu filho. Ele insistiu em fazer isso à moda antiga, um detalhe pelo qual sou muito grata, já que nunca fiz sexo tão erótico quanto o prometido.

Ele se inclina sobre mim, seus lábios macios tocam minha barriga enquanto seus dedos pressionam contra o meu clitóris.

Não posso evitar me contorcer enquanto tento encontrar o ângulo perfeito.

— Não se mexa — ele diz naquele tom autoritário que envia ondas de calor por meu corpo. — Você se lembra do que eu disse naquela manhã no México? Sobre quem vai estar no comando quando estivermos na cama?

Prendendo a respiração, eu aceno.

— Eu possuo seu prazer, doce Ellie. Você só goza quando eu disser que pode, entendido?

Caramba. Eu entendi?

— Ellie? Preciso das palavras. Diga-me que você entendeu. — Ele segura meu mamilo entre os dentes e morde com força o suficiente para provocar um grito agudo.

— Sim — digo em um suspiro —, entendi.

— Se você gozar antes que eu diga que pode, vou te bater. Entende isso também?

— Você vai...

— Te bater e vou fazer doer. Me diga que você entende.

Engulo em seco, mortificada que o pensamento da sua mão batendo na minha bunda quase me faz gozar.

— Sim, eu entendo.

— Se quiser que eu pare, só tem que dizer, ok?

— Sim. — Neste ponto, quero implorar para ele continuar, para aliviar a dor terrível que essa conversa provocou.

Sua expressão muda da tensão para o alívio. Ele está aliviado por eu ter concordado com seus termos.

— Relaxe. Eu não mordo. Não muito forte, na verdade.

7

Ellie

Estou trêmula e agitada quando seus lábios se movem sobre o meu abdômen e descem até a minha boceta.

Alcançando debaixo de mim, ele puxa a calcinha, e levanto meus quadris para ajudá-lo a removê-la.

— Caramba — ele murmura. — Você é tão suave e está completamente depilada.

Sua reação me faz agradecer por ter tido tempo para ver Bryn mais cedo.

Seus ombros largos abrem as minhas pernas enquanto ele mergulha de cara no centro do meu desejo. Ele sabe exatamente onde preciso dele e se concentra no meu clitóris, lambendo, sugando e me deixando louca. Já estou à beira de um orgasmo explosivo quando ele enfia dois dedos em mim e os mexe até encontrar o local que me faz detonar.

Estou completamente perdida no orgasmo arrasador quando me lembro que não deveria deixar isso acontecer sem sua permissão.

— Humm — ele diz, com os lábios e língua macios na minha pele sensível — alguém está em apuros.

E é só isso que preciso para ficar excitada novamente.

— Se esqueceu das regras com que concordou a cinco minutos?

— Eu... eu... você... a culpa foi sua!

— Não é assim que funciona. Você tem que aprender a se controlar.

Posso ouvir a diversão em sua voz enquanto ele continua a me acariciar, acendendo o fogo de novo.

— Não. Não posso. Não consigo me controlar.

— Pode, sim. Foco.

— Preciso de algo para me concentrar além do que você está fazendo comigo.

— Posso te ajudar com isso. — Ele tira os dedos de mim e sobe na cama, tirando a cueca enquanto se move. Então se inclina sobre mim, colocando o pau duro e grosso sobre o meu rosto, e sua intenção se torna muito clara.

Caramba. Não faço isso desde que tinha vinte e poucos anos e experimentei de tudo. Agarrando seu comprimento duro, começo a acariciá-lo enquanto ele se inclina para frente para continuar de onde parou, embora de um ângulo diferente. Rapidamente descubro que ele não é menos eficiente deste lado e decido que preciso distraí-lo antes que ele possa arrancar outro orgasmo de mim.

Colocando os lábios ao redor da cabeça larga do seu pênis, eu o coloco em minha boca, chupando e lambendo enquanto me movo.

Seu grunhido baixo vibra contra o meu clitóris, me fazendo sobressaltar.

Seis dias depois que concordei em permitir que Jasper seja o pai do meu filho, estamos em plena posição 69, e estou tentando adiar o orgasmo para que eu não tenha que ser punida duas vezes. É mais fácil falar do que fazer, especialmente quando o homem encarregado do prazer é um demônio sorrateiro.

Seu dedo desliza da minha boceta e desce para pressionar o meu ânus, ao mesmo tempo que ele suga meu clitóris. A combinação é esmagadora e até mesmo a pressão do seu pênis na parte de trás da minha garganta não consegue desviar minha atenção para longe do dedo exigindo a entrada.

Mais uma vez, explodo em um orgasmo que vem da parte mais profunda de mim. Gozo com tanta força que é preciso muita concentração para não apertar seu pau na minha boca. Me acalmando do orgasmo incrível, sinto sua língua me acariciar e seu dedo enterrado dentro de mim.

Ainda não fizemos sexo de verdade, e essa já é a melhor transa da minha vida. Eu deveria saber que seria assim com o homem que quase me fez gozar só de ler sobre a noite antes do Natal.

— Grande, *grande* problema — ele sussurra contra a minha pele ainda trêmula. Removendo o dedo e limpando a boca com as costas da mão, ele se levanta. — Me solte.

Solto meu aperto em seu pau, e ele sai da minha boca.

— Fique de quatro e abra as pernas. — Depois de dar a ordem, ele se levanta e vai para o banheiro adjacente. Ouço a água correndo antes que ele volte para pegar algo da mesa de cabeceira. Virando-se para mim, vejo quando ele coloca um preservativo.

Em seguida, ele volta para a cama e para atrás de mim, suas mãos em minhas nádegas, apertando e moldando-as.

— Adoro o seu bumbum, amor. Fantasiei muito sobre esse traseiro gostoso e macio. — Sua mão se choca contra a nádega direita e o som ecoa pela sala. A dor prazerosa reverbera do meu traseiro para o clitóris super estimulado. Após a palmada, ele me faz uma carícia que acende a chama. — Diga-me para parar.

— Não.

— Não? Isso significa que você gosta de levar umas palmadas?

Antes que eu possa responder, a mão dele bate no lado esquerdo na junção entre a bunda e a perna. Nunca me deram palmadas. Não tinha ideia de que gostaria tanto.

— Já chega?

— Não.

Seu grunhido baixo é preenchido com aprovação e o que parece ser desejo. As palmadas atingem meu traseiro até que estou reduzida a nada além de prazer, dor e o calor insuportável.

— Sua bunda fica tão gostosa com as marcas da minha mão por toda parte. — Ele pressiona meu ânus novamente. — Alguém já te comeu aqui, amor?

— N-não. Eu nunca quis.

— Quero te fazer amar e me implorar por isso. — Ele provoca minha entrada de trás com os dedos, mas alinha seu pênis com minha boceta, me pressionando de forma lenta, mas com firmeza, segurando meu quadril com a mão livre e me mantendo em sua posse.

Sinto um leve ardor quando minha entrada se estica para acomodar sua masculinidade, mas depois ele me penetra, me enchendo completamente e me levando à beira do orgasmo mais uma vez.

— Jasper...

— O que foi?

— Eu preciso... vou gozar de novo.

— Ainda não. — Ele sai abruptamente, me deixando desesperada e carente. — Vire-se, amor. Quero ver seu rosto lindo.

Me movendo com cautela, faço o que ele pede, ofegando quando meu traseiro entra em contato com os lençóis. A sensação vai diretamente para o meu clitóris, como se estivesse ligado a um fio elétrico.

— Aí está você — ele sussurra, afastando o cabelo do meu rosto e se inclinando para me beijar. — Tão doce e sexy ao mesmo tempo e, definitivamente, muito fora de alcance.

— Você achou que eu estava fora de alcance?

— Inteiramente fora de alcance por muitas razões.

— Flynn não se importaria. Ele não é assim.

— Confie em mim, amor, com as coisas que quero fazer com você, seu irmão se importaria.

— Ele não precisaria saber. Não vou dizer a ele. Você vai?

— Ah, não, mas em algum momento, sua família pode querer saber quem é o pai do seu filho. O que você vai dizer para eles?

Enquanto ele fala, pressiona o pênis contra o meu clitóris sem entrar em mim. Minhas mãos descem pelas suas costas para segurar seu traseiro firme na esperança de direcioná-lo para onde eu o quero.

— Direi que foi feito em uma clínica.

— Então poderemos fazer tudo que quisermos várias vezes e não terei que me preocupar em perder o respeito da família Godfrey? — Ele empurra para dentro de mim com força e rapidez, roubando o ar dos meus pulmões e quase provocando o orgasmo que está logo ali.

Não consigo pensar sobre a família Godfrey quando ele está se movendo dentro de mim e me preenchendo com tanta perfeição. Caramba, todo esse tempo eu poderia estar fazendo isso com Jasper ao invés dos muitos sapos que cruzaram meu caminho. Perdi muito tempo com homens que não conseguem encontrar o clitóris de uma mulher nem com um mapa e lupa. Estou arrebatada em um mar de prazer quando ele para, se retira e me deixa desolada.

Ele segura minhas pernas e as apoia em seus ombros antes de entrar em mim novamente em um ângulo totalmente novo. Está me tocando em lugares que ninguém mais tocou e balançando meu mundo com uma investida profunda de cada vez. Como vou fazer sexo de novo e não pensar na maneira como *ele* faz?

— Fale comigo — ele pede com aquele sotaque sexy pra caramba. — Me diga o que está sentindo.

— Incrível. — Alcanço seus braços, segurando-o enquanto ele entra e sai em mim. — Preciso...

— O quê? Me diga o que você precisa.

— Quero gozar.

— Ainda não. — Ele diminui o ritmo, parando completamente enquanto está dentro de mim. — Respire fundo algumas vezes. Vá devagar.

— Não quero parar.

Um sorriso se estende lentamente pelo rosto dele.

— Lembra quando você concordou em permitir que eu estivesse no comando na cama?

— Vagamente.

— Devo refrescar sua memória?

— Prefiro que você me faça gozar.

Seu riso o faz se aprofundar ainda mais, se isso é possível.

— Coloque os braços sobre a cabeça e segure a cabeceira.

— Tenho que fazer isso?

— Se quiser gozar, sim.

Gemendo, faço como ele me diz ao perceber que nunca tive esse tipo de conversa com qualquer homem, muito menos no meio de uma transa enlouquecedora. Claro que ele tem que me arruinar para todos os outros quando estou prestes a me aventurar no mundo dos encontros mais uma vez.

— Não goze.

Ele é ainda mais sexy do que o normal quando está dando ordens.

Ao segurar as grades de ferro da cabeceira, percebo que minhas mãos estão úmidas de suor. Me sinto como uma grande terminação nervosa, esperando para ver o que ele tem reservado.

Inclinando-se sobre mim, ele captura meu mamilo em sua boca, mordiscando e sugando a ponta eriçada e fazendo com que eu me contorça na cama. Ele me envolve completamente, não há muito espaço para que eu me mova, mas meu corpo agora está totalmente em seu comando, e ele me rege como um maestro.

Seu pau fica mais duro, me estendendo ao limite absoluto.

Grito, esmagada pelo ataque de sensações.

— Por favor...

Pressionando o polegar no meu clitóris que está formigando, ele pergunta:

— É isso que você quer, linda Ellie?

— Sim! Por favor... preciso...

— Goze.

Eu explodo. Simplesmente não há outra palavra para isso. Todas as células do meu corpo estão totalmente ocupadas. Volto à vida lentamente, o couro cabeludo formigando, as solas dos pés queimando, as pernas tremendo violentamente. E Jasper está de olho, absorvendo tudo enquanto continua a se mover dentro mim, ainda com força, ainda me preenchendo ao extremo.

— Isso foi surpreendente — ele diz com uma reverência que me comove profundamente.

Saio do estupor para imaginar como devo estar, com os braços esticados sobre a cabeça, os seios se movendo a cada impulso profundo, as pernas em seus ombros e o corpo quase dobrado ao meio. É quase obsceno e, no entanto, nada parece assim. Não, essa não é a palavra que eu usaria para descrever o que estamos fazendo e assim que conseguir pensar em uma palavra que resuma adequadamente essa experiência, vou informar.

Ele pega o ritmo, entrando e saindo implacavelmente até que goza com um grito. Seus dedos apertam a minha bunda.

Minhas pernas caem como dois macarrões cozidos enquanto ele se deita sobre mim, seu suor se fundindo com o meu, os pelos do seu peito acariciando meus mamilos sensíveis. Imagino que posso liberar as grades de ferro da cabeceira agora. Estava segurando com tanta força que meus dedos estão rígidos e meus braços doem por causa da tensão. Eu o abraço enquanto ele relaxa sob meu toque.

Apesar da minha preocupação de que seria estranho fazer sexo com Jasper, essa seria a última palavra que eu usaria para descrever o que aconteceu, mas agora me pergunto como voltarei a vê-lo e não pensar no melhor sexo da minha vida.

~

Jasper

ELA ME ARRUINOU. Já pratiquei todo tipo de sexo selvagem e louco — excêntrico, em grupo... basta dizer o nome que já fiz. Mas nunca experimentei nada remotamente próximo do que aconteceu com Ellie. E agora estou completamente fodido em mais de uma maneira. No prazo de uma hora, o pensamento de que ela possa fazer o que fizemos com qualquer outro cara se tornou completa e absolutamente inaceitável para mim.

Fico com raiva simplesmente em *pensar* nela nua com outra pessoa. Não quero que ela *fale* com outros caras, o que é uma reação sem precedentes para um homem que fez carreira sem se envolver. Não me dou ao luxo de me envolver. Tenho bagagem demais. Não seria justo esperar que qualquer mulher tomasse conta de mim ou dos meus problemas.

Mas uma provinha da extraordinária Ellie Godfrey jogou meus planos cuidadosamente construídos para fora da janela.

Ela não sabe — nenhum dos meus amigos aqui em Los Angeles sabe — que estou vivendo um tempo emprestado. A qualquer momento, posso ser chamado de volta para a Inglaterra para lidar com meu direito de primogenitura. Esse é o acordo que tenho com meu pai. Estou livre para ter minha "pequena aventura" como cineasta em Hollywood, mas só até precisar voltar para casa.

Até esse dia chegar, eu finjo que isso não vai acontecer. Finjo que nasci uma pessoa comum e não o futuro décimo duque de Wethersby, herdeiro de uma das maiores fortunas de toda a Grã-Bretanha e de todas as responsabilidades que advêm disso — responsabilidades com as quais não tenho *nada* a ver.

O engraçado sobre a nobreza britânica é que ninguém se importa se você a quer ou não. Você está preso ao seu direito de nascimento, não importa as outras esperanças e sonhos que você possa ter para si mesmo, e é exatamente por isso que nunca vou reconhecer publicamente a criança que farei com Ellie.

Ele ou ela será minha melhor e única chance de ser pai sem o peso da expectativa pousando nos ombros minúsculos do meu filho. Não quero isso para essa criança. E sim, esperam que eu produza um herdeiro, mas essa é uma coisa que meu pai não pode me forçar a fazer.

Nenhum dos meus amigos em Hollywood faz ideia sobre a minha linhagem. Uso o nome de solteira da minha mãe profissionalmente e tudo o que eles sabem é que venho de uma família britânica rica. Isso é tudo que eles precisam saber por enquanto, de qualquer maneira. Pode chegar o dia em que eu terei que vender minhas ações na Quantum e ir para casa cumprir meu dever. Espero que esse dia demore muito. Se o meu pai viver tanto quanto a rainha Elizabeth, não importa que eu não esteja interessado em ser seu herdeiro. serei velho demais para me importar. Rezo por sua saúde e longevidade todos os dias da minha vida.

— Você está bem? — O questionamento suave de Ellie me lembra de ficar focado no presente em vez de temer um futuro incerto.

— Estou destruído. Você me destruiu.

— Acho que foi o contrário.

— Você está destruída, amor? — Levanto a cabeça para dar uma olhada mais de perto em seu rosto adorável. Seus olhos estão fechados, os lábios inchados e as bochechas coradas.

— Para dizer o mínimo.

— Sinto muito... fui brusco...

Ela abre os olhos e coloca um dedo sobre meus lábios.

— Você foi incrível. Isso foi... incrível.

— Ah. — As mulheres raramente me surpreendem, mas estou achando que essa mulher é uma deliciosa surpresa atrás da outra. Ela gostou de ser levemente dominada. Talvez isso signifique que ela gostaria de...

Não. Nada disso. Você não pode fazer isso com a irmã do Flynn. Não pode mesmo.

Odeio quando minha consciência aparece para me endireitar. Ela pode ser um pé no saco. Estou perdendo toda a perspectiva no que se refere a Ellie e isso não pode acontecer. Agarrando a base do preservativo, saio de dentro dela, embora essa seja a última coisa que quero fazer.

— Já volto, amor.

No banheiro, cuido das coisas, me limpo e levo um minuto para colocar a cabeça no lugar depois da transa mais fantástica que já tive... bem... na vida. Normalmente, preciso de muito mais do que acabamos de fazer para que seja fantástica, mas com ela foi... não tenho palavras e nunca fico sem saber o que dizer. Puta merda.

Jogo água fria no rosto, como se isso pudesse me tirar dessa estranha queda livre em que me encontro quando estou com ela. A água não funciona para consertar o que está acontecendo comigo desde aquela manhã no deck da piscina de Flynn, no México, quando concordei em ter um filho com ela. E o que acabamos de fazer, com certeza, não vai consertar nada. Não, só vai aprofundar minha crescente obsessão por ela.

É engraçado pensar que você pode conhecer alguém por anos e serem amigos até que uma conversa importante mude a perspectiva de forma tão dramática que você começa a se preocupar que as coisas não sejam mais as mesmas. Respiro profundamente para me acalmar, tentando recuperar o equilíbrio.

Preciso voltar antes que ela suspeite de que algo está errado. Não tem nada errado. Na verdade, é o oposto — tudo está bem com ela. Puta merda duas vezes.

Quando saio do banheiro, encontro Ellie completamente vestida e sentada na beira da cama, uma expressão distante em seu rosto adorável.

— Achei que você poderia passar a noite. — Estou profundamente desapontado por ela estar planejando ir embora.

— Ah, seria legal, mas não posso. Tenho trabalho de manhã e outras coisas que preciso fazer em casa.

À meia-noite? A questão não é dita enquanto visto uma bermuda e camiseta para levar Randy e ela para casa em um silêncio desconfortável. Quero desesperadamente saber o que ela está pensando, mas não posso perguntar. Talvez seja melhor se eu não souber.

Paro o carro do lado de fora do bangalô aconchegante — outra em uma longa fila de surpresas no que se refere a ela — e me preparo para sair para acompanhá-la.

— Não precisa. — Ela segura a coleira de Randy. — Te vejo amanhã. Obrigada pela ótima noite.

Ela sai do carro e começa a caminhar antes que eu possa dizer qualquer coisa em resposta. Que merda acabou de acontecer? Como mudamos de um sexo apaixonado a um silêncio educado? Com certeza, tiramos as preliminares desajeitadas do caminho, mas o fim foi pra lá de desajeitado. Dois passos à frente, e um gigantesco salto para trás.

Dirijo para casa em um estado incomum de turbulência. Não estou acostumado a tumultos no que se refere a mulheres, provavelmente porque me recuso a me envolver demais. Concordar em ser pai de um filho de uma amiga, definitivamente, se qualifica como um envolvimento excessivo, mas isso não deveria arruinar uma amizade querida ou tornar as coisas estranhas entre nós.

Mas como não poderia? Passamos de colegas de trabalho e amigos para amigos que transam em questão de dias. É claro que vai ser um pouco estranho antes de encontrarmos um equilíbrio e as coisas voltarem ao normal. Tento me confortar ao máximo com esse pensamento e me lembrar que não havia nada estranho entre nós enquanto estávamos na cama.

Preciso mantê-la nua na cama se eu quiser deixar a estranheza fora da equação. Com isso em mente, envio uma mensagem a ela assim que chego em casa.

Use saia para trabalhar amanhã. Deixe a calcinha em casa.

Vejo que a mensagem foi entregue e depois lida, mas ela não responde. Sorrindo, só posso imaginar a sua reação e estou animado para o dia de amanhã quando eu colocar as coisas no lugar do jeito que sei fazer melhor — com meu pau.

8

Ellie

Me viro na cama a noite toda depois de receber aquela mensagem de texto sensual de Jasper. Será que ele realmente espera que eu esteja pronta para fazer sexo no escritório? O mesmo escritório que compartilhamos com meu irmão e nossos amigos mais próximos? E por que estou *em chamas* ao pensar em tal coisa?

Ele é bom nisso. Tenho que lhe dar esse crédito. Ele me preparou e me deixou pronta para qualquer coisa no instante em que recebi a mensagem e quanto mais perto estou do trabalho, mais intensa fica a pulsação entre minhas pernas. Ainda não me recuperei — física ou emocionalmente — do que fizemos ontem à noite e ele já está planejando a segunda rodada.

No decorrer do dia, tenho reuniões importantes e uma consulta médica. Esta última desanima meus hormônios fora de controle quando penso que a dra. Breslow deve ser capaz de dizer que transei intensamente na noite passada só com uma olhada. Ótimo...

Não sou assim. Não hesito sobre rapazes, sexo e se devo usar calcinha ou não. Não brinco com os homens. Eu namoro com eles. Transo com uma quantidade pequena e selecionada. E na maior parte do tempo, eu me afasto depois de algumas semanas de nada especial.

No primeiro encontro já sei se haverá um segundo, uma característica que minhas irmãs dizem ser enlouquecedora.

Você precisa dar uma chance a eles, Aimee me disse diversas vezes, e Annie concordava. Dou uma chance, mas nove entre dez vezes, eles me aborrecem na primeira hora. Não tenho culpa de que a maioria seja babaca e egocêntrica que se esforça tanto para me questionar sobre o quanto são incríveis que não consigo falar uma palavra.

Não há nada pior do que transar com um cara e se sentir suja no dia seguinte porque você percebe que o usou, pois não queria nada dele além disso. Nem mesmo um telefonema. Já fiz isso. Mais de uma vez. E me odiava depois.

Agora, você pode estar se perguntando sobre a calcinha. Estou usando. Claro que sim. Não posso ficar seminua no escritório que compartilho com meu irmão. Simplesmente não posso, mesmo que esteja morrendo de curiosidade sobre o que Jasper planejou. Acho que a calcinha pode ser tirada se for necessário, mas caminhar o dia todo sem ela não é uma opção.

O dia é bem cheio, com uma reunião após a outra. Não vejo Jasper até a hora do almoço na sala de reuniões para comemorar o vigésimo terceiro aniversário de Leah. Ela dividia o apartamento com Natalie em Nova York e foi contratada no mês passado para ser a assistente de Marlowe, que planejou um almoço incrível e um bolo delicioso.

Às vezes, me esqueço do quanto Natalie e Leah são jovens. Natalie, em particular, é muito madura para sua idade devido os traumas e tumultos da sua juventude. Leah tem um jeito mais astuto e esperto, e não posso deixar de notar que Emmett raramente afasta os olhos dela. Interessante. Muito interessante.

— Quem estará por aqui esse fim de semana? — Natalie pergunta depois que o bolo é servido. — A minha amiga Aileen e os filhos virão nos visitar.

— Eu — Kristian responde imediatamente. Também é muito interessante.

— Eu também — Marlowe fala com a boca cheia de bolo. Adoro como comemoramos cada ocasião em nosso escritório. Somos mais parecidos com família do que com colegas de trabalho e fazemos praticamente tudo um pelo outro.

— Vou cuidar dos meus sobrinhos no sábado à noite — eu digo —, mas estou livre o resto do fim de semana.

— Sorte a sua — Flynn comenta, rindo. — Tirou o palito curto, hein?

— Eu me ofereci. — Sei que ele está brincando, porque é louco pelos nossos sobrinhos.

— Leve-os para a minha casa para brincar com os filhos da Aileen. A piscina vai cansá-los.

— Acho que vou. A India e a Ivy virão para me ajudar. Ian tem acampamento de escoteiros.

— Seria ótimo se você trouxesse as crianças — Natalie fala. — Vamos fazer um churrasco e transformar a reuniãozinha em uma festa.

— Estou dentro — Jasper fala, seu olhar intenso fixo em mim.

Nunca duas palavras formaram um golpe tão grande, e estou duplamente feliz por ter desafiado suas ordens e usado calcinha para conter a umidade que aquele olhar provoca. Demônio.

Depois do almoço, deixo Dax no comando e vou para a consulta com a dra. Breslow. As portas do elevador estão se fechando quando vejo Jasper se aproximar, colocar o braço no caminho para forçá-las a se abrirem para que ele entre. Observo a cena com uma sensação de distanciamento divertido do lugar onde estou, no canto esquerdo. Mas de repente, o elevador fica superlotado quando ele se pressiona contra mim, passando a mão na minha perna e debaixo da minha saia tão rapidamente que não tenho tempo para me preparar antes que ele me toque sobre a seda que me cobre.

— Hummm... alguém é muito desobediente.

— Alguém é excepcionalmente mandão.

— Gosto quando minhas ordens são cumpridas.

— É mesmo?

— Humm-humm. — Isso é dito contra o meu pescoço enquanto seus lábios fazem um caminho de chamas até a orelha. — Não consigo

parar de pensar na noite passada, em como você estava quente e apertada. Mal posso esperar para estar dentro de você novamente.

Nenhum homem me disse algo assim antes, e é bom que ele esteja
encostado em mim, porque é a única coisa que me impede de cair no
chão.

— Me pergunto se você também está pensando nisso, mas posso
sentir o quanto você está quente.

Quase me esqueci de onde estamos quando o elevador faz um
barulho para indicar que chegamos no primeiro andar. Embora seja a
última coisa que eu queira fazer, dou-lhe um leve empurrão que o faz
tirar a mão de debaixo da minha saia.

Ele dá uma gargalhada quando bate na parte de trás do elevador.

— Você está me deixando em um estado terrível, baby.

Olho para baixo e o encontro totalmente ereto. Minha boca está
cheia de água com a lembrança do que ele é capaz de fazer com aquele
pau maravilhoso.

— A culpa é sua. Eu estava tomando conta da minha vida quando
você pulou no elevador para me abordar.

— Aonde você vai?

— Ao médico, se precisa saber.

— Engraçado — ele diz — eu também. Tenho que fazer os exames
para que eu possa transar com a minha garota sem camisinha e engravidá-la.

Já mencionei que ele tem jeito com as palavras? E esse sotaque,
caramba, esse sotaque...

— Venha ao meu escritório quando voltar. Vou te esperar. E não se
preocupe em colocar a calcinha depois do médico. — Ele me segura
pela mão para me puxar por trás dele enquanto saímos do elevador.
Quando encontramos Hayden no saguão, Jasper sutilmente solta
minha mão, mas me pergunto se Hayden viu que ele estava me
segurando.

— Oi, pessoal — Hayden fala enquanto entra no elevador de que
acabamos de sair.

— Oi, Hayden — Jasper diz por nós dois.

Minha língua está travada.

— Tudo bem? — Hayden pergunta, segurando a porta.

— Está tudo ótimo. — Jasper diz enquanto me guia pela porta do estacionamento com uma mão na parte inferior das minhas costas. — Fale, amor — ele murmura. — Use suas palavras a menos que você queira que o escritório inteiro se pergunte por que de repente você ficou muda.

Retruco:

— Você está mexendo com minha cabeça!

O cretino ri e me sinto abalada pelo sorriso, pelas covinhas, pelos olhos, pelo pacote inteiro. Ele é absolutamente irresistível e sabe disso.

— Te vejo em algumas horas. — Ele se inclina como se fosse me beijar, mas meu cérebro não está tão embaralhado que eu ache que seja uma boa ideia ele fazer isso onde alguém possa nos ver. Eu me afasto, mesmo que seja a última coisa que eu queira fazer.

— Ai!

— Sai da frente!

Ele se afasta e segura a porta do carro para mim, esperando até que eu esteja acomodada antes de fechá-la, movendo o dedo para me dizer para abaixar a janela.

— O quê?

— Da próxima vez que você se afastar do meu beijo, vou bater nessa bunda linda até que ela fique vermelho vivo. Na verdade, posso fazer isso na próxima vez que a vir. — Ele se afasta com as mãos nos bolsos, assobiando como se não tivesse qualquer preocupação.

Estou tão abalada pelo encontro que deixo minhas chaves caírem no chão e tenho que erguer os pés para encontrá-las. O que eu quero saber é para onde foi o meu amigo calmo, tranquilo e cortês? É como se ele tivesse se tornado alguém completamente diferente desde que fizemos o nosso acordo. Não que eu esteja reclamando do novo Jasper, porque não estou. É só que nunca tive ideia de que esse lado dele existia.

E como eu saberia disso? Reflito sobre essa questão enquanto atravesso o tráfego do meio-dia a caminho do consultório de Breslow. As pessoas são sempre diferentes com parceiros românticos do que com todos os outros, mas tenho que admitir que nunca achei que Jasper fosse assim.

Se for realmente honesta, eu meio que esperava que nossa "relação" fosse desastrada, estranha e acidentalmente cômica e que esperançosamente nos levaria a ter um bebê. Pense em Hugh Grant em *Um lugar chamado Notting Hill*. Ou em *Quatro casamentos e um funeral*. Ou Hugh Grant em, bem, qualquer coisa. Consegue ver, não é?

Jasper Autry não é Hugh Grant. Depois da noite passada, posso confirmar que não há absolutamente nada de atrapalhado ou desastrado em seus movimentos no quarto. Na verdade, estou começando a suspeitar que não vi nem uma fração do que é o sexo com Jasper. E estou completamente intrigada com o que vi até agora.

O consultório de Breslow está quase sempre no horário, que é uma das razões pelas quais ela é a melhor médica para mulheres em Hollywood. Ela sabe que nosso tempo é tão valioso quanto o dela. Felizmente, não tenho que esperar muito vestindo um avental de algodão que me deram para usar no exame. Este deveria ser o meu check-up final antes de ela me encaminhar ao seu colega para tratamento de fertilidade. Ela não ficará surpresa ao saber que houve uma mudança nos planos?

Meu estômago vibra com excitação e nervosismo. Quero estar grávida mais do que já quis alguma coisa e antes que isso com Jasper começasse, eu não poderia ter me importado menos sobre como aconteceria. Agora, a jornada está se moldando para ser tão excitante quanto o destino.

A dra. Breslow bate e entra poucos minutos depois, indo direto para a pia para lavar as mãos.

— Sinto muito por te fazer esperar. Tivemos uma futura mamãe em dificuldades esta manhã, e eu ainda estou tentando recuperar o dia.

— Ela está bem? A mãe? — Tento não pensar nas milhares de coisas que podem dar errado entre a concepção e o parto.

— Ela está, assim como o bebê. Mas vamos monitorá-los durante a noite só para ter certeza. — Ela bate palmas e se senta no banquinho.

— Então aqui estamos nós! Último check-up antes de se graduar em fertilidade! Está animada?

— Houve uma pequena mudança no plano.

— Ah. — Seu sorriso desaparece muito ligeiramente.

Ela sabe bem o quanto quero esse bebê, então eu explico rapidamente.

— Parece que tenho um amigo interessado em ser pai do meu filho.

— Sério? Como isso aconteceu?

Conto a ela sobre as férias com meu irmão e nosso grupo de amigos e como a conversa com Jasper se desenrolou, sem dar nomes.

— Uau, como você se sente sobre isso?

— Bem. Ele é um amigo muito próximo e está disposto a me dar a custódia total da criança. E antes que você pergunte, estamos resolvendo os detalhes com os advogados.

— Isso é ótimo, Ellie. Então ele vai ser o doador?

— Ah, não do jeito que você está pensando. Vamos fazer de acordo com a mãe natureza. O que preciso hoje é de um atestado de saúde, e ele está fazendo o mesmo com seu médico.

— Parece que você está com tudo resolvido. Vamos fazer um exame rápido e falar sobre ciclos de ovulação e outras coisas divertidas.

Me sinto tão confortável com ela depois de anos me consultando que não fico constrangida em me deitar na maca, colocar os pés nos estribos e me mostrar para ela. Só que, desta vez, estou preocupada com o que ela pode encontrar "lá embaixo" depois do que fizemos ontem à noite.

— Começaram cedo? — ela pergunta.

Rio, nervosa, me perguntando o quanto está ruim.

— Digamos que sim.

— Você está dolorida?

— Um pouco.

— Serei gentil.

Apesar dos seus melhores esforços, tenho que apertar os dentes para fazer o exame, que dói mais do que eu esperava. Digo a mim mesma que isso não é nada comparado ao parto. Ainda assim, fico feliz quando acaba, e ela me diz para eu me sentar.

Analisamos o período e descobrimos quando estou ovulando com base nas datas da minha última menstruação.

— Parece que a próxima semana será o seu melhor momento este mês, mas pode ter uma diferença ou outra de dias. Então, meu conselho é fazer sexo o máximo possível na próxima semana e esperar o melhor. Você sabe que as probabilidades são mais difíceis na sua idade e pode não acontecer imediatamente. Há muita coisa que podemos fazer se não acontecer naturalmente, por isso, mantenha-se positiva e focada.

Fico surpreendentemente emotiva enquanto falamos sobre isso. Está realmente acontecendo. Pode acontecer na próxima semana. Ela me dá uma receita de vitaminas pré-natais para começar agora e um calendário de ovulação, juntamente com a recomendação para um kit de ovulação bastante preciso que posso comprar em qualquer farmácia para confirmar se seus cálculos estão certos. Ela me diz para limitar a cafeína, parar de beber álcool, evitar lubrificantes que contenham espermicida e para relaxar e tentar me divertir.

Depois que concordo, ela continua e falamos mais sobre os possíveis riscos e sobre o que observar, mas não é necessário entrar nisso até que tenhamos um bebê a bordo.

— Todos os seus exames recentes estão normais. — Depois de confirmar que não fiz sexo sem proteção desde então, ela me entrega um papel assinado.

— Um atestado de saúde para o seu papai.

Rio do termo. Tenho quase trinta e seis anos e tenho um papai!

— Não posso acreditar que isso está realmente acontecendo. — Meus olhos se enchem de lágrimas e pisco tentando contê-las.

Dra. Breslow me abraça.

— Estou tão feliz por você, Ellie. Me ligue a qualquer momento se precisar, mas tenho um bom pressentimento sobre isso. Vai dar tudo certo.

— Espero que você esteja certa.

— Apenas lembre-se de relaxar. O estresse não é bom para você ou seu corpo quando se está tentando fazer um bebê.

Embora eu ainda esteja dolorida após o exame, praticamente saí do consultório de Breslow armada com informações e cheia do meu próprio poder feminino para procriar. E a melhor notícia de todas? Preciso fazer o máximo de sexo possível com Jasper Autry por uma semana inteira. Me sinto como uma criança em uma loja de doces.

~

Jasper

POR QUE É que ela está demorando tanto no médico? Ela sumiu há duas horas, o que é um tempo assustadoramente longo para se ter uma ereção. Os comerciais orientam a procurar atendimento médico depois de quatro horas. Estou no meio do caminho de uma crise completa quando ela chega ao meu escritório, os olhos vivos de alegria, a pele corada com a tonalidade rosa que me lembra as flores do jardim da minha mãe e com um grande sorriso bobo. Estou mudo com a visão dela.

Ela fecha a porta e se encosta nela, vibrando com uma excitação que não pode ser contida.

Eu me levanto e vou em sua direção, mais duro agora que ela está na sala do que estava enquanto pensava nela.

— O que fez você se iluminar toda, amor?

— Isso. — Ela exibe um pedaço de papel assinado pela sua médica.

— O meu vai chegar em breve.

— Quanto tempo?

— Amanhã.

— Bom, porque precisamos fazer nos próximos dias.

Devo parecer confuso, porque ela preenche os espaços em branco para mim.

— Devo ovular esta semana, então minha médica disse que devemos fazer o máximo de sexo possível para melhorar nossas chances.

Eu mal a deixo pronunciar as palavras e a puxo, beijando-a com o desejo reprimido que tive que esconder o dia inteiro. Passo a mão nas suas costas para trancar a porta antes de enfiar a mão sob sua saia para descobrir que ela seguiu minhas ordens de não vestir a calcinha depois da consulta, o que me excita. Seguro suas nádegas quentes e macias enquanto a levanto contra a porta. Embora seja a última coisa que quero fazer, interrompo o beijo, mas só porque há coisas que devem ser ditas.

— Vamos a algum lugar. Só nós dois. Durante a semana toda. — Enterro o rosto em seu cabelo perfumado e encosto meus lábios em seu pescoço.

— Acabamos de voltar de uma semana de férias. Não posso. Tenho muito...

— Você vai ficar doente. Muito doente. Algo altamente contagioso que ninguém vai querer ficar por perto. No domingo, você vai contrair o vírus e isso vai te manter fora do trabalho por uma semana.

— E ninguém vai suspeitar se você estiver fora ao mesmo tempo?

— Pensarei em algo, mas passaremos a próxima semana juntos. Na minha cama em Malibu. Você levará Randy e vocês dois ficarão comigo.

— Isso é loucura. Tenho um emprego, responsabilidades...

Eu a beijo até sentir que ela começa a ceder. Quero que ela se sinta impotente para resistir a mim, então eu a beijo até sentir seu gemido de obediência. Porra, seus gemidos me deixam louco. Mal posso esperar para ouvi-los por uma semana inteira. Pensar nisso me faz estremecer com a onda de desejo que me atravessa.

O que ela está fazendo comigo? Quando foi a última vez que simplesmente beijar uma mulher me fez estremecer? Não me lembro. Já faz muito tempo. De repente, beijá-la não é suficiente. Preciso possuí-la. Apertando sua bunda doce com firmeza, eu a afasto da porta, absorvo seu grito de surpresa em minha boca e a levo para a pequena mesa de reuniões, colocando-a em cima dela como se fosse meu banquete pessoal.

Ela se liberta do beijo.

— J-Jasper, não podemos. Aqui, não.

— Podemos sim, mas só se você for bem silenciosa.

O som que ela faz não é bem um gemido e nem um grunhido, mas vai direto para o meu pau através do sistema nervoso central. Estou pegando fogo, mas antes de ter o que quero, levanto sua saia lentamente até que ela esteja nua diante de mim. Me sentando em uma das cadeiras executivas, abro-a para a minha língua e a devoro.

Ela faz sons incrivelmente sexys que me dizem o quanto ela está tentando ficar quieta.

Realmente não posso acreditar que estou com o rosto enterrado na boceta de Ellie no escritório. Nunca fiz nada remotamente parecido no meu escritório, muito menos com a irmã do meu sócio. Mas, neste momento, não posso me incomodar em pensar em coisas mundanas como o trabalho, decoro de um escritório ou meus preciosos sócios, dois dos quais dividem paredes comigo, embora não seja seu irmão. Graças a Deus pelos pequenos favores.

Conduzindo meus dedos em seu calor apertado e úmido, gemo contra seu clitóris enquanto o mordisco. Suas pernas tremem violentamente e seus músculos internos apertam meus dedos. Removo um deles e empurro profundamente em sua bunda. Ela explode. Seu corpo inteiro fica rígido e apenas sua mão pressionada contra a boca impede que o edifício inteiro compartilhe o momento conosco.

Não posso esperar outro segundo para estar dentro dela. Me atrapalho com o cinto, o zíper, a camisa e colocar o preservativo leva trinta segundos a mais do que de costume. Agarrando seus quadris, mergulho nela, que fica rígida — e não de um jeito bom. Porra, ela está dolorida, e eu a machuquei.

— Sinto muito, baby. — Acaricio seu rosto e cabelo enquanto dou ao seu corpo a chance de se esticar para me acomodar. Lentamente, enquanto conto até mil de trás para frente para não implodir, ela começa a relaxar e se mover embaixo de mim.

— Jasper — ela fala em um sussurro falhado. — Preciso...

— Fale.

— Preciso que você se mova. Por favor.

— Humm, você é muito educada quando está sendo muito bem comida em uma mesa de reuniões no meio expediente.

O rubor que atinge seu rosto me excita. Decido prolongar um pouco as coisas. Afinal de contas, por que eu a deixaria escapar com facilidade pela segunda vez? Começando na parte de cima, desabotoo sua blusa, deixando meus dedos se arrastarem sobre sua pele macia enquanto me movo.

— Eu, ah...

— Shhh — digo a ela, apontando para o fecho frontal do sutiã. Isso é perfeito para o que tenho em mente. O telefone em minha mesa toca. Eu o ignoro enquanto tiro seu sutiã, revelando os lindos seios nos quais tenho pensado constantemente desde a noite passada. Empurrando de leve, caso ela tenha se esquecido de que estou dentro dela, me inclino para capturar o mamilo esquerdo em minha boca, sugando, puxando e lambendo-o.

Ela puxa dois punhados do meu cabelo com tanta força que receio ficar careca.

Sem liberar a sucção em seu mamilo, deslizo as mãos sob ela, puxando-a para cima e em meus braços enquanto me sento de volta na cadeira. Ela desce com força sobre mim, me fazendo ver estrelas. Porra, isso é gostoso. Com uma nádega em cada mão, eu a levanto e a abaixo enquanto continuo a atormentar seus mamilos.

Ela está se movendo instintivamente em cima de mim, perseguindo seu orgasmo quando a surpreendo novamente com o dedo em seu traseiro. O que posso dizer? Sou um homem certificado em traseiros e, como descobri, esse truque a incendeia toda vez. Ela enlouquece, apertando meu pau e meu dedo com tanta força que ela também me faz gozar.

Ficamos lá por muito tempo, ela encaixada no meu pau, que ainda está mais duro do que deveria depois daquela explosão, eu com seu mamilo na boca e o dedo enfiado na sua bunda. Caramba, eu amo transar com Ellie Godfrey na mesa de reunião durante o expediente.

— Você... — Ela se contorce, claramente tentando fazer com que meu dedo saia de onde está.

Eu o penetro mais fundo, fazendo-a ofegar e juro que ela tem outro pequeno orgasmo. Minha adorável Ellie é uma garota sensível no traseiro. Ela pode não estar disposta a admitir isso ainda, mas ela gosta. Espere até ela sentir meu pau lá. Pensar nisso deixa meu pau duro de novo.

Ela volta a seus sentidos de repente, empurrando meu peito.

— Jaspe! Pare! *Chega!*

Rindo da sua indignação, me afasto dela, embora essa seja a última coisa que eu quero fazer.

— Venha comigo. — Eu a levo para o banheiro contíguo, onde nos limpamos.

Ellie se olha no espelho e solta um gemido deselegante pelo estado do seu cabelo e rosto.

— Como vou explicar o que eu estava fazendo aqui por meia hora e por que saí com o rosto vermelho, com arranhões de barba por fazer e lábios inchados?

— Você se esqueceu da situação com o seu cabelo.

Ela me olha e experimento uma completa e total sensação de pertencimento. É euforia, alegria e, caramba, mil e uma coisas ao mesmo tempo. Posso dizer honestamente que nunca senti nada parecido com isso. Estou cambaleando.

— Não posso nem acreditar que fizemos sexo *aqui* de todos os lugares. — Ela puxa o cabelo, tentando restaurar a ordem, mas só consegue piorar. — Não vamos fazer isso de novo.

Eu poderia lembrá-la que ela concordou em me deixar ser responsável por quando e como fazemos sexo, mas me contenho, sentindo que ela não acabou ainda.

— E o que há com o dedo? Pelo amor de Deus, Jasper, isso é...

— Impressionante?

— Não! É estranho!

— É tão estranho que você explode toda vez que faço isso? — Eu a abraço por trás e pressiono beijos em seu pescoço, satisfeito quando ela inclina a cabeça para me dar espaço.

— Eu, não.

— Hum, explode, sim. Não acredito que você nunca tenha feito isso antes, amor.

— Por que não acredita? Sou uma boa garota. Não faço anal.

Isso me faz rir em voz alta e me faz ganhar outra carranca.

— Agora faz.

— Não faço, não. — Ela tenta se afastar de mim, mas eu só aperto meus braços ao seu redor.

— Por que você nega que ama isso quando é óbvio o que você sente?

— É obsceno.

— Humm, isso é o que faz com que seja tão gostoso. Espere até sentir meu pau ali, amor. Você vai gozar como um foguete.

— Você *não vai* colocar o pau lá. Estamos trabalhando para me engravidar, sem explorar novas fronteiras.

— Por que não podemos fazer as duas coisas? Quando você estiver tão dolorida que não aguentar mais aqui — digo, segurando sua boceta e fazendo-a ofegar — podemos explorar novas fronteiras. — Pressiono meu pau em sua bunda, acariciando-a em ambas as extremidades.

— Jasper, pare — ela diz com um tom de súplica na voz que faz com que eu me afaste dela totalmente. — Tenho que voltar ao trabalho. — Ela se vira para mim. — Isso foi... foi... divertido. Nunca fiz nada parecido em uma mesa de reunião no meio do expediente, mas agora realmente tenho que fazer o trabalho que vocês estão me pagando para fazer.

— Muito bem, mas na próxima semana, você é toda minha. — Minha voz é mais rude e mais dura do que eu pretendia, mas ela não parece se importar. — Fale.

— Na próxima semana, sou toda sua, mas depois disso, preciso recuperar minha vida normal. Não posso ficar dispensando trabalho e meus compromissos...

— Que compromisso você dispensou?

— Eu deveria ligar para a amiga da Marlowe do serviço de encontros quando voltei do médico, mas agora está tão tarde que duvido que ela ainda esteja no trabalho.

— Não faça isso. — As palavras saem antes que eu pare para considerar o que estou pedindo.

— Não faça o quê?

— Não saia com outros caras. Não enquanto estivermos juntos. — Eu a puxo com força contra o meu pau duro para demonstrar o que quero dizer. — Não vou aguentar.

Ela me olha com os lábios entreabertos.

— Mas quero que o meu bebê tenha um *pai*, Jasper. Preciso encontrar *alguém*.

Não posso lidar com a nota de desespero que ouço nessa única palavra. Alguém. A incrivelmente linda, inteligente, sexy e capaz Ellie Godfrey não deveria se contentar com apenas alguém. Ela deveria ter as estrelas, a lua, a porra do universo todo de alguém que a adore do jeito que ela merece. A própria ideia de ela se arranjar com alguém é absurda para mim. E me deixa muito triste pelo que nunca poderá ser.

— Você...

Ela me beija rapidamente.

— Vamos falar sobre isso depois. Tenho mesmo que ir.

— Vou te buscar às oito para jantar. Vamos falar sobre isso então. — Tenho uma partida de raquetebol com o Kristian depois do trabalho, mas vou ter que adiar, porque não posso deixar esse dia terminar sem ouvir que ela colocou seus planos de usar o serviço de namoro em espera. Por enquanto, pelo menos.

Depois de uma breve hesitação, ela fala:

— Tudo bem. Te vejo mais tarde.

9

Ellie

Graças a Deus ninguém está no corredor quando saio de forma furtiva do escritório de Jasper e sigo para o meu, sentindo como se o mundo inteiro soubesse o que acabamos de fazer. Tentei demais ficar quieta, mas ele não facilitou as coisas. O homem é *insano*. Essa é a única palavra para descrever a forma como ele faz amor, sexo ou como você queira chamar.

Aqui estou eu, com quase trinta e seis anos, e esse homem está me fazendo sentir como uma virgem recém deflorada no meio do meu despertar sexual. Todo esse tempo, ele esteve no final do corredor, capaz *disso*.

Meu rosto está em chamas, como se eu tivesse acabado de fazer uma lavagem estomacal com um médico picareta. E a minha metade inferior ainda está se contraindo e latejando, me informando que foi completamente devastada da melhor maneira possível.

Alguém bate na minha porta e antes que eu possa dizer qualquer coisa, Addie entra, sorrindo de orelha a orelha do jeito que tem feito desde que colocou a aliança de Hayden no dedo e o próprio homem em sua cama. Ela para de repente, seu olhar astuto se concentrando nos destroços que sou.

— O que há de errado? Você está doente?

É por isso que nunca fui uma garota do tipo 'faço sexo no escritório". Nada de bom provém disso, além de orgasmos espetaculares e enlouquecedores...

— Não tenho certeza. Acho que posso estar com alguma coisa. — E aqui estou, preparando o terreno para a minha futura doença, durante a qual planejo passar dias na cama concebendo um bebê com o inglês sexy que me faz explodir como se eu fosse fogos de artifício. Sou uma pessoa muito má e estou ficando pior a cada segundo.

Ela se aproxima para sentir minha testa.

— Parece uma virose. Minha amiga Tenley está assim. Está há dias escondida em casa. Você está um pouco quente. Não deveria ir para casa?

— Não, não. Tenho muito o que fazer. — Sem mencionar que a ideia de deixar o trabalho devido a uma febre induzida pelo sexo me faz sentir culpada – e já me sinto culpada o suficiente por Jasper me convencer a tirar uma semana de folga para engravidar. Uma semana disso. Não posso nem pensar ou vou implodir.

— Flynn está contando os convidados para a noite de sábado. Vai ser você e cinco crianças, certo?

— Isso.

Ela digita algo no celular.

— Obrigada. — Olhando mais de perto para mim, ela pergunta: — Tem certeza de que está bem?

— Estou. Juro.

— Tudo bem, então. Vou sair. — Ela sai da sala, passando por Dax, que está a caminho. Eles trocam algumas palavras, e Addie ri de tudo o que ele diz. Por costume, ele vem falando, mas para no meio da frase quando realmente me olha. Nunca mais vou permitir que Jasper me toque no escritório de novo. Nunca.

— O que houve? — Dax fecha a porta e mantém a mão na maçaneta, como se precisasse escapar rapidamente.

— Problemas femininos — sussurro, segurando meu ventre.

Seu lábio se curva em sinal de horror.

— *Ecaaa.*

— Você perguntou. — Ansiosa para me livrar dele, acrescento: — Algum motivo para essa visita?

— Nós, hum, temos um problema em Budapeste. — Sem fazer contato visual comigo, ele começa uma explicação desconexa sobre uma tradição cultural que está indo contra o nosso pedido para filmar na cidade. Minha equipe foi treinada para não chegar a mim com um problema ou desafio sem também ter algumas soluções para eu escolher.

— Podemos mudar as datas por dois dias e evitar todo o fiasco, mas isso significaria mudar tudo em Roma também.

Passamos meses organizando Roma e não vamos mudar nada.

— Podemos começar dois dias antes em Budapeste?

— Posso verificar.

— Faça isso e me avise.

— Certo. Hum, melhoras. — Ele sai pela porta antes que eu possa agradecer.

Gemendo, apoio a cabeça nas mãos. Eu deveria ter ficado com o banco de esperma. Pelo menos, não estaria tentando esconder a evidência de uma transa no escritório no meio do dia com meu colega de trabalho que, tecnicamente, também é um dos meus chefes. E um dos melhores amigos do meu irmão.

— *Argh.*

PRÓXIMO DAS OITO HORAS, estou tão irritada que desconto em Jasper no segundo em que ele entra pela porta. Randy, aquele traidor, vai correndo dar a ele um entusiasmado carinho canino.

— *Isso* nunca, *nunca mais* vai acontecer de novo no escritório. Você me ouviu?

— Acho que te ouviram em Malibu, amor.

— Não me chame assim! Não sou seu *amor* ou sua... nada. Estamos fazendo sexo e um bebê, e isso é tudo. E *não* faremos mais no escritório. Não vai acontecer de novo.

— Entendo.

— Entende? Você realmente entende como é para todos que não são sócios? Esse é meu trabalho, meu sustento...

— Amor...

Meu olhar não o detém.

Ele descansa as mãos nos meus ombros.

— Me deixe te tranquilizar. Você nunca seria demitida da Quantum. Você é da família, não apenas da família do Flynn. Somos todos da família. Nós cuidamos da nossa família. Não se preocupe mais com isso.

Me afasto dele. Aprendi a ser cautelosa em deixá-lo me tocar se eu não quiser acabar de pernas abertas debaixo dele.

— Não sou o tipo de garota que transa no escritório e, em seguida, continua com seu dia como se nada tivesse acontecido. Tive que dizer ao Dax que estava com *problemas femininos* para que ele não fizesse perguntas. O pobre rapaz está traumatizado *pelo resto da vida*!

Jasper passa a mão pela boca em uma tentativa óbvia de não rir.

— Se você rir, vou dar um soco na sua garganta.

— Eu não estou rindo! — Seus olhos brilhantes o traem. Eu me pergunto se ele sabe o quanto é adorável quando está tentando não se divertir. Claro que sabe. Ele é adorável vinte e quatro horas por dia e sabe disso com certeza. Ele se aproxima de mim, movendo-se com cautela, como se não tivesse certeza de que eu não o socaria.

Meus braços cruzados não o detêm. Ele coloca as mãos nos meus quadris e me puxa para si. Quero afastá-lo, mas seria difícil com meus braços esmagados entre nós. Seus lábios roçam no meu pescoço e meus joelhos ficam fracos. E sim, odeio que isso seja tudo o que ele tem que fazer para que me sinta assim.

— Chega de sexo no trabalho. Estamos resolvidos agora?

— Sim, contanto que você saiba que falo sério.

— Sei disso. Agora, o que você quer para o jantar?

— Espere. Há outra coisa. — Eu me afasto dele, precisando do espaço para não me esquecer do que quero dizer. Esse é outro dos seus superpoderes: me beijar ou me tocar faz meu cérebro apagar.

— Que outra coisa?

— Só vamos transar para fazer um bebê. Chega de... extras.

Sua sobrancelha se levanta em questionamento, o que também é ridiculamente adorável. Posso dar um soco nele por isso também?

— Por extras, você quer dizer...

— Você sabe o que quero dizer!

— Amor...

— Não me chame assim!

— Ellie, *linda*, ainda que eu esteja muito honrado e encantado em ser pai do seu filho, não sou um robô. As coisas — ele diz, gesticulando para baixo do cinto — não acontecem sem alguma... inspiração. Não posso *produzir* apenas sob demanda.

Definitivamente, vou dar um soco nele. Quando eu terminar de me contorcer.

— Então veja bem, os extras, como você se refere a isso, são uma parte necessária para fazer este bebê que você tanto quer.

— Tudo bem, mas só vamos fazer o necessário para que tudo funcione e pronto. É isso aí.

Ele esfrega o peito.

— Estou me sentindo estranhamente ferido pela sua rejeição aos meus extras. Especialmente, uma vez que tive ampla evidência do quanto você curtiu minha experiência.

— Está tirando sarro de mim?

— Claro que não. Só estou apontando que nos divertimos muito praticando para fazer um bebê e por que não podemos continuar a nos divertir enquanto fazemos isso?

— Por quê? Seu tipo de diversão leva ao sexo no escritório, que leva à constrangimento, que leva a mmph...

Ele me beija e, com certeza, me esqueço o que ia dizer, porque estou muito ocupada enrolando minha língua na dele e me perdendo no jeito ridículo que ele me beija, como se fosse *morrer* se não pudesse me beijar aqui e agora. Já fui beijada assim? Não, nunca e por mais que eu queira lutar com ele e afastá-lo, parece que perdi a capacidade de mover os braços com meus recursos para administrar essa "situação".

Jasper me beija até que fico mole em suas mãos. Como ele faz isso?

— Amor, odeio ter que te lembrar que você concordou em permitir que eu cuidasse de certas coisas e receio que vou ter que exigir que você cumpra nosso acordo original, junto com todos os extras que eu puder sonhar.

Antes que eu possa discordar ou argumentar, ele está me beijando de novo enquanto me leva na direção do quarto. Espere, o que ele está fazendo? Eu deveria parar com isso antes que ele me faça esquecer que estou com raiva. E por que estou com raiva dele mesmo? Ah. Certo. Sexo no escritório. Bem, ele prometeu que isso não aconteceria novamente. E os extras não são ruins, por si só...

Ele chuta a porta antes que Randy possa nos seguir e o gemido patético do cachorro me deixa saber o que ele acha disso.

Aqui estou, deitada, apoiada nos cotovelos enquanto Jasper tira minha saia e camiseta com muita habilidade, me lembrando de tudo o que ele faz, que não só ele está no comando, mas é excepcionalmente bom nos extras.

— Acho que você merece uma punição por questionar minha autoridade.

O queeeee ele disse? abro os olhos para encontrá-lo em cima de mim com uma expressão feroz e dominadora no rosto.

— Não concorda?

— Claro que não.

— Bem, desde que você *concordou* em permitir que eu estivesse no comando aqui e eu digo que você merece um castigo, diria que é melhor você ficar de quatro no tempo que eu levar para tirar a roupa ou a punição ficará pior.

Estou atordoada e sem palavras, mas não posso negar que também estou curiosa e intensamente excitada. Sei com o tipo de certeza que vem com uma longa amizade que ele nunca me machucaria de verdade. Por causa disso e pela curiosidade insana mencionada, fico na posição que ele pediu.

— Sempre uma boa garota, não é? — Ele coloca as mãos no meu traseiro, apertando e moldando minhas nádegas. — Acho que tem uma garota muito safada aí, tentando se libertar. Você deveria deixá-la sair para brincar, amor. Acho que ela e eu teríamos momentos maravilhosos juntos.

Antes que eu possa formular uma resposta para essa afirmação audaciosa, sua mão atinge a minha nádega direita. A próxima palmada vem antes de eu começar a processar a primeira. E assim vai, uma após a outra, cada uma em um novo local, cada uma seguida por uma carícia que me incendeia com uma necessidade urgente que é novidade para mim. A intensidade é quase dolorosa.

— Ah, merda — ele sussurra quando passa a mão entre minhas pernas e encontra a prova do quanto apreciei cada minuto da suposta punição. Estou flutuando em algum estado estranhamente desconectado, ciente do que está acontecendo, mas incapaz de participar de qualquer maneira significativa. Estremeço no instante antes que ele me penetra por trás. — Você é tão sexy e gostosa, baby. Não posso ter o suficiente dessa boceta apertada.

Nenhum homem disse nada assim para mim durante o sexo. A maioria deles pergunta coisas como: "Aqui?" "Isso é bom?" "Mais?". Jasper não tem que fazer perguntas, porque ele faz tudo certo o tempo todo, incluindo agora. Ele me envolve para acariciar meu clitóris com uma mão enquanto me bate outra vez com a outra, a combinação me fazendo gozar tão forte que sinto o gosto de sangue na boca. Acho que mordi a língua.

Ele goza logo depois de mim, agarrando meus quadris e gemendo quando me penetra uma última vez.

Caio na cama, os destroços abalados de uma mulher que costumava ter controle sobre sua vida, até que ela deixou um britânico sexy e encantador entrar na sua cama e descobriu como é *perder* completamente o controle.

Ele está em cima de mim, seu corpo quente e pesado, seus braços ao meu redor, suas mãos cheias dos meus seios. Quando ele acaricia meus mamilos, não posso acreditar na maneira que contraio ao redor do seu pênis ainda duro, fazendo-o gemer novamente.

Ficamos assim por muito tempo. Estou quase dormindo quando ele sai de dentro de mim e me cobre com a manta que mantenho aos pés da cama antes de ir ao banheiro. Ouço vagamente a água correndo e o vaso sanitário e então ele está de volta, deslizando por baixo da manta e se enrolando em mim. Ele usa um dedo para afastar o cabelo que cobre meu rosto.

— Você está viva aí embaixo?

— Pouco.

Beijando minha bochecha e depois meus lábios, ele passa a mão nas minhas costas para acariciar minha bunda.

Suspiro de surpresa com a miríade de sensações que seu toque desencadeou, como se alguém tivesse ligado um interruptor que me traz de volta à realidade.

— Jasper.

— Hummm?

— O que é tudo isso?

— O quê?

Há algo tão incrivelmente britânico na maneira como ele diz isso.

— Você, as palmadas, o dedo obsceno, a prepotência na cama. O que é isso?

— É assim que eu gosto.

— Por quê?

— Não sei ao certo. Sempre gostei. — Ele continua passando os dedos nas minhas costas e no bumbum enquanto fala. — Me envolvi com uma mulher mais velha enquanto estava na universidade, e ela me ensinou a ser assertivo para conseguir o que quero na cama e fora dela. Ela disse que não há nada de errado em ser dominante em meus relacionamentos sexuais, desde que eu seja sempre um dominador respeitável.

— Então você se considera um dominador de verdade?

Ele faz uma pausa, apenas por um segundo, antes de responder.

— Sim.

— Há mais do que a palmada, as ordens e outras coisas?

— Sim.

— Como o quê?

— Achei que você não estivesse interessada nos extras, como você os chama.

— Eu não disse que queria fazer. Só estou curiosa sobre a lógica por trás disso, é tudo. — Posso dizer que ele gostaria de falar muita coisa, mas restringe o desejo.

— É difícil explicar para alguém que não faz parte do estilo de vida.

— Tente.

Seu estômago solta um rugido alto que nos faz rir.

— Aparentemente, eu preciso alimentar a fera.

— Também estou com fome.

— Dividir o chuveiro conta como extra?

— Claro que não. Aqui é o sul da Califórnia. Seria considerado conservadorismo.

— Nesse caso... — Ele se levanta e me oferece uma mão.

Seu estômago roncando o tirou da conversa por enquanto. Mas ainda quero respostas para minhas perguntas, mesmo que eu tenha um pouco de medo do que possa descobrir.

~

Jasper

ELA QUER SABER sobre minha vida como dominador. Puta merda. A irmã de Flynn quer falar sobre sexo dominante. Ele me mataria se soubesse que insinuei essa. Contar a ela a meu respeito não significa necessariamente contar sobre ele e os outros. Mas preciso tomar cuidado aqui — muito, *muito* cuidado. Os segredos deles não são meus para serem contados, e eu nunca trairia meus amigos desse jeito.

A curiosidade de Ellie é perigosa, mas posso lidar com isso. Ou é o que digo a mim mesmo enquanto caminhamos em direção ao calçadão com Randy na coleira. Ela sugeriu comer pizza em um restaurante próximo e, por mim, tudo bem. Achamos uma mesa para dois do lado de fora e Randy se deita na calçada próximo a nós enquanto examinamos o cardápio.

Ellie elogia a pizza de queijo, então pedimos uma, um antepasto para dividir e uma taça de vinho tinto para mim quando ela me garante que não se importa se eu tomar uma bebida, mesmo que ela esteja oficialmente proibida de tomar álcool enquanto tentamos engravidá-la. Meu estômago está em nós porque sei que ela não vai esquecer a conversa que estávamos tendo antes de meu estômago nos interromper.

O jovem garçom retorna com uma garrafa de vinho tinto barato e me serve uma taça. Por alguma estranha razão, penso em meu pai e no que ele teria a dizer sobre esse lugar. Provavelmente, ele se queixaria do vinho barato, do serviço apressado, da atmosfera agitada do calçadão e de qualquer outra coisa que pudesse imaginar para reclamar. Para mim, é o tipo perfeito de noite quente no sul da Califórnia e com uma mulher bonita, sexy e intrigante do outro lado da mesa, não tenho queixas. Bem, o vinho poderia ser melhor...

— Bem — ela fala, me olhando com expectativa. — Você não respondeu à minha pergunta de antes.

— Não, não respondi. — Giro o vinho na taça, observando o movimento do líquido escuro, porque isso é melhor do que tentar descobrir como dizer algo que nunca falo para pessoas fora do estilo de vida.

— Mas vai?

Depois de uma ligeira hesitação, decido que depois da confiança que ela depositou em mim, me permitindo ser pai do seu filho, devolhe a verdade.

— A mulher que mencionei, aquela com quem estive envolvido durante a faculdade? Foi ela quem me apresentou ao estilo de vida. Eu não tinha ideia de que isso existia antes de conhecê-la, mas sempre soube que havia algo em mim que queria... mais, acho que posso dizer assim.

— O que você quer dizer com mais?

— Para ser franco, a transa básica era divertida, mas amarrar uma mulher, dominá-la, tê-la de bom grado se submetendo a mim, bem, isso é *fabuloso*.

— Então, o que estamos fazendo...

Me inclino na mesa para cobrir suas mãos com as minhas.

— Também é *fabuloso*.

— Mas não é o suficiente para você? — Ela olha para nossas mãos unidas, o que me diz que está com vergonha de estar fazendo essas perguntas, mas isso não a impede.

— Não é questão de ser suficiente ou não. É sobre mais.

— O que *mais* geralmente implica para você?

— O que você quer? Detalhes?

Ela mordisca o lábio inferior e concorda com a cabeça.

Observo seu lábio entre os dentes e esqueço o que eu ia dizer.

— Jasper?

— Ah, certo, para mim, mais geralmente envolve restrições de um tipo ou de outro, brinquedos de todo tipo – *eu amo brinquedos* – açoites leves, surras, todo e qualquer tipo de sexo. Dê um nome e eu gosto.

— Você é tão trivial a esse respeito. Soa como uma pessoa recitando sua lista de compras.

Mudo a cadeira de posição, me acomodo a poucos centímetros dela e pego sua mão, colocando-a sobre a protuberância na minha calça.

— Fico duro só de falar nisso, amor, não há nada trivial aqui. Especialmente quando estou imaginando você amarrada como minha submissa voluntária.

Ela solta uma risada nervosa.

— Nunca fui submissa um segundo na minha vida.

— Isso não significa que você não gostaria de ser sexualmente submissa. O lado bom é que você não precisa abrir mão do seu poder feminino para gostar de ser dominada. — Ainda segurando sua mão, levo-a aos lábios e mordisco os nós dos dedos. — É um equívoco comum achar que a submissa dará todo o poder ao dominador, quando, na verdade, é o contrário.

Sua sobrancelha arqueada transmite uma dose considerável de ceticismo.

— Como isso é possível?

— Primeiro, tudo é combinado de antemão. Nunca há surpresas em uma relação dominador-submissa. Além disso, a submissa tem o poder de parar a coisa toda com uma única palavra, que também é negociada antecipadamente. Veja só, o dominador está, em muitos aspectos, à mercê da sua ou seu submisso.

— E se uma mulher por quem você se interesse ou tenha sentimentos não estivesse interessada em ter um relacionamento sexual dominador-submisso?

— De verdade?

— Claro.

— Não acho que eu poderia abrir mão disso a longo prazo. É uma parte tão grande de quem sou que seria difícil negar esse meu lado indefinidamente.

Posso ver que ela está refletindo daquele seu jeito pensativo. Uma das coisas que acho mais atraente nela é sua inteligência e, apesar de ficar um pouco desconfortável em confessar meus segredos para a irmã de Flynn, dizer a Ellie parece certo de alguma forma. Não quero que existam outros segredos entre nós além do necessário que estou escondendo dela e de todo mundo em Los Angeles e, embora eu nunca tenha oferecido a informação, é um alívio que ela saiba sobre o BDSM.

— Você tem muitos amigos no estilo de vida?

Ah, droga. Tipo, todos eles?

— Alguns.

— Alguém que eu conheço?

— Amor, não posso te dizer isso.

— Não pode ou não vai?

— Os dois. Não é meu papel divulgar alguém que talvez não queria que outros saibam que possuem fantasias peculiares. Só posso falar por mim mesmo. — Posso ver que ela está intrigada com a possibilidade de outras pessoas que ela conheça fazerem parte do estilo de vida. O que ela pensaria se soubesse que a maioria dos seus amigos mais íntimos, incluindo seu irmão e agora também sua esposa, estão no estilo de vida? Ela não vai ouvir isso de mim.

— Então as mulheres com quem você esteve ao longo dos anos... fez isso com todas elas?

— *Não todas* e não houve *tantas assim.*

Ela me dá um olhar cheio de ceticismo.

— Você falou comigo sobre a maioria delas.

— É uma coisa caso a caso. Às vezes, fazemos isso, às vezes, não. E há lugares onde posso ir se quiser encontrar alguém que goste do mesmo que eu. Clubes e tudo mais.

— Você me levaria a um desses clubes?

Não tenho certeza se eu empalideço ou recuo, mas o efeito é o mesmo.

— O quê? Não, não vou te levar.

— Por que não? Como vou saber se estou interessada em experimentar se nunca vi ou experimentei?

Puta merda, estou duro como uma pedra ao pensar nela querendo experimentar o estilo de vida, sem mencionar levá-la a um dos clubes de BDSM. É claro que não posso levá-la para o que possuo com o seu irmão e os outros diretores da Quantum, mas o nosso não é o único na cidade. Nosso amigo Devon Black é dono do Black Vice, um dos melhores de Los Angeles, especialmente para pessoas que podem ser reconhecidas. Discrição é o nome do jogo no Black Vice e seria o lugar perfeito para apresentar Ellie ao estilo de vida, se eu fosse apresentá-la, o que não vou.

Nossa comida chega, concedendo um alívio na conversa, cada vez mais desconfortável quando mergulhamos na pizza e na salada.

Randy aparece quando sente o cheiro da comida, e Ellie lhe dá um pedaço de salame. Juro que o ouço gemer de prazer. Gosto que ele não implore implacavelmente como alguns cachorros fazem. Ele está satisfeito com seu bocado e volta para sua soneca, nos deixando comer em paz.

Ainda estou no limite por falar sobre a minha preferência sexual, um tópico que raramente me atrevo a falar com as mulheres, a menos que esteja prestes a fazer uma cena com uma delas. Então, há muita conversa e negociação. Esse tipo de conversa que estou tendo com Ellie é altamente incomum. Mas tenho que admitir que gosto que ela saiba a verdade sobre minhas preferências sexuais e não tenha fugido com horror.

Muito pelo contrário, na verdade. Ela parece... intrigada. É possível que ela queira...

Não. Não mesmo. Não é disso que se trata. Preciso continuar me lembrando do que estamos ou não fazendo. Ela quer um bebê. Eu a quero. Por que precisa ser mais complicado do que isso?

10

Jasper

— Você se importaria se eu fosse a um clube com outra pessoa?

Quase engasgo com o pedaço de pizza que, até aquele momento, estava bastante satisfatório.

— Jasper? Você está bem?

Não, não estou. Minha garganta está fechada e meus olhos estão lacrimejando, mas minha mão levantada a impede de se levantar.

— Meu Deus — murmuro quando posso falar de novo. — Avise antes de perguntar algo assim a um cara.

— Estamos no novo milênio, Jasper, e vou te contar um segredinho. — Ela se inclina para frente, assim como eu, desesperado para ouvir todos os seus segredos. — Eu já até assisti pornô. — Enquanto ela cobre a boca, seus olhos se arregalam e posso ver que ela está zombando de mim. No entanto, o pensamento de Ellie assistindo pornô me deixa mais duro que já estava. — Vou perguntar de novo. E se eu fosse com outra pessoa?

— Obviamente, não posso te impedir de fazer o que quiser. Posso te dizer que nem todos os dominadores ou clubes são iguais. Eu odiaria ver você acabar em uma situação que te amedronte ou sobrecarregue.

— Isso seria terrível. Claro, não haveria nenhuma chance de isso acontecer se eu levasse um amigo comigo, alguém que conheça esse universo e possa me guiar através da minha primeira exposição a ele. — Quando fala isso, ela pega uma pimenta do antepasto, segura o caule entre dois dedos e coloca a ponta na boca. Estou fascinado pelo movimento dos seus lábios e língua, com inveja de uma pimenta pela primeira vez na vida.

Junior não está imune também. Ele está pulsando dentro da calça, como um preso em confinamento solitário, batendo na porta, implorando para ser libertado.

— Certo? — Ela me leva de volta para a conversa. O que estávamos falando mesmo?

— Hum, certo, sim, acho que sim.

— Vai me levar então?

Ah, vou te levar, amor. Vou te levar a partir da próxima sexta-feira sem parar.

— Em qual clube devemos ir? Quero procurar na internet.

Espere. O quê? Quando aceitei levá-la a um clube de sexo? Raramente eu me vejo derrotado por uma mulher, mas Ellie Godfrey não é qualquer uma. Não, se minha vida fosse diferente e eu tivesse as opções que os caras comuns têm, ela seria a mulher. Eu não hesitaria em ir com tudo com ela, mas como isso não é possível, tenho que me contentar com o que eu puder conseguir e de jeito algum vou permitir que ela visite qualquer clube de sexo sem mim.

— Vou falar com meu amigo Devon Black, dono do Black Vice, sobre levá-la para uma visita.

— Mesmo? Quando? Em breve?

Revirando os olhos, concordo.

— Assim que ele estiver disponível. Agora, podemos conversar sobre outra coisa?

— Você não gosta de falar sobre sexo? Achei que esse era o assunto favorito de todos os caras.

— Gosto de falar sobre isso.

— Só não comigo?

Pego sua mão e mais uma vez coloco na base dura do meu pau.

— Alguma pergunta?

Ela ri como uma colegial, e estou absolutamente apaixonado pelo som da sua risada contagiante, mas não posso deixá-la saber disso. Ela vai ficar incontrolável em vez de ser apenas impossível de gerenciar.

— Não é engraçado. Você acha que é bom ficar sentado com uma fera furiosa dentro da calça enquanto você fala sobre visitar clubes de sexo e quer saber mais sobre BDSM?

— Fera furiosa?

— Foi só o que você ouviu?

— Você disse outra coisa?

Balançando a cabeça com diversão, faço um sinal, pedindo a conta. Hora de sair daqui antes que eu faça algo embaraçoso como tomá-la em cima da mesa. Quando a fera está com raiva, ele tende a perder o decoro.

Paramos para tomar um sorvete no caminho de volta para a casa dela e, enquanto tento não olhar quando ela lambe a casquinha, me ocorre que não tenho um encontro romântico, doce e inocente como esse em anos. Qual é o sentido de "namorar" quando não se tem esperança de um relacionamento real?

— Por que você nunca se casou ou teve namorada? — ela pergunta entre lambidas. Ela é capaz de ler minha mente também?

— Isso é uma longa história.

— Eu tenho tempo.

Por que eu sabia que ela diria isso? Esfrego a barba por fazer, tentando decidir o que devo dizer. A verdade ou uma parte dela?

— Não conheci ninguém de quem eu gostasse o suficiente para me casar. — Isso é verdade. É absolutamente verdade. Mas não toda ela. Nem de longe.

— E por que você iria querer apenas uma quando pode ter todas?

Deus, me mata saber que ela pensa em mim como um total idiota, mesmo que o rótulo me sirva. Sou exatamente o que ela pensa, mesmo que não seja necessariamente quem eu escolho ser. A oportunidade de decidir isso me foi tirada antes de eu nascer.

— É verdade, amor — respondo com um tom alegre e o sorriso encantador que se tornou minha marca registrada ao longo dos anos.

Você pode esconder muita mágoa atrás do tipo certo de sorriso. Estou estranhamente desapontado comigo mesmo neste momento, o que é um sentimento raro e esperançosamente fugaz. Fiz as pazes com a minha sorte na vida há muito tempo. Não faz sentido desejar coisas que nunca poderão acontecer.

Exceto que estar perto de Ellie, ajudando-a a conceber um bebê, sabendo que eu nunca poderei ser um verdadeiro pai para seu filho me forçou a confrontar uma realidade que eu achava ter aceitado há décadas. O bebê ainda não foi concebido, e eu já quero mais dele — ou dela — do que jamais poderei ter. A *própria* ideia de um bebê com meus olhos e cabelos dourados despertou um desejo que não pode ser abafado, não importa o quanto eu tente.

Ellie apoia a mão na curva do meu cotovelo e encosta a cabeça no meu ombro.

— Sinto que você não está muito bem desde que perguntei sobre o BDSM.

— Não é bem isso.

— O que então?

— Talvez um pouco abalado. Não estou acostumado a falar abertamente sobre algo que tenho me esforçado muito para manter em sigilo.

— Por que você se importa com o que as pessoas pensam de você? São tantos motivos.

— Você sabe como é nesta cidade. Se algo assim se tornasse público, eu estaria na primeira página de todas as revistas de fofoca e na pauta principal de todos os programas do gênero. Além disso, não é da conta de ninguém minhas preferências sexuais.

— Isso é verdade.

Chegamos na casa dela e me pergunto se ela vai me convidar a entrar ou me mandar embora. Afinal de contas, não vamos fazer extras como dormir juntos ou qualquer coisa que chegue a um relacionamento real.

Meu telefone toca antes que possamos descobrir a logística do que vem a seguir. Retiro do bolso e vejo o nome de Emmett na tela.

— Preciso atender.

— Claro, entre quando terminar. — Ela leva Randy para dentro da casa, me deixando atender a chamada particular na varanda. Estive com muitas mulheres que ficariam por perto, querendo ouvir a conversa. Ellie não é esse tipo de mulher.

— Oi, Em, o que houve?

— Falei com a advogada da Ellie e marcamos uma reunião às duas da tarde de quinta-feira para examinar os detalhes. Você pode?

Não, mas vou mudar as coisas para poder.

— Estarei lá. — Ele me dá o endereço do escritório da advogada de Ellie.

— A advogada pediu que você levasse um atestado de saúde.

— Pode deixar.

— Jasper... tem certeza de que quer abrir mão dos seus direitos como pai de uma criança que ainda não foi concebida?

Não, não tenho certeza, mas é o que tenho que fazer.

— Sim.

— Eu realmente espero que você não se arrependa disso.

Claro que vou. Já me arrependi e ainda nem assinei. Mas é assim que tem que ser. Não existe outro jeito.

— Te vejo na quinta-feira às duas, Em, se não antes. Obrigado mais uma vez por sua ajuda com isso.

Ouço seu suspiro antes que ele fale:

— Claro, sem problemas.

Enquanto coloco o telefone de volta no bolso, estou cheio do tipo de raiva que marcou minha juventude e me causou grandes problemas com meu pai. Já faz um bom tempo desde que permiti que a raiva me atingisse assim.

Dever.

Obrigação.

Responsabilidade.

As palavras da minha juventude, enfiadas na minha cabeça por meu pai, o nono Duque de Wethersby, um dos ducados mais prósperos e historicamente significativos de toda a Inglaterra e, algum dia, num futuro não muito distante, tudo será meu. Eu me opus àquelas três palavras durante toda a minha vida e nunca vou permitir que qualquer filho meu esteja sobrecarregado de *obrigações* no dia em que nascer.

Então, quando Emmett me pergunta se eu tenho certeza de que quero abrir mão dos meus direitos à criança que Ellie e eu vamos fazer juntos, é melhor acreditar que eu tenho certeza. Mesmo que vá partir meu coração saber que não poderei reconhecer meu próprio filho. Darei a ele todas as coisas possíveis que puder, mas a única coisa que não lhe darei é o meu nome.

Assim, a mágoa, a raiva esmagadora e o desespero são diferentes de tudo que já experimentei antes, mesmo durante os anos horríveis que passei lutando contra o plano do meu pai para a minha vida que, certamente, não incluía uma carreira no ramo cinematográfico. Ganhei essa batalha, mas sempre soube que ele acabaria vencendo a guerra. A vida que construí para mim em Los Angeles está em um cronômetro, a areia deslizando através de uma ampulheta em uma espécie de contagem mórbida em direção ao meu destino inevitável. Enquanto meu pai fica mais velho, quase posso ouvir o tique-taque do tempo passando rápido demais. Vivo com medo do telefonema que um dia vai me dizer que meu tempo acabou.

— Jasper?

Eu me viro para ela, cativado pela sua visão emoldurada pela porta de tela, a iluminação delineando as sutis curvas do seu corpo. Gostaria de capturá-la em um vídeo do jeito que ela está agora.

— Quer entrar?

Quero muito estar com ela. Eu a quero de maneiras que nunca me permiti querer alguém. E é exatamente por isso que não posso ficar.

— Eu deveria sair do seu pé e te deixar dormir um pouco.

Embora seu rosto esteja sombreado, vejo que minha resposta a decepcionou.

A dor no meu peito se intensifica. A última coisa que quero fazer é desapontá-la e temo que seja tudo o que vou fazer. Mas como não voltarei atrás em nosso acordo, vou ter que lidar com a minha própria mágoa, sem deixar que recaia sobre ela. Farei o que fiz durante toda a minha vida e serei mais forte que isso, minha herança britânica nunca me deixa vacilar. Quando concordei em ajudar com o projeto dela, não fazia ideia de que ressuscitaria a raiva do jeito que aconteceu. Ainda assim, eu não mudaria nada se isso significasse ajudá-la a ter o que ela mais deseja.

Ela vem para fora, fechando a porta da tela para que Randy não possa escapar. Quando está bem na minha frente, ela olha para cima e sinto que pode ver através do meu coração.

— Você está bem?

— Estou, baby. — Eu a beijo de leve. — Sua advogada falou com você sobre a reunião?

— Ela mandou uma mensagem agora mesmo.

— Está pronta para oficializar as coisas?

— Estou, se você estiver.

Sorrio para ela, mesmo quando a dor no meu peito continua inabalável.

— Se você está com dúvidas ou...

Beijo as palavras dos seus lábios.

— Não há nada o que repensar. Estou completamente dentro, amor.

Ela respira fundo e percebo que ela estava segurando o ar enquanto esperava que eu dissesse que mudei de ideia.

— Certo. Te vejo amanhã.

— Sim, vai ver. — E porque preciso disso mais do que ela jamais saberá, eu a beijo corretamente, emoldurando seu rosto em minhas mãos e lhe dando a ternura que ela merece. Quando finalmente me afasto, fico feliz em ver que ela está tão afetada pelo beijo quanto eu.

— Durma bem.

Vou embora enquanto ainda posso, sabendo que quase não vou dormir esta noite. Tenho até as duas horas de quinta-feira para descobrir uma maneira de dar a ela o bebê que ela quer desesperadamente sem sacrificar minha própria sanidade no processo.

~

Ellie

NA QUINTA-FEIRA, chego cedo ao escritório de Cecily, em Brentwood, a área de Los Angeles mais conhecida por ter sido a cena dos assassinatos de Simpson-Goldman em 1994. Eu tinha acabado o primeiro ano do ensino médio quando aconteceu, mas me lembro vividamente da atmosfera de circo que atravessou toda a cidade naquele verão. Pensar em OJ Simpson me dá algo para fazer além de ficar obcecada sobre o motivo de estar aqui e o que está para acontecer.

A assistente de Cecily me leva ao seu espaçoso escritório e minha amiga se levanta para me cumprimentar com um grande abraço. Ela é alta e muito bonita, com longos cabelos ruivos e aparência impecável. Seus olhos verdes brilham de excitação quando dá uma boa olhada em mim.

— Você está fantástica! — declara, me levando a uma área de estar com vista para a rua.

— Você também. — Não a vejo há alguns anos, mas ela não mudou nada. — E muito obrigada por cuidar disso para mim.

— Confie em mim quando eu lhe disser que é uma mudança refrescante na hora de negociar divórcios, disputas de custódia de filhos e outras crises familiares.

— Não sei como você faz isso.

— Às vezes, não suporto, mas é uma forma de se viver e, de vez em quando, ajudo alguém incrível a conseguir exatamente o que quer.

Suas palavras sinceras trazem lágrimas aos meus olhos. Estou prestes a conseguir exatamente o que quero e parte de mim ainda não acredita que isso esteja realmente acontecendo.

Cecily me alcança e de bom grado aceito seu abraço.

— Estou tão feliz por você.

— Obrigada.

— Então me fale sobre esse cara que vai ser o pai. Como ele é?

Como descrever Jasper adequadamente...

— Ele é um grande amigo meu e do Flynn.

— E... — Ela balança a mão, obviamente procurando os detalhes sujos.

— É incrivelmente bonito, charmoso e muito doce. E ele é britânico.

Cecily abana o rosto.

— O sotaque...

— É de matar.

— Sua vaca sortuda. Vai fazer um bebê com um cara gostoso sem ter que lidar com todo o absurdo do relacionamento. Você não dorme no ponto, né?

Sim, estou com tudo sob controle, exceto nos últimos dois dias, que estou achando mais difícil ignorar a sensação de vazio que senti desde que Jasper partiu na outra noite. Que motivo eu poderia ter para a sensação dolorida e desconexa de que algo está... errado? Não consigo pensar em outra palavra para descrever. Ainda não o vi hoje, porque ele não estava no escritório esta manhã, e o vi apenas de passagem ontem. Espero que quando ele chegar para a nossa reunião, me tranquilize de alguma forma. Até lá, estou muito ansiosa, esperando que tudo isso não exploda na minha cara no último minuto.

Não tenho certeza de como vou administrar a decepção se isso acontecer.

Cecily e eu conversamos sobre nossas vidas e ela me diverte com uma série de desventuras que me fazem rir e esquecer, embora por um breve momento, sobre minhas preocupações em relação a Jasper.

Então, a assistente de Cecily acompanha Jasper e Emmett ao escritório e meu coração pula com a sua visão. *Não, não, não!* Isso não deveria acontecer. Ele é o Jasper, meu amigo, o futuro pai do meu filho. Ele não deveria mexer com meu coração.

De alguma forma, consigo apresentar Jasper e Emmett para Cecily enquanto lido com a minha própria mortificação ao ver Emmett pela primeira vez desde que Jasper o colocou em nossos planos. Para seu crédito, ele me cumprimenta do jeito que sempre faz, como se esse encontro não fosse diferente dos centenas de outros que tivemos no trabalho e fora dele.

— Está tudo organizado na sala de reuniões do outro lado do corredor. — Cecily gesticula para eles irem na nossa frente. Quando viram de costas, ela abana o rosto de forma dramática. Em um sussurro que só eu posso ouvir, ela diz:

— *Puta merda.* Esses caras são gatos demais, especialmente o seu britânico.

Rio com sua expressão confusa e tento imaginar ver Jasper e Emmett através dos olhos de uma mulher que não os conhece. Eles causam uma baita impressão, especialmente Jasper. É o sotaque. Claro que é isso. O que mais poderia ser?

No momento em que estamos sentados em lados opostos da mesa de reuniões, Cecily recuperou seu comportamento profissional, mas noto que ela está dando olhares para os dois homens, como se ainda não acreditasse no que está vendo. Entendo por que ela está enfeitiçada por eles. Eles fazem um par atraente: Jasper com seu cabelo loiro grosso e olhos castanho-dourados e o cabelo castanho ondulado e o olhar intenso de Emmett. Gostaria de pensar que sou imune aos dois depois de passar tanto tempo na companhia deles, mas a julgar pela minha reação a Jasper, estou longe de ser imune a ele.

Cecily repassa a papelada que descreve os termos do nosso acordo em *juridiquês* que é um pouco fácil de entender. Vou ter a custódia total da criança com tudo o que isso compreende. Pela primeira vez, no entanto, descubro que Jasper ofereceu uma quantia mensal generosa para sustentar a criança.

— Isso não é necessário. — Olho para ele do outro lado da mesa e a expressão que vejo em seu rosto me faz pensar mais uma vez se é isso que ele realmente quer.

— É necessário. Para mim. — Ele parece tão triste que meu coração começa a doer como nunca.

Paro por um longo momento antes de dizer:

— Poderíamos... hum, poderíamos ter um minuto, por favor?

— Claro. — Cecily se levanta e pergunta para Emmett, — Posso pegar um café para você?

— Seria ótimo.

Eles saem da sala e a porta se fecha atrás deles com um eco alto.

— O que há de errado? — pergunto, me forçando a respirar sobre a batida rápida do meu coração.

— Não há nada está errado.

— Seus olhos estão me dizendo o contrário.

Seus lábios esquentam com a diversão que é parte do seu charme, mas não me deixo envolver por isso.

— Amor, estou bem e completamente de acordo com nossos planos. Não há nada para se preocupar.

— Você me diria se houvesse algo com o que me preocupar?

Ele hesita, muito ligeiramente, mas apenas o tempo suficiente para me dizer que acertei um alvo.

— Claro que sim.

— Não, eu realmente não acho que você diria. Acho que você é um amigo tão bom e leal que passaria por isso antes que pudesse me desapontar, mesmo que tenha mudado de ideia.

Depois de respirar fundo e soltar o ar, ele se levanta e caminha para o meu lado da mesa.

Minha boca fica seca e minhas mãos estão subitamente suadas enquanto o vejo vir em minha direção.

Ele coloca uma mão em cada um dos braços da minha cadeira e se inclina, parando quando seus lábios estão a um centímetro de tocar os meus.

Paro de respirar.

— Mal posso esperar para ser o pai do seu filho, ver você florescer com a gravidez, te ver corada de excitação, alegria e antecipação. Mal posso esperar para conhecer a criança que vamos conceber juntos e vê-la crescer. Não mudei de ideia. Ok?

Devo dizer algo depois disso? O barulho da minha respiração escapando da minha garganta soa como um soluço. Até aquele segundo exato, até eu ter certeza de que ele não iria desistir, não me permiti reconhecer como estou realmente empolgada para tornar meu sonho realidade com ele.

— Tudo bem — eu sussurro.

Erguendo meu queixo com a mão, ele me força a olhá-lo enquanto inclina os lábios sobre os meus. Juro por Deus, neste exato momento, se ele me colocasse sobre a mesa e se inclinasse entre as minhas pernas abertas, não diria não a ele. Não seria capaz.

Felizmente, ele controla a situação antes que eu acabe deitada em outro escritório.

Quando ele começa a se afastar, apoio a mão em seu rosto.

— Caso eu me esqueça de dizer, obrigada. Muito obrigada por isso. Você nunca saberá o que significa para mim.

— Acho que sei. — Ele me beija de novo de forma fugaz e fica em pé.

Tento não notar que ele está duro, mas meu olhar é naturalmente atraído para a evidência da sua excitação, a prova visível de que ele me quer tanto quanto eu o quero.

— Vamos chamar os advogados de volta e resolver a questão?

Para um homem com tesão em uma sala de conferências de Brentwood, seu decoro britânico está em pleno vigor.

— Sim, por favor.

11

Ellie

Ele dá a volta na mesa, enfia a cabeça no corredor e diz algumas palavras que trazem Emmett e Cecily de volta para a sala.

Quando estamos sentados mais uma vez, noto Jasper se remexendo na cadeira, como se buscasse uma posição confortável. Seguro a necessidade desesperada de rir da sua situação.

Ele vê minha luta e arqueia uma sobrancelha na minha direção. De repente, a necessidade de rir se torna um outro tipo de necessidade — o tipo que o envolve diretamente.

Cecily continua sua revisão do contrato, comentando que cada parte entregou evidências recentes de saúde perfeita, que cada parte está assinando este acordo voluntariamente e sem reservas, que cada parte concordou que a paternidade da criança permanecerá confidencial, exceto nos casos em que os dois concordarem em compartilhar a informações.

Jasper me observa atentamente o tempo todo. Seu olhar é faminto, sexy e cheio do que poderia descrever como emoção. Eu não esperava esse comportamento. Ele nunca foi do tipo que demonstra o que sente. Jasper lida com tudo com diversão e leveza. Ele trabalha duro e joga ainda mais duro. Não se envolve. Então, por que ele parece tão envolvido nesse processo, mesmo abrindo mão dos seus direitos para nosso futuro filho?

O contrato é empurrado sobre a mesa para mim e no começo acho que devo estar lendo errado. Por que ele assinou tudo como Jasper Kingsley? Quem é esse?

Ele me pega olhando e desvia o olhar, sua mandíbula pulsando com o tipo de tensão que frequentemente vejo em Hayden, não em Jasper. A tensão não é coisa dele, ou, pelo menos, não costuma ser.

Quando terminamos de assinar, Cecily junta a papelada.

— Vou pedir à minha assistente que junte tudo para você poder levar.

— Muito obrigado — diz Emmett, apertando as mãos dela.

Ela sai da sala para resolver um assunto.

Emmett se vira para Jasper.

— Pronto para ir?

Ele continua a me encarar do outro lado da mesa.

— Vou voltar para o escritório com a Ellie.

Ah, é?

— Ótimo — Emmett diz —, vejo vocês lá.

— Emmett.

Ele se vira para mim.

— Sim?

— Você não vai... quero dizer, sei que você está preso ao compromisso advogado-cliente e tudo mais, mas não vai dizer nada sobre isso para ninguém, certo?

— Nunca.

— Sinto muito por perguntar, mas...

— Não se preocupe. Entendo que seja importante. Ninguém vai ouvir a esse respeito por mim. Desejo-lhe toda a sorte do mundo, Ellie.

Sua bondade me traz um nó na garganta.

— Muito obrigada.

Depois que ele sai da sala, olho para Jasper, que ainda está me encarando intensamente. Umedeço os lábios e vejo seu olhar se mover para a minha boca, o que provoca um desejo instantâneo.

— Quem é Jasper Kingsley?

— Esse é o meu nome de verdade. Uso profissionalmente o nome de solteira da minha mãe.

— Por quê?

— Isso, meu amor, é uma longa história para outro dia. Temos coisas muito melhores para fazer hoje.

— Como voltar a trabalhar?

— Não era o que eu tinha em mente. — As palavras são ditas de uma forma que não deixa dúvidas sobre o que ele estava pensando.

— Tenho uma reunião às quatro. Não posso faltar, especialmente se você ainda espera que eu tire a próxima semana para conceber o bebê.

— Ainda espero.

Eu me levanto da cadeira, surpresa ao descobrir que minhas pernas estão longe de estarem firmes enquanto sigo até ele.

Ele continua me observando daquela maneira sexy e dominadora que me deixa no limite.

— Por que você está me encarando?

— Porque é muito bom te olhar.

— Já pensou como foi estranho o jeito que isso aconteceu de repente entre nós?

Ele se levanta e vem até mim, colocando as mãos nos meus quadris e descansando sua testa na minha.

— Não é quase de repente, amor. Faz algum tempo que é difícil desviar o olhar para qualquer lugar além de onde você está.

Toda o ar sai dos meus pulmões em outra expiração profunda que me deixa me sentindo tonta e desequilibrada.

— I-isso não é verdade. Não diga isso.

— É verdade.

É preciso muita coragem para perguntar:

— Por que você nunca fez nada a respeito?

— Por quem você, o Flynn e os Godfrey são para mim. Até aquela manhã no México, quando você me deu a oportunidade perfeita de ter mais com você sem sacrificar nossa amizade.

— Sinto que há coisas que você não está me contando, coisas que eu deveria saber antes de continuarmos.

— Você é muito astuta e perspicaz.

— E?

— Basta dizer que você sabe tudo o que precisa sobre o que estamos prestes a fazer.

— Você não vai me dizer mais?

— Não, baby, não vou. Isso não importa.

Eu me pergunto se ele sabe como a tristeza em seus olhos me diz que apesar do que fala, o que quer que seja importa para ele. Escolho não insistir mais, uma vez que tenho uma reunião em que preciso estar em pouco mais de uma hora. Vou para a porta, mas Jasper me impede de sair da sala, colocando a mão na porta fechada, seu corpo firme contra as minhas costas, seu braço em volta da minha cintura.

— Me desculpe, não poder contar tudo o que você quer saber. Se eu fosse contar a alguém, eu diria a você, amor. Juro que diria.

— Tudo bem — digo o que ele precisa ouvir para que possamos sair daqui, mas ele já me deu a única coisa que preciso para encontrar as respostas que ele não quer me dar: seu nome verdadeiro.

A REUNIÃO das quatro horas é torturante, cheia de detalhes que exigem minha atenção total e exclusiva, especialmente porque minha equipe não tem ideia de que estou prestes a inventar uma doença para poder me dedicar a engravidar do meu amante muito sexy e com preferências peculiares, que também vem a ser um dos meus chefes. Sim, agora essa é a minha vida e é mais excitante que nunca.

Toda vez que penso no bebê que vamos conceber, minha pele vibra com o tipo de emoção que me lembra de quando eu era criança no natal e no meu aniversário na Disney com todo o sorvete que podia tomar sem me sentir enjoada em um dia incrível. Essa descrição não capta toda a extensão da minha excitação.

Eu me vejo sonhando com berços, trocadores, modelos de quartos, macacões e meias minúsculas quando deveria estar pensando em licenças, permissões, costumes locais e cronogramas de produção.

Provavelmente, é bom que eu esteja planejando usar algumas das semanas que acumulei durante meus dez anos na Quantum, porque não sou muito boa para ninguém no meu atual estado de espírito.

Graças a Deus por Dax, que parece estar sintonizado com o fato de que estou distraída e assume o controle por mim quando me atrapalho com os detalhes. Não acho que alguém tenha notado minha incomum falta de foco, mas ele, com certeza, percebeu. E como ele é o melhor assistente que já tive, decido lhe dar um voto de confiança.

Depois que a reunião termina, peço a ele que permaneça no meu escritório enquanto os outros saem, cada um com uma lista de tarefas de um metro de comprimento.

— Eu te devo uma explicação para o meu cérebro disperso ultimamente.

— É o retorno das férias. Eu entendo.

— É mais que isso. Se eu lhe disser a verdade, posso confiar em você para manter tudo entre nós?

Ele me dá um olhar do tipo "que pergunta é essa".

— Se não pode confiar em mim agora, Ellie, quando confiará?

— Você está certo, mas é algo importante e senti a necessidade de começar por pedir sua discrição.

— Você já a tem.

— Estou planejando ter um bebê.

Sua boca se abre com o tipo de choque que não pode ser falso. Claramente, ele não imaginou algo assim.

— Você... você está... um bebê. Bem, isso é ótimo. Estou feliz por você.

— Ainda não aconteceu, mas está em andamento, e eu queria que você soubesse que vou tirar a próxima semana para, hum, passar por alguns, ah, tratamentos.

Seu rosto inteiro fica vermelho. Até as pontas das orelhas estão enrubescidas.

— Estava esperando que você pudesse me cobrir novamente. Vou te dar uma semana extra de férias para me redimir.

— Isso não é necessário. Não me importo de cobrir as coisas para você.

— Muito obrigada. Estou realmente grata e vou me lembrar disso no momento do bônus.

— Certo. É melhor eu voltar para meu trabalho. — Não posso imaginar que ele poderia ter se movido mais rápido para sair da sala, nem se o seu traseiro estivesse em chamas.

Apoio a cabeça nas mãos, mortificada pelo que acabei de fazer com o pobre Dax. Tratamentos... *ah, meu Deus*, estou me tornando uma pessoa muito má. Mas não é como se eu pudesse dizer a ele que vou fazer sexo louco, insano, possivelmente obsceno com Jasper Autry — ou qualquer que seja o nome dele — para fazer meu bebê.

Falando em Jasper... pego o telefone, porque não ouso fazer isso na rede da empresa. Acessando o navegador, digito o nome Jasper Kingsley e Reino Unido, hesitando antes de pressionar o botão Pesquisar. O que vou descobrir? O que isso vai significar? Como isso vai mudar as coisas? Ele disse que era uma longa história, muito longa para me dizer em alguns minutos.

E se ele tiver praticado um crime horrível no Reino Unido? Ou estiver no registro de agressores sexuais ou...

— Pare com isso, Ellie. Ele não é criminoso, nem estuprador. Pelo amor de Deus, pare de inventar coisas. — Agora ele me faz falar comigo mesma também. Antes que eu possa inventar mais ficção, aperto o botão pesquisar e prendo a respiração, esperando que os resultados apareçam.

No começo, não tenho certeza do que estou vendo. Há todo um material sobre a família Kingsley, as vastas propriedades financeiras, o lugar historicamente significativo na aristocracia britânica. Espere. O quê? Clico em um link para uma história no *International Times* sobre Henry Kingsley, o nono Duque de Wethersby, considerado o homem mais rico da Inglaterra e não apenas por causa de sua fortuna herdada.

Não, Henry quadruplicou a já enorme riqueza da família por meio de uma série de investimentos inteligentes e perspicácia financeira que muitas vezes é comparada à do magnata de negócios americano Warren Buffett. O seu ducados é um dos poucos de toda a Inglaterra a permanecer intacto nos tempos modernos, graças ao brilhantismo de Henry e o pai. Além da magia nos negócios, Henry é conhecido por seu amor pela aventura extrema. Ele escalou o Monte Everest duas vezes e possui vários recordes por pilotar aeronaves experimentais em longas viagens.

— Puta merda — sussurro quando me ocorre que Jasper é um bilionário. Percorro a história até que menciona que o filho e herdeiro de Henry, Jasper, também é conhecido como o marquês de Andover, um dos títulos menores do seu pai. Seu herdeiro. Um marquês. Como o cara com quem Edith se casou em *Downton Abbey*, aquele que superava seu pai, o conde!

Como é possível que a imprensa de Hollywood não tenha percebido isso? Provavelmente porque Jasper não usa o nome da família e, aparentemente, não contou aos seus amigos e sócios sobre seu pedigree aristocrático... Flynn sabe? Gostaria de poder perguntar a ele sem revelar o que descobri. Faço uma busca por Jasper Autry e encontro a versão dele que conheço: diretor de fotografia vencedor do Oscar, diretor da bem-sucedida *Quantum Production Company*, fundada pelo ator ganhador do Oscar, Flynn Godfrey e pelo diretor também vencedor do Oscar, Hayden Roth. O artigo também menciona que Jasper é um notório playboy conhecido por uma série de breves relacionamentos com algumas das mulheres mais bonitas do mundo.

Há fotos dele com mulheres — muitas e muitas delas atrizes, supermodelos e algumas que são famosas apenas por serem famosas. Ele está sorrindo em todas as fotos e por que não estaria? É um bilionário vencedor do Oscar. Não é de se admirar que ele esteja mais do que feliz em abrir mão dos seus direitos sobre nosso filho. Ele tem coisas muito melhores para fazer do que trocar fraldas.

Eu sabia sobre as mulheres. Sempre soube sobre elas, porque ele falava comigo a esse respeito, muitas vezes compartilhando o drama, os momentos engraçados, a indignação e a insanidade que ele experimentou com muitas delas. Nós riamos das situações e em seguida a imprensa de Hollywood informava que ele se separou da garota do mês. Eles o seguiriam implacavelmente até ele aparecer em algum lugar com sua mais nova conquista, reiniciando o frenesi.

Esse nível de atenção é incomum para alguém que trabalha nos bastidores da indústria cinematográfica, mas um homem com a aparência de Jasper é notado nesta cidade, especialmente quando convive com pessoas como Flynn, Hayden, Marlowe e Kristian, quatro dos maiores nomes de Hollywood.

Limpo o histórico de pesquisa no telefone e o coloco na mesa, irracionalmente entristecida pelo que descobri. O que achei que ia acontecer? Eu realmente pensei que alguém como eu, uma zero à esquerda comparada com as mulheres com quem ele costuma namorar, seria a pessoa que o faria se comprometer? Que iria convencê-lo a deixar seu comportamento mulherengo de lado?

Admito para mim mesma — e apenas a mim — que sua disposição de ter meu filho me fez pensar que talvez ele sentisse mais por mim do que deixa transparecer. Ele basicamente me disse que tem uma queda por mim desde que me conheceu. Mas como posso competir com o tipo de mulher com quem ele normalmente namora?

Argh, e qual o tamanho do meu desprezo por mim mesma só por ter esse pensamento? Qualquer homem teria sorte de me ter. Além da minha aparência acima da média, sei usar chave de fenda e furadeira. Posso consertar qualquer coisa. Posso instalar minhas próprias cortinas, pintar as paredes e terminar meu próprio chão. Não preciso de Jasper — ou de qualquer homem — para qualquer outra coisa além do seu DNA.

Resignada a manter meu coração fora da equação com ele, recolho meus pertences para sair do escritório. Preciso ir ao supermercado, levar Randy para passear, lavar roupa e ler minhas anotações para as reuniões de amanhã. E é hora de retornar a ligação de Serenity sobre o serviço de namoro. Tenho coisas para fazer e não há tempo para o homem que está transformando meu cérebro, geralmente, produtivo em mingau.

～

Puta merda... puta, *puta* merda... meu corpo inteiro se agarra à minha vida com os dedos de Jasper dentro de mim e sua boca presa ao meu clitóris enquanto seguro os ferros da cabeceira por suas ordens.

Se lembra da lista de tarefas que eu tinha para esta noite? Sim, bem, as coisas não saíram exatamente como o planejado depois que Jasper apareceu e me empurrou para o quarto, me deitou de costas e me deu não um, mas dois orgasmos estupendos antes que eu pudesse me lembrar de que proibi os "extras" do nosso "relacionamento". Ele acabou de provar o quanto sou completamente impotente para resistir quando ele vem com tudo para cima de mim.

Ele se afasta, limpa a boca com as costas da mão e libera seu pênis da calça.

— Não solte a cabeceira e mantenha os olhos em mim. Quero seus olhos. — Me observando de perto, ele se acaricia, deixando suas intenções claras. — Não vamos mais usar preservativos, certo?

A magnitude dessa declaração corre através da bagunça confusa que ele fez no meu cérebro. Estamos fazendo isso. Nós vamos realmente fazer um bebê, e eu poderia engravidar a qualquer momento que fizermos sexo desprotegido. Nunca tive relações sexuais sem camisinhas, então esse é um grande momento em mais de uma maneira.

— Amor? Está me ouvindo?

— Sim, me desculpe. Estou ouvindo e não vamos mais usar preservativos.

Aquelas palavras parecem incitar algo primitivo nele, que se dirige para dentro de mim, seu corpo estremecendo e seus olhos se fechando por um segundo antes de abri-los para prendê-los nos meus.

— Tão quente. Tão apertada. — Mais uma vez, ele coloca minhas pernas em seus ombros, me deixando em uma posição que eu nunca tinha estive antes dele. Isso permite que ele entre mais fundo em mim do que qualquer um já esteve.

E seus olhos nunca deixam os meus enquanto ele pressiona a ponta do polegar no meu clitóris e mantém um ritmo implacável. Estou gozando de novo antes de recuperar o fôlego da última vez, e ele está bem ali comigo, atingindo o clímax com um gemido que parece ter sido arrancado de dentro dele.

Ele se afasta o suficiente para acomodar minhas pernas de volta no colchão, mas permanece enterrado dentro de mim enquanto pulsamos com os tremores secundários.

— A última vez que fiz sem camisinha eu tinha quinze anos e rezava para que o coito interrompido funcionasse.

Rindo, eu pergunto:

— E funcionou?

— Graças a Deus, sim. Os riscos que assumimos quando somos jovens e burros.

— E cheios de esperma — dizemos juntos, rindo enquanto citamos um dos ditados favoritos de Hayden.

Seus lábios roçam suavemente meu pescoço, provocando uma reação em cadeia de arrepios e uma sensação que se aglutina no lugar onde ainda estamos juntos.

— Não posso ter o suficiente de você, Ellie Godfrey. Não sei que tipo de feitiço você lançou sobre mim, mas tudo que penso ultimamente é em estar nu com você.

Engulo em seco, tentando mascarar minha reação emocional à sua confissão.

— Então por que ainda estamos usando a maioria das nossas roupas?

— Porque eu não podia esperar mais um segundo para te ter depois que você me dispensou naquela reunião hoje.

Quero acreditar que ele esteja caído por mim, mas não consigo parar de pensar em todas as coisas que li sobre ele. Ele me dirá, por exemplo, que é o herdeiro de uma grande fortuna? Em algum momento ele irá me contar que é um marquês, futuro duque ou qualquer coisa sobre os segredos que guardou do resto do nosso grupo ou o que ele planeja fazer sobre o vasto império que um dia vai herdar? O que isso, por exemplo, vai significar para sua sociedade na Quantum? Tenho tantas perguntas, nenhuma das quais sinto que tenho o direito de perguntar.

Nosso relacionamento não é assim. Estamos prestes a fazer um bebê, não trocando segredos profundos e obscuros. Embora, ele provavelmente diria que admitir suas tendências excêntricas equivaleria a um segredo profundo e obscuro.

Estou tendo o melhor sexo da vida com ele, então por que me sinto insatisfeita? Porque quero mais dele e não posso ter. É por isso. Ele deixou bem claro que não é um relacionamento. Ele provou isso indo de uma pessoa a outra desde que o conheço, para não mencionar o fato de ter aberto mão de todos os direitos de uma criança que ainda não concebemos. Por que eu esperaria ser "diferente" das muitas mulheres que vieram antes de mim?

— Precisamos ir — ele diz, interrompendo um longo período de silêncio.

— Ir aonde?

— Ao Black Vice. Meu amigo, Devon Black, está nos esperando às dez.

— *Esta noite?*

— Isso é um problema, amor?

Quando ele me chama assim, tenho a tendência de perder minha linha de raciocínio e desta vez não é diferente. Então me lembro que ele deve chamar todas as suas mulheres assim e isso faz com que o encanto se perca um pouco.

— É... tenho que trabalhar amanhã, e ... — E preciso de mais tempo para me preparar...

Ele está me observando daquele jeito sábio, como se entendesse meu coração melhor do que ninguém. É desconcertante, especialmente desde que estou ciente de que ele não quer nada com o meu coração.

— Tudo bem. Podemos ir.

— Tem certeza?

Não, não tenho. Não tenho certeza de nada quando se trata de você, mas estou incrivelmente curiosa. Aceno de acordo.

— Preciso de um banho depois dessa atividade toda.

Um sorriso torto percorre seu rosto.

— Atividade suada, não é mesmo, baby?

De repente quero chorar pelo que nunca poderemos ter. Quero lamentar, reclamar e gritar com a injustiça de tudo isso. Ele é perfeito para mim de todas as maneiras possíveis. Ele é lindo e sexy, e esse sotaque... mas também é engraçado, doce e incrivelmente gentil com seus amigos, que são como uma família para ele. E nada disso leva em consideração seu incrível talento como cineasta. Ele é o pacote completo e está me arruinando para todos os outros homens.

Não posso deixar isso acontecer. Ainda estou determinada que meu filho tenha um pai em sua vida. Não quero que ele cresça sem o tipo de pai que tive e, mesmo que isso signifique me contentar com alguém que não faça exatamente meu coração bater mais forte, quero encontrar alguém que esteja lá para o meu filho. Sei que essa pessoa está por aí em algum lugar e enquanto me arrasto para o chuveiro, estou mais determinada do que nunca a encontrá-lo.

Enquanto espero a água esquentar, pego o telefone e envio uma mensagem para Serenity, perguntando se ela pode me encontrar amanhã. Vou encontrar um jeito de dizer a Jasper que vou seguir em frente com meus planos de conhecer novas pessoas e assim que tivermos concebido a criança que tanto quero, vou deixá-lo voltar à sua vida.

Jasper

Como vou ficar, sabendo que ela e meu filho estão morando nesta casinha encantadora, vivendo, amando e crescendo juntos, enquanto estarei em algum lugar longe deles? Como vou me satisfazer com visitas ocasionais? Como vou voltar a tocar outra mulher depois de ter conhecido o prazer primoroso que encontrei com ela?

Ouvindo o chuveiro correr no cômodo ao lado, me deito em sua cama, olhando para o ventilador de teto enquanto ele gira, uma metáfora para os pensamentos circulando pela minha mente.

A suprema injustiça de tudo isso é difícil de entender em momentos assim, quando não posso ter o que mais quero no mundo, tudo por causa de quem sou desde que nasci. Alguns podem pensar, *ah, pobre menino rico, nascido em berço de ouro. O que ele tem que reclamar e lamentar?* Mas imagine seu destino sendo decidido por você antes mesmo de nascer. Então todas as riquezas do mundo podem não parecer tão atraentes.

Penso na última e amarga discussão que tive com meu pai antes de ir embora para fazer a escola de cinema da USC. Eu tinha me inscrito escondido e fiquei emocionado e exultante por ter passado, mas com o coração partido por saber que uma batalha iria acontecer antes de eu ir.

Recusei ofertas para frequentar a escola de negócios em Oxford, Harvard, Yale, UPenn e Dartmouth. Fiz isso antes de lhe dizer que estava indo para a USC, para que não houvesse outras opções no momento em que eu lhe desse a notícia. A explosão foi tão cataclísmica quanto eu esperava. Ele ficou furioso, seu rosto ficou roxo e, por um breve e horrível momento, me perguntei se ele estava tendo um ataque cardíaco.

Não teria sido irônico? Se ele tivesse caído morto bem na minha frente e por minha causa, teria conseguido o que queria — me ter como seu prisioneiro. Mas não foi o que aconteceu. Não, ele se recuperou e conseguiu dizer e fazer algumas coisas das quais ainda me lembro em detalhes vívidos quase vinte anos depois. Ele me chamou de ingrato, arrogante, uma vergonha e desperdício do seu DNA, entre outras palavras escolhidas. Tudo porque tive um sonho que diferia do plano que ele traçou para a minha vida antes de eu nascer. E isso foi o mínimo do que aconteceu naquele dia, mas não posso me permitir voltar até lá para ser sugado por aquele buraco de desespero do qual trabalhei tanto para escapar.

Fui embora para Los Angeles no dia seguinte e raramente voltei para casa nos anos seguintes. Vejo minha mãe e irmãs pelo menos uma vez por ano, mas não vejo meu pai há oito, desde o funeral do meu avô materno. Não acho que trocamos mais de dez palavras nos dois dias em que estive em casa. Estou morto para ele em todos os sentidos, exceto por um — ele não foi tão longe a ponto de realmente me deserdar, para meu espanto. Eu costumava rezar todas as noites pedindo que ele o fizesse.

Meu lado mulherengo surgiu, inicialmente, pelo meu desejo de enojá-lo ao ponto de ele não me querer mais como herdeiro. Mas nada que eu tenha feito — e tentei muitas coisas — teve o efeito desejado. E isso é culpa minha. A ideia era usar o nome de solteiro da minha mãe como meu sobrenome na nova vida para que eu nunca estivesse de alguma forma ligado a ele. Então, enquanto eu me certificava de que meu pai estivesse adequadamente chocado com a maneira com que vivo a minha vida, o resto do mundo não tem ideia de que o diretor de fotografia vencedor do Oscar e mulherengo de classe mundial, Jasper Autry, é realmente o herdeiro dos bilhões de Kingsley, na fila para ser o décimo duque de Wethersby.

Naturalmente, nunca ocorreu ao meu pai que minha irmã Gwen, a financista de Wall Street, seria muito mais competente dirigindo o império da família do que eu jamais poderia ser, mas Deus o livre de que seu herdeiro seja uma *mulher*. As coisas não funcionam assim no seu mundo. Se eu não tivesse nascido, depois de quatro filhas, ele teria deixado tudo para o sobrinho antes de transmitir sua dinastia a uma mera *garota*.

Gwen tem MBA de Harvard e a mesma cabeça para finanças que meu pai e meu avô tinham, mas ela nunca trabalhou nos negócios da família. Ela é a mandachuva de um banco de investimentos em Wall Street, onde fez seu nome nos mesmos círculos financeiros em que meu pai é uma lenda viva.

O secador de cabelo continua soando no banheiro, um sinal de que o chuveiro está livre. Passo a palma da mão direita sobre a barba no meu queixo, nervoso pelas lembranças que me levam de volta a alguns dos dias mais difíceis da minha vida. Não me arrependo de ter defendido a vida que queria em vez de ter a vida que ele pretendia me impor, mas sempre soube que estou vivendo uma realidade com tempo limitado.

Isso é especialmente verdadeiro já que meu pai passa menos tempo no escritório e mais tempo em busca de paixões que regularmente colocam sua vida em risco. Em maio do ano passado, quando ele escalou o Everest pela segunda vez, acho que não respirei fundo por uma semana inteira enquanto esperava que ele tivesse descido com sucesso.

Sua última novidade, segundo a imprensa, é voar sozinho ao redor do mundo em um avião experimental movido a energia solar, como se isso não fosse perigoso. Às vezes, eu juro que ele se envolveu em desafios extremos só para me atormentar. Não tenho dúvidas de que ele sente um prazer perverso em saber que estou constantemente no limite, esperando saber que ele conseguiu se matar.

O mundo inteiro assistirá à sua mais recente façanha. Se sua maior habilidade é ganhar dinheiro, a segunda é cortejar publicidade. Eu teria que me esconder debaixo de uma rocha para evitar a cobertura. Felizmente, minha semana para conceber o bebê com Ellie coincide com o mais recente circo do meu pai, então ficarei *offline* e fora do círculo dele, que é onde estou mais feliz de qualquer maneira.

— Jasper? — Ellie sai do banheiro. Ela está vestindo um roupão, mas seu cabelo está seco e ela está maquiada. Não muito, apenas o suficiente para enfatizar seus olhos e lábios. Ela está fantástica, como sempre. — Você está bem?

— Claro que sim, amor. Cochilei por alguns minutos depois que você me desgastou.

Sorrindo, ela revira os olhos para mim.

— O que eu uso em um clube de sexo?

— Algo sexy.

— Isso resume tudo.

Saio da cama e vou até ela, colocando meus braços ao redor da sua cintura.

— Você poderia usar esse roupão que se destacaria como a rosa perfeita que é. Qualquer coisa que você queira usar ficará sensacional, tenho certeza. — Beijo-a e dou a volta para ir ao banheiro.

— Tem certeza de que está bem?

— Por que está perguntando?

— Você estava a quilômetros de distância quando saí do banheiro.

Infelizmente, quilômetros de distância não seria longe o suficiente para me libertar do grilhão ao redor do meu tornozelo.

— Estou bem, amor. Não vou demorar. — Fecho a porta, nervoso por perceber o quanto ela me "vê". Sempre foi assim, mesmo quando éramos "apenas" amigos, mas desde que nos tornamos amantes, ela se tornou mais sintonizada comigo e, Deus, eu amo ser visto por ela. Adoro que ela me *conheça* bem. Amo tudo que se refere a ela, mesmo que não deva.

Entro no chuveiro e olho para a água caindo sobre mim, determinado a aproveitar cada minuto que tenho com ela antes que eu seja forçado a libertá-la.

~

Ellie

Seguimos para o Black Vice no carro de Jasper. Ele está quieto de um jeito incomum desde que saiu do banho e se vestiu. Presumo que seja porque não está muito entusiasmado em me levar ao clube, mas não tenho como saber com certeza. Estou muito empolgada para me arriscar a perguntar o que está errado. Não quero que ele mude de ideia sobre me levar lá.

Tendo crescido em Los Angeles, sempre estive ciente das tendências sexuais da cidade. Há lojas dedicadas ao prazer, clubes de striptease básicos e clubes sofisticados de "cavalheiros", sem mencionar o negócio de filmes adultos que opera às margens de Hollywood. Não havia como evitar as influências que me cercavam, mas nunca tive vontade de me aprofundar mais nos vários estilos de vida. Até agora. Até que Jasper confessou suas tendências estranhas e me deixou obcecada em saber mais.

Pegamos as colinas de Hollywood, muito perto da casa de Flynn. Jasper percorre a estrada sinuosa, entrando em um caminho que eu não teria visto. A estrada tem algumas curvas antes de revelar o que parece ser uma casa particular.

Homens jovens e sensuais usando smoking e gravatas borboleta estão trabalhando na entrada bem iluminada, onde manobristas e recepcionistas cumprimentam os convidados.

Jasper sai do carro, pega um ticket com um dos manobristas e vem para me ajudar. Sem palavras, ele apoia minha mão em seu braço e me leva para dentro de onde tenho que piscar várias vezes antes de meus olhos se ajustarem à iluminação muito mais escura.

Um homem bonito, de cabelos e olhos escuros e o tipo de intensidade que não é vista com frequência em homens tão jovens se aproxima de nós. De calça preta e camisa com as mangas dobradas, ele cumprimenta Jasper com um sorriso caloroso e lhe dá aquele abraço típico dos homens.

— Esta é a minha amiga, Ellie. Ellie, conheça Devon Black, nosso anfitrião esta noite.

Devon segura minha mão e a beija.

— É adorável conhecê-la, Ellie. O Jasper me disse que esta é a sua primeira vez em um clube como o nosso. Bem-vinda.

— Muito obrigada por me receber.

— Eu diria que o prazer é todo meu, mas espero que seja todo seu.

A declaração é tão ousada que envia um lampejo de calor para minhas veias enquanto tento imaginar no que estava entrando.

— Antes de prosseguirmos, preciso que você assine o nosso termo padrão de confidencialidade que, basicamente, diz que tomaremos medidas legais agressivas contra qualquer pessoa que fale sobre quem ou o que veem aqui. Confio que Jasper tenha lhe dito que nosso clube é um lugar onde as pessoas podem se sentir seguras para serem elas mesmas. Tudo o que acontece aqui é anônimo. Quase posso garantir que você vai reconhecer algumas pessoas hoje à noite. Ao assinar este termo, você promete não divulgar essas informações a ninguém.

— Isso não é problema. — Pego o papel da sua mão e o assino.

Devon pega o documento assinado, entrega-o à mulher que trabalha na recepção e gesticula para que o sigamos.

— Venham comigo. Vamos fazer um tour.

— Você não tem que assinar? — pergunto a Jasper.

— Jasper é um antigo membro do nosso clube — Devon responde.

— Aprecio sua disponibilidade, Devon — Jasper fala.

— Sem problemas. Minha garota está com gripe. Estou com um raro tempo livre, então sua ligação teve um timing perfeito.

— Dê a Tenley meus cumprimentos — Jasper fala.

— Tenley, a *stylist* que trabalha com o Flynn e a Natalie? — pergunto, fazendo um esforço para manter a surpresa fora da minha voz. — A amiga da Addie?

— Exatamente. — Devon diz com um sorriso suave que transmite sua afeição por ela.

Então Tenley também faz parte do estilo de vida? Isso só fica mais interessante. E não vi nada ainda.

Somos levados a uma sala enorme, com uma variedade de tablados onde casais e grupos de pessoas se envolvem em uma variedade de atividades. Em um tablado, uma mulher está inclinada sobre um aparelho enquanto seu amante a açoita com um dispositivo que se parece com um esfregão feito de couro. Próximo dali, um homem está sendo dominado por uma mulher vestida toda de couro preto e usando os saltos mais altos e mais finos que eu já vi. Estremeço quando ela pisa em seu peito e empurra os saltos altos em sua pele. Ele geme com prazer inconfundível.

Em outro tablado uma mulher está cercada por quatro homens, cada um cuidando de uma parte diferente do seu corpo. Tento imaginar como seria ter tantas mãos, bocas e línguas me tocando ao mesmo tempo e meu clitóris irradia com interesse inesperado.

— Essa submissa está jogando com a fantasia de estupro — Devon me diz. A música está explodindo pela sala em uma batida sexy e urgente, mas posso ouvir facilmente a voz de Devon sobre o barulho.

— As pessoas têm fantasias de estupro? — pergunto em voz baixa.

— As pessoas têm todos os tipos de fantasias — Devon explica — e em clubes como esse, elas são livres para explorá-las em um ambiente seguro, são e consensual. Esses três itens formam o núcleo do nosso estilo de vida e devem estar sempre à frente do envolvimento, seja ele qual for.

— Amor, você está bem? — Jasper pergunta.

Percebo que estou olhando para a mulher cercada por homens enquanto me pergunto como a fantasia dela se desenrola. Eles vão revezar? Vão transar com ela ao mesmo tempo? O que eu iria querer se fosse ela? Eu nunca fantasiaria sobre estupro. Tenho certeza. Vários homens cuidando do meu prazer? Eu poderia lidar com isso, mas não está no topo da lista de coisas que quero experimentar.

— Ellie?

— Sim, me desculpe, estou bem.

Sou o tipo de garota que gosta de um cara por vez e a única razão pela qual estou curiosa sobre o que acontece aqui é porque interessa a

Jasper. E ele me interessa. Sua mão na base das minhas costas me mantém focada no aqui e agora, o que requer toda a minha atenção.

Noto que as garçonetes e garçons estão usando plugs com rabos presos a eles e poucas roupas, suficientes para cobrir seus genitais. As mulheres estão de topless com os mamilos cobertos por adesivos com pendentes e outros ornamentos. Eu tento imaginar como seria arranjar um novo emprego e ser informada: *Ah, a propósito, você precisa usar plug no traseiro e adesivos de mamilo enquanto atende a nossa clientela.*

— Durante a entrevista de emprego, eles são avisados da obrigatoriedade de usar o bumbum como parte do uniforme?

Devon ri da pergunta.

— Eles não são obrigatórios.

— Então os usam por que gostam?

Ele dá de ombros.

— Você teria que perguntar a cada um. Exigimos apenas que eles se vistam de forma provocativa, de acordo com o tema do clube. Qualquer outra coisa que eles escolhem fazer é decisão deles.

— E imagino que para ser da sua equipe seja obrigatório ser super gostoso?

— Novamente, não é um requisito.

Subimos um lance de escadas até uma área de galeria aberta onde Devon gesticula para as portas fechadas lado a lado.

— Por trás dessas portas, você encontrará uma variedade de cenas que se desdobram entre parceiros que consentiram. O lado esquerdo é a sala de jogos, o lado direito, é a observação e as relações são permitidas aqui, mas não no andar principal.

— Quer dar uma olhada? — Jasper pergunta.

Estou tentando decidir até onde quero levar essa busca por informações quando uma das portas do lado esquerdo se abre e um casal aparece. Eles estão tão envolvidos um com o outro que não nos notam até eu ofegar e chamar a atenção deles. Hayden e Addie.

Eles nos olham duas vezes simultaneamente quando nos veem com Devon.

A expressão feliz e satisfeita de Hayden se torna tempestuosa.

— O que está fazendo aqui, Ellie?

— Ela está aqui comigo — Jasper fala, colocando um braço em volta dos meus ombros.

Hayden nos olha.

— Pode repetir isso?

— Você me ouviu.

— Eu pedi a ele para me trazer — digo.

Ele olha para Jasper.

— Mas por quê?

Antes que Jasper possa responder, eu falo:

— Não estou planejando perguntar o que você está fazendo aqui, Hayden, então talvez você deva me conceder a mesma cortesia.

Seus olhos semicerram e posso dizer que há muito mais que ele quer dizer.

— Hayden. — Addie puxa sua mão. — Vamos para casa.

Depois de uma longa pausa, ele diz a Jasper:

— É melhor esperar que Flynn não descubra que você a trouxe aqui.

Isso me deixa louca.

— Novidade, Hayden: tenho trinta e cinco anos. Não peço permissão ao meu irmão mais novo para fazer qualquer coisa. Não é da conta dele se estou aqui, nem da sua.

— Ela está certa, Hayden. — Addie puxa sua mão com mais força. — Vamos lá.

Ele a deixa levá-lo embora, mas não antes de dirigir outra carranca tempestuosa para Jasper.

— Bem — Jasper diz alegremente depois que eles se afastam —, é sempre um prazer encontrar o Hayden.

— Sinto muito — Devon fala —, eu estava no andar de cima com a Tenley e não sabia que eles estavam aqui. Eu teria lhes alertado.

— Sem problemas, parceiro.

Um dos funcionários de Devon se aproxima de nós e fala algo em particular com ele.

— Se vocês me dão licença, tenho algo que preciso ver. Sintam-se livre para andar por aí. Vou encontrá-los no bar para responder a qualquer pergunta que você possa ter, Ellie.

— Obrigada. — Percebo que embora eu tenha me revelado como a irmã de Flynn durante o encontro com Hayden e Addie, Devon não parece particularmente preocupado com a potencial ira do meu irmão.

— Sinto muito por isso, baby — Jasper fala quando estamos sozinhos. — Eu não tinha ideia de que eles eram membros daqui.

— Mas você sabia que eles faziam parte do estilo de vida.

— Sim.

— Posso entender o Hayden, mas a Addie...

— Ela é nova nisso.

— Ah, entendo. Ele a apresentou de bom grado ao estilo de vida a partir do momento que ficaram juntos?

— Hum, não acho que foi assim, mas você teria que perguntar a ela.

Estou impressionada com a lembrança da contusão que vi no braço de Addie no México. É possível que isso tenha sido causado por algum tipo de algema? Caramba...

— Sinto que estou de volta ao ensino médio e todos os jovens legais sabem de algo que eu não sei.

Ele sorri para mim, seus olhos brilhando com diversão.

— Não é assim. A maioria das pessoas não sai por aí falando sobre como elas gostam de sentir prazer. Por exemplo, nunca te ouvi contando para alguém que gosta de receber palmadas.

Eu o alcanço e esmago seus lábios fechados.

— Não sabia que gostava até que fiz isso com você.

— Exatamente — ele fala, a palavra abafada pelos meus dedos. Ele estende a mão para retirar a minha e beija meus dedos antes de envolvê-los com os seus. — Você nunca saberá se não tentar, e esse é um dos princípios centrais do nosso estilo de vida. Faça tudo uma vez. Duas, se gostar. Não há vergonha em experimentar, nem constrangimento para ver o que é possível.

— Como feminista, estou tentando entender a atração por ser submissa. Sinto que estou retrocedendo em décadas, permitindo que um homem me controle na cama em um relacionamento de verdade.

— Posso entender por que parece que você estaria desistindo do seu poder conquistado a duras penas, mas não é assim. Você mantém todo o poder ao ditar, com antecedência, o que quer e não quer. — Ele faz uma pausa antes de acrescentar: — Quantas decisões você toma no decorrer de um dia normal?

Tenho que pensar sobre isso por um momento.

— Centenas?

— Certo, então imagine um cenário em que você deixa alguém pensar por você e a única coisa com que precisa se preocupar é o seu próprio prazer.

— Isso não é egoísmo?

— De forma alguma, amor. Para mim, ver o prazer da minha parceira é a excitação máxima. Eu diria que entregar o seu prazer ao parceiro é o melhor uso do seu poder como mulher.

— Seu argumento foi convincente. Vou considerá-lo.

— Acredite em mim. Vamos dar uma volta?

Estou nervosa por ver outras pessoas fazendo sexo, mas permito que ele me leve até a sala de observação mais próxima, porque estou muito curiosa para voltar atrás. Somos as únicas pessoas assistindo enquanto um casal na sala ao lado faz o que parece ser uma cena pesada de escravidão. O cara é enorme, deve ter facilmente mais de um e noventa de altura, muito musculoso, ombros largos, cintura estreita e uma bunda firme e musculosa. Ele está de costas para mim, então não posso dizer imediatamente se está ereto, mas mal posso esperar para descobrir.

Sua submissa está com os pulsos amarrados, presos a um gancho sobre a cabeça, que a deixa suspensa.

— Isso não machuca os braços dela? — sussurro, embora Jasper me diga que eles não podem nos ouvir. No entanto, nós podemos ouvir cada palavra que eles dizem.

— Ele não vai deixá-la ficar assim por muito tempo.

De fato, ele levanta suas pernas para contrabalançar o peso em seus braços. Ele ajusta as amarrações até que ela esteja parcialmente reclinada, com as pernas abertas e presa a outro conjunto de ganchos pendurados no teto.

— Alguma coisa dói? — o homem pergunta.

Ela balança a cabeça e é quando percebo que ela também está amordaçada. Nunca vou querer fazer isso. A própria ideia é repulsiva para mim. Ela é pequena se comparada a ele e quando o homem caminha para inspecionar seu trabalho, suspiro quando vejo que ele é realmente enorme.

Jasper ri da minha reação.

— Ele vai acabar com ela.

— E ela vai amar cada segundo disso. Veja.

Não tenho ideia de há quanto tempo estamos ali, mas observamos enquanto ele prende os grampos nos mamilos e no clitóris. Mesmo com a mordaça, podemos ouvir os gritos estridentes de dor quando as garras do acessório a apertam. Ele a acalma e a conforta, mas não os remove.

Meus próprios mamilos e clitóris se levantam para olhar mais de perto o que está acontecendo na outra sala. Cruzo os braços, procurando por algum alívio.

Jasper se move atrás de mim, deslizando os braços ao redor da minha cintura e levando as mãos ao meu peito, passando os polegares sobre meus mamilos enquanto pressiona seu pau duro em minhas costas.

— Estou com você, baby. Apenas relaxe e aproveite. Eles ficam excitados por saber que estamos assistindo.

Não consigo me imaginar sendo observada por estranhos durante um momento tão íntimo, mas acho que as pessoas gostam de muitas coisas que nunca imaginei fazer.

O homem pega um objeto na mesa ao lado e o segura para ela ver. Ela arregala os olhos e balança a cabeça.

— Como ela usa a palavra segura se está amordaçada?

— Eles combinaram um sinal que para tudo se ela quiser. Algo como piscar duas vezes em rápida sucessão, revirar os olhos ou algo que demonstre que ela não quer mais.

— Negar com a cabeça não resolveria?

— Não. A única coisa que impede tudo é o sinal que eles combinaram antecipadamente.

— O que é aquilo?

— É um plug anal.

— *Isso* vai entrar na *bunda* dela? Caramba. É enorme!

Seu corpo treme com risada silenciosa.

Eu o acotovelo.

— Não é engraçado! Ela nunca mais vai se sentar de novo.

— Claro que vai. Provavelmente, ele a está preparando para recebê-lo por trás.

— De jeito nenhum. Não tem como ele se encaixar.

— Não só se encaixa, como ela vai adorar.

Não posso acreditar que estou aqui de pé, vendo-o encaixar aquele plug enorme na bunda dela enquanto ela se contorce, grunhe e grita o máximo que consegue sobre a mordaça. Seu corpo brilha com a transpiração e as lágrimas escorrem pelas suas bochechas. Parte de mim quer entrar lá e resgatá-la. Tenho que continuar me lembrando de que ela sabia de antemão o que ele ia fazer e concordou com isso. Embora eu ache difícil de acreditar que ela tenha concordado em fazer com que aquilo entrasse na sua bunda. No momento em que o objeto está totalmente encaixado, ela está tremendo loucamente. Ele passa as mãos sobre suas pernas antes de inclinar a cabeça para lamber sua boceta. O que quer que ele faça com ela, ela grita de novo, dessa vez com óbvio prazer.

Ela ainda está gozando quando ele guia seu grande pênis para dentro dela, fazendo-a ficar tensa com o que parece ser choque, dor e prazer, tudo misturado. Meus joelhos cedem debaixo de mim e apenas o braço de Jasper ao meu redor me mantém de pé enquanto o homem entra e sai da sua submissa, com um ritmo implacável e impiedoso.

— Ele vai machucá-la — eu sussurro.

— Não vai, não. Ele a observa muito de perto para se certificar de que ela está gostando tanto quanto ele.

Tenho que me forçar a continuar assistindo, a permanecer presente quando tudo que quero fazer é abaixar a cabeça e olhar para qualquer lugar, menos para o que está acontecendo bem na minha frente. Em seguida, ele move as mãos para os seus seios, brincando com eles até que libera os grampos de mamilo, e ela grita de novo, se debatendo em agonia quando ele também libera o grampo de clitóris.

— Observe o rosto dela — Jasper diz suavemente contra o meu ouvido.

Olho para o rosto dela e não posso negar que algo mudou. Ela entrou em uma espécie de transe enquanto o homem continua penetrando-a, seu ritmo implacável.

— Isso é chamado de subespaço — Jasper fala. — É quando as endorfinas entram em ação e transportam a submissa a um estado de feliz aceitação. É uma das experiências sexuais mais transcendentais que uma pessoa pode ter.

Sua descrição me lembra muito da maneira como me senti depois da primeira vez que fizemos amor.

Observamos o homem, finalmente, chegar ao clímax, penetrando-a repetidamente. Então ele começa a cuidar dela imediatamente, removendo o plug e a mordaça e, em seguida, soltando-a das restrições. Ele a pega em seus braços e a abraça, sussurrando palavras que não consigo entender.

Embora seus olhos permaneçam fechados, seu sorrisinho satisfeito me diz que ela está ótima.

— Venha. — Com o braço em volta da minha cintura, Jasper me acompanha para fora da sala. Minhas pernas estão bambas. Ele me leva a um conjunto de poltronas no corredor e se senta ao meu lado em uma namoradeira. — Fale comigo. Me diga como você está se sentindo.

— Oprimida, excitada, mais curiosa do que estava antes.

— Quer ver mais?

— Quero ver tudo.

Seus olhos brilham com o calor quando ele se inclina para capturar minha boca em um beijo que me faz querer arrancar suas roupas e tê-lo ali mesmo, que se dane quem pode nos ver.

— Você é perfeita — ele sussurra quando buscamos por ar. — Quando você me disse que queria um bebê, tudo em que eu conseguia pensar era em ter a chance de finalmente te tocar. Mas agora, há tantas outras coisas que quero fazer com você além de um bebê.

— Você quer fazer essas coisas comigo?

— Claro que sim. Quero fazer tudo com você, mas só se for o que você quer também.

— Eu... acho que gostaria de experimentar um pouco, mas só com você. Não poderia fazer isso com ninguém além de você.

— É melhor não fazer isso com ninguém além de mim, ou não serei responsável por meus atos.

— Você está soando muito possessivo para um homem que se orgulha de não se envolver.

— Você notou, não é?

— Aham. — Aceno enquanto deixo meu olhar cair para seus lábios, que ainda estão molhados dos nossos beijos.

— Quero que você faça algo por mim.

Naquele momento, acho que eu daria a ele qualquer coisa que ele quisesse.

— O quê?

— Não utilize aquele serviço de namoro.

— Jasper...

— Me dê algum tempo para ver como as coisas vão ficar antes de sair com outros caras.

— Quanto tempo?

— Não sei ainda, mas, por favor... tudo o que sei é que pensar em você com outros caras me deixa louco.

— Isso não deveria ser sério. Era só para fazermos o bebê. E agora...

— E agora... estou pedindo para você não sair com mais ninguém além de mim.

— Você não está pedindo mais do que isso? Não é por isso que estamos aqui?

— Se eu pudesse ter qualquer coisa que eu quisesse, estaria pedindo tudo a você. Isso — ele diz, gesticulando para o clube —, o bebê, a porcaria da sua vida inteira. Mas não tenho a liberdade de te pedir esse tipo de coisa. Não agora, de qualquer maneira.

— Como você pode se sentir assim comigo quando há apenas uma semana éramos só amigos?

— Nunca fomos *só* amigos. Não na minha cabeça. E quando você me disse que queria um bebê, vi uma oportunidade de ter algo mais com você. Não fui forte o suficiente para me afastar dessa oportunidade, mesmo que eu devesse. — Ele passa o dedo sobre a minha bochecha, provocando reações em cadeia que sinto em todos os lugares, especialmente entre minhas pernas. Deslizando os lábios contra os meus, ele diz: — Quer assistir um pouco mais ou quer brincar?

— Aqui?

— Aham. Devon disponibilizou um espaço para nós, se estivermos interessados.

Engulo em seco.

— Outras pessoas nos observariam?

— Não na primeira vez. Isso seria só para nós.

— Eu...

— Sem pressão, Ellie. A escolha é toda sua. — Ele deixa beijos suaves no meu pescoço, me deixando louca com o toque da sua língua na minha pele. — O que você quiser, quando quiser.

— Eu quero. Quero tanto que nem sei exatamente como pedir.

— Me fale.

— O que ele fez com ela. Eu quero aquilo.

— Quanto daquilo?

— Tudo, exceto pela mordaça e o grampo de clitóris. Essas coisas não são nada atraentes para mim.

— Para ser claro, você quer ser contida, quer ter seus mamilos presos e um plug em seu traseiro enquanto eu te como. É isso?

Engulo em seco. Um lado meu não pode acreditar que estou aqui, quanto mais concordando com uma lista como essa.

— Sim.

— Qual você gostaria que fosse sua palavra segura?

— Que tal "bebê"?

Ele sorri.

— Essa é uma boa palavra. — Apertando a minha mão, ele pergunta: — Tem certeza?

— Sim, Jasper, tenho certeza.

— E você não vai usar o serviço de namoro?

— Não vou usar o serviço de namoro. Se é o que você quer.

— É isso que eu quero.

13

Jasper

É possível que eu tenha morrido e ido direto para o céu. Ellie está nua e amarrada, as pernas mais afastadas que consegui deixar. Como essa é a sua primeira vez, não a suspendi. Em vez disso, seus braços estão esticados sobre a cabeça, presos aos trilhos de ferro e seus joelhos eștão presos a clipes sobre a cama. A posição é obscena, e eu adoro isso. Mal posso esperar para me banquetear com ela, mas primeiro tenho que deixá-la à vontade. Ela está tremendo como louca e seus olhos estão correndo pela sala, um sinal de pânico iminente.

— Respire fundo, baby.

Ela faz o que eu mando, respirando profundamente.

— Agora solte o ar. — Eu a conduzo a uma série de respirações profundas até que a vejo começar a relaxar um pouco. — Continue respirando e me diga sua palavra segura novamente.

— Bebê.

— Você sabe que se disser essa palavra, tudo para, certo?

— Sim.

— Você está tão linda. Tem alguma ideia do quanto eu te acho incrível, corajosa e sexy?

— Não sou corajosa.

144

— Você não tem motivos para me temer. Nunca. Preferiria morrer a machucá-la. Diga-me que você também sabe disso.

— Sim. Eu sei.

— E confia em mim para fazer com que isso seja incrível para você?

— Confio.

— Isso significa muito para mim, meu amor. Você nunca saberá o quanto. — Eu a beijo suavemente e com doçura, sentindo que ela precisa das duas coisas. — Agora não diga mais nada, exceto a sua palavra segura e somente se você precisar. Estamos entendidos?

Ela concorda, e eu tiro o cabelo do seu rosto enquanto me dela para me preparar para a cena. Primeiro, tiro as roupas e escolho dentre uma grande variedade de objetos no armário que Devon mantém para seus membros. Me preparo devagar, sabendo que a antecipação aumentará sua excitação e ansiedade, duas coisas que irão alimentar seu prazer.

Volto para ela, maravilhado com sua bravura e mais excitado do que jamais me lembro de estar diante de uma cena. Admito que parte disso se tornou hábito e rotina depois de tantos anos no estilo de vida, mas não há nada habitual ou rotineiro com Ellie, especialmente sabendo que essa é a primeira vez que ela faz algo assim.

Começo com beijos suaves no seu pescoço, descendo até os seios. Seus mamilos já estão intumescidos e tensionados, e passo longos minutos lambendo e sugando-os até que ela se contorce debaixo de mim, procurando por mais. Coloco o primeiro grampo em seu mamilo esquerdo, e ela grita com a dor das garras afundando em sua pele sensível. Eu lambo o mamilo preso, e ela choraminga. Noto sua pulsação disparada no pescoço e a lambo lá também.

Beijo sua barriga, passando a língua em círculos ao redor do seu umbigo e depois em sua doce boceta, onde a umidade está escorrendo para o traseiro. Caramba, eu amo que ela esteja tão excitada. É a maior emoção da minha vida saber que a deixei assim. Puxo seu clitóris em minha boca, chupando e lambendo-a. Ela está tão presa no que estou fazendo com sua boceta que não percebe o segundo grampo de mamilo até que ele a aperta enquanto eu chupo seu clitóris com mais força. Cada um dos seus músculos se contrai em um orgasmo completo que a faz gritar.

— Não me lembro de ter dito para você gozar — eu sussurro contra sua coxa, dando uma mordidinha na pele macia e fazendo-a se sobressaltar. — Isso é motivo para punição, baby.

Posso ver que ela tem muito a dizer a esse respeito, mas ela morde a língua e só me olha.

Rindo, alcanço a vidro de lubrificante na mesa ao meu lado e espremo uma quantidade generosa em meus dedos. Eles deslizam através da sua umidade até seu ânus, que os apertam.

— Me deixe entrar, amor. Vai ser melhor se você não resistir.

Ela faz uma careta quando empurro meus dedos para dentro do aperto de seus músculos, preparando-a para o plug muito maior. Ela já me demonstrou o quanto gosta quando brinco com ela, então sei que ela vai amar usar o plug. Bem, talvez não no começo, mas vou chegar lá.

Quando decido que ela está pronta, pego o plug de tamanho médio que já lubrifiquei e substituo meus dedos por ele, pressionando insistentemente até que seus músculos cedam para permitir a entrada. Gostaria de ter pensado em filmar suas expressões e os sons que ela faz na primeira vez que está com o plug. Mas não preciso das filmagens, porque nunca me esquecerei de nada. Já fiz isso muitas vezes, mas nunca foi tão íntimo ou importante quanto com ela.

Estou começando a aceitar que nada vai parecer igual como é com ela. Tê-la aqui no clube, abraçando algo que é tão importante para mim, é mais um passo nesta jornada em que seguimos juntos. Fui tolo em pensar que poderia ter um caso rápido com ela, deixando-a criar meu filho sem mim. Enquanto observo sua determinação, seu desejo de me agradar com sua submissão, sinto uma sensação de paz me atingir.

Ela é a resposta para todas as perguntas que já tive sobre quem sou e o lugar onde pertenço. Meu lugar é aqui com ela, não na Inglaterra, cuidando de um legado que eu nunca quis. Tem que haver uma maneira de me livrar das minhas obrigações para com a minha família para que eu possa ficar aqui e construir minha própria família — com ela.

Enquanto o plug se afunda nela, eu a observo cuidadosamente, vendo os primeiros sinais de subespaço em sua expressão quase em êxtase. Seguro meu pau, me acariciando antes de começar a penetrá-la devagar, porque ela está mais apertada do que o normal devido ao plug. Agarrando seus quadris, empurro para frente e sua boca se abre em um grito silencioso que viaja como uma corrente elétrica para minhas bolas.

E nessa merda de momento, percebo que estou apaixonado pela mulher que está amarrada, presa e com um plug que eu coloquei, e que, em breve, espero que esteja grávida do meu filho.

Ellie

PERDI TODA A NOÇÃO DE TEMPO. Não faço ideia se estamos nesta sala por uma hora ou cinco. O que isso importa? Eu me entreguei completamente para Jasper, e ele está no comando. Estou flutuando, ou é como parece até que ele remove os grampos nos meus mamilos. A chocante explosão de dor me tira do estado de afastamento em que me encontrei, me forçando a voltar à realidade.

Entre a dor que irradia dos mamilos e o apertado encaixe do seu pênis dentro de mim, meus sentidos estão sobrecarregados. Lágrimas escorrem pelas minhas bochechas, mas não me sinto triste. Na verdade, me sinto exultante e dominada por completo, mas da melhor maneira possível.

Nunca entreguei o controle desse jeito antes e esperava sentir mais medo do que senti ao entrar nessa sala, sabendo o que iria acontecer. Mas confio em Jasper tão completamente que o medo é a única emoção que não experimentei aqui.

Ele cuida do meu conforto, desde as algemas forradas de pele ao redor dos meus pulsos até as amarras de veludo que seguram minhas pernas abertas para ele. Além dos grampos e plug, que não eram confortáveis, mas elevaram minha excitação para a estratosfera, nada nisso foi mais do que posso suportar.

Amo o jeito que ele cuida de mim, avaliando todas as minhas reações e como conversamos sobre tudo de antemão, nada é uma surpresa. Estou intima dele há poucos dias e já conversamos mais sobre sexo do que falei com todos os outros homens que vieram antes dele. Não que haja legiões, mas o suficiente para saber que a química entre Jasper e eu é incomum — e excepcional.

Ele acaricia meu clitóris enquanto entra em mim e a pressão aumenta novamente. Eu não deveria gozar sem a sua permissão, mas ele está fazendo tudo que pode para tornar impossível que eu siga essa ordem específica. E suspeito que seja de propósito para que possa me punir mais tarde. Pensar em como ele vai me punir, combinado com seus dedos deslizando sobre o nó apertado de nervos no meu núcleo, me transporta a um orgasmo completo que é arrancado da minha alma.

Devo ter gritado, porque minha garganta dói. Ele está em cima de mim e nós dois estamos respirando com força e rapidez enquanto nossos corpos pulsam e estremecem. Depois de um longo período de silêncio, ele se afasta e começa a soltar minhas amarras antes de me pegar em seus braços e me cobrir com um cobertor.

— Beba — ele diz, segurando uma garrafa de água contra meus lábios.

Minha boca está incrivelmente seca e tomo grandes goles da garrafa.

Ele afasta o cabelo do meu rosto e olha para mim.

Estou tão cansada que mal posso manter os olhos abertos, mas não quero perder essa conexão frágil com ele.

— Você está bem?

— Aham.

— Palavras, amor. Preciso das palavras.

— Estou bem.

— Como você está se sentindo?

— Bem. Muito bem.

— Tudo bem, amor — ele diz com um suspiro que pode ser de alívio —, pode descansar um pouco antes de irmos para casa.

Deixando meus olhos se fecharem, murmuro:

— Você se esqueceu de uma coisa.

Sua risada baixa é um estrondo contra a orelha que pressionei em seu peito.

— Não me esqueci de nada.

Se eu não estivesse tão cansada e saciada, poderia me preocupar com a remoção do plug, mas estou muito feliz para me preocupar com algo tão trivial. Não tenho certeza se eu realmente durmo ou apenas cochilo, mas seus beijos no meu rosto e lábios me trazem de volta para ele.

— Preciso te levar para casa para que você possa dormir um pouco.

Estou quente, confortável e não quero nem pensar em me mexer.

— Vamos ficar aqui.

— Você não vai querer estar aqui de manhã.

— Odeio quando você é prático.

Sorrindo, ele me tira de seu colo e me coloca na cama e então faz uma trilha de beijos lentos na parte da frente do meu corpo,

— E se tivermos concebido um bebê aqui esta noite? — ele pergunta.

Fiquei tão impressionada com o clube, a excitação, a atmosfera e a cena com Jasper que realmente me esqueci do nosso projeto por um breve período. Isso é uma prova da sua habilidade, porque não achei que alguma coisa pudesse me fazer esquecer disso. Mas agora que ele menciona a possibilidade, o anseio volta com tamanha ferocidade que me deixa cambaleando. Então ele começa a retirar o plug e isso requer minha atenção total.

Quando ele acaba de me atormentar, estou suando, meu coração está acelerado e estou completamente excitada novamente. Naturalmente, Jasper não pode desperdiçar a oportunidade, então me lambe e chupa até que eu tenha outro orgasmo.

— Desta vez, juro que terminamos — ele diz com um sorriso enquanto enxuga o rosto nas costas da mão e me ajuda a sentar. — Vamos, baby.

Eu me inclino em sua direção, sem querer deixar o conforto quente do seu abraço nem por um curto período de tempo. No meu perfeito juízo, eu provavelmente estaria preocupada com o quanto estou ficando apegada a ele, uma experiência após a outra se soma a muito mais do que tive com qualquer homem. Mesmo que eu saiba que ele não quer as mesmas coisas que eu, gostaria de poder ficar com ele por muito mais tempo do que levaria para fazer nosso bebê.

O pensamento de deixá-lo ir após o nosso projeto ser concluído traz novas lágrimas aos meus olhos. Às vezes a vida pode ser incrivelmente injusta.

— Está com dor, baby? — ele pergunta, interpretando mal o brilho nos meus olhos.

— De modo algum, Me sinto ótima na verdade.

— É mesmo?

— Aham.

Ele me veste como se eu fosse uma criança. Depois se veste e me oferece uma mão para sairmos dali. Encontramos com Devon na saída.

— Como foi a sua noite? — ele pergunta, seu olhar focado em mim.

— Maravilhosa — respondo.

A mão de Jasper aperta meu ombro.

Olho para cima para encontrá-lo me observando com aquela intensidade feroz que estou começando a esperar dele.

— Espero que você volte novamente algum dia, Ellie.

Aceito sua mão estendida.

— Eu adoraria. Obrigada por me receber.

— Qualquer amigo do Jasper é meu amigo. — Ele beija minha mão. — Vão com cuidado.

— Obrigado novamente, Devon — Jasper fala.

— A qualquer hora, meu amigo.

O manobrista está com o carro de Jasper esperando na entrada, e ele me ajuda a entrar no lado do passageiro. É bom que não tenha que dirigir até minha casa, porque não acho que poderia fazê-lo mesmo que fosse necessário.

— Por que me sinto tão atordoada se não bebi nada?

— É como uma ressaca — ele diz. — Você ficou no subespaço por muito tempo e de forma intensa.

Olho para o relógio e fico chocada ao ver que são duas e dez. Duas e dez da manhã? Como foi que isso aconteceu? estarei um desastre total — de novo — amanhã.

— Ficamos naquele quarto por muito tempo.

— Algumas horas.

— Não pareceu tanto assim, mas me lembro de, em certo momento, pensar que não fazia ideia de quanto tempo estávamos lá.

— Não é incomum que submissos percam a noção do tempo e de lugar e se sintam quase bêbados após a enorme onda de endorfinas. É totalmente normal.

— Talvez para você, mas é tudo novo para mim.

— Você foi incrível, Ellie. Tão confiante e acolhedora. Você nunca saberá o que significou compartilhar esse meu lado com você. Tenho sempre que esconder isso das pessoas e saber que posso ser eu mesmo com você... — Ele solta um suspiro profundo. — É demais.

— Quero que seja sempre você mesmo comigo. — Sua mandíbula pulsa e se contorce, e eu me aproximo para acariciar seu rosto. — O que houve?

— Muita coisa. Contei a você sobre minhas preferências sexuais, mas guardei outros segredos, coisas que você deveria saber.

— Sobre a sua família, você quer dizer?

Ele tira os olhos da estrada para olhar para mim.

— O que você sabe a esse respeito?

— Que você é filho de Henry Kingsley e herdeiro da sua dinastia.

Ele aperta a mão ao redor do volante.

— Você me pesquisou depois de ver meu nome verdadeiro nos documentos legais.

— Você está bravo?

— Não, claro que não. Eu sabia que era possível que você ficasse curiosa quando visse meu nome.

— Você está guardando segredos bem grandes das pessoas de quem você é mais próximo.

— Não porque não quero que vocês saibam. Não é nada disso.

— Então por quê? Você achou que não entenderíamos?

— Não. — Ele inspira profundamente e solta um longo suspiro. — Acho que continuo esperando que se eu fingir que não está acontecendo, meu pai vai encontrar alguém mais adequado para ser seu herdeiro. Até agora, não tive essa sorte.

— Você não quer essa herança.

— Droga, não, não quero. Nunca quis, e ele sabe disso. Mas não importa. Ele vai me colocar na sela mesmo assim. É meu direito de nascença. Sorte a minha.

A amargura em seu tom é tão diferente do homem despreocupado que conheço tão bem que é quase chocante.

— Onde as pessoas na Inglaterra pensam que Jasper Kingsley está?

— Ele é conhecido como um inventor recluso, trabalhando em sua oficina na propriedade do pai, na Cornualha. Não é visto há anos. Criei a reportagem de capa quando fui para a USC. Vazei para alguns repórteres e a coisa ganhou vida própria. Felizmente, não há interesse em inventores reclusos na Inglaterra.

— Já te ocorreu que você não precisa fazer nada que não queira?

— Todos os dias da minha vida, mas declarar não querer algo e virar as costas para séculos de história e obrigações não é algo que alguém faça com tranquilidade.

— Eu não esperaria que fizesse isso com tranquilidade, mas você pode fazer. Sabe disso, não sabe?

— Sempre soube que poderia simplesmente dizer não, mas simplesmente não posso fazer isso. Tentei ser um bom filho, do qual ele pudesse se orgulhar. Eu me destacava na escola, nos esportes, em tudo, exceto nas finanças, a única coisa com que ele realmente se preocupa. É como se nenhuma das outras coisas que realizei importasse para ele. Pode imaginar seu filho ganhar o prêmio máximo em seu campo de trabalho e você nem ao menos pegar o telefone para dar parabéns?

— Não, não posso. — Meu coração se parte por ele. Jasper se esforçou tanto para agradar o pai e ficou aquém todas as vezes.

— Acho que eu não deveria estar surpreso. Dei as costas para ele no dia em que fui para a USC estudar cinema. Pelo menos, é assim que ele vê. Por que deveria importar o que ele pensa de mim?

Pego a sua mão e a seguro entre as minhas.

— É importante porque ele é seu pai, e você quer que ele tenha orgulho de você.

— Eu me odeio por me importar que ele se sinta orgulhoso ou não. Eu *odeio* isso. — Depois de uma longa pausa, ele fala: — Às vezes, acho que minha necessidade de dominação no sexo surgiu de querer sentir que eu estava no controle de *algo* quando tantas outras coisas estão fora das minhas mãos. Estou vivendo essa existência fantasiosa aqui em L.A. que vai ser arrancada de mim algum dia sem aviso prévio. Enquanto isso, controlo minha carreira e como tenho prazer. O resto, o destino vai decidir por mim.

— Não posso imaginar viver com algo parecido pairando sobre a minha cabeça.

— Bem-vinda ao meu mundo, baby.

— É por isso que você assinou o documento abrindo mão da custódia do bebê antes mesmo de ele ser concebido.

— Com certeza. De jeito nenhum eu faria com que meu filho tivesse seu destino decidido antes mesmo do seu nascimento. Não mesmo.

Meus olhos se enchem de lágrimas e escorrem pelas bochechas, me surpreendendo com sua aparição repentina.

— Não chore por mim, amor. Por favor, não faça isso.

— Não consigo evitar. Me deixa muito triste saber que você tem que perder tudo por causa de algo que você nem quer.

Alguns minutos depois, ele para o carro em uma vaga do lado de fora da minha casa e me alcança.

— Não suporto te ver chorar.

— Eu não suporto ver você tão sobrecarregado.

Segurando meu rosto, ele beija minhas lágrimas antes de passar seus lábios sobre os meus.

— Tem que haver algo que você possa fazer, Jasper.

— Não sem virar as costas para o resto da minha família, juntamente com centenas de anos de tradição ou, pelo menos, é assim que meu pai veria o maior escândalo que já atingiu a Fleet Street.

— E daí? Você suportaria a tempestade e continuaria com sua vida. Sua mãe e suas irmãs ainda vão te amar. Claro que vão. Como não poderiam?

— Não pense que não considerei essa possibilidade. Penso nisso todos os dias da minha vida. Não tenho é coragem de colocar essa ideia em ação.

— Eu gostaria...

Seu polegar enxuga outra lágrima.

— O que você deseja, meu amor?

— Que isso fosse real. Que pudéssemos ter uma chance... — Minha garganta se fecha ao redor do nó que se instala ali.

— Você não deve duvidar nunca que isso, você e eu, é mais real do que qualquer coisa que já vivi. Se as coisas fossem diferentes...

Balanço a cabeça e coloco um dedo sobre seus lábios.

— Por favor, não diga. Por favor. — Não suporto pensar em todas as coisas que poderíamos ter se ele estivesse livre do legado que o prende desde o dia em que nasceu. É tão injusto que é tudo que posso fazer para não gritar com a loucura total que essa coisa é.

Ele coloca os braços ao meu redor e me abraça o mais perto que pode dentro dos limites apertados do carro. Não é o suficiente. Nunca será suficiente e o pensamento de ele ser arrancado de mim, do nosso filho, da sua vida em Los Angeles, da Quantum...

— Fique — eu sussurro. — Fique comigo esta noite. Fique comigo todas as noites pelo maior tempo que puder.

O som que vem dele é uma mistura de um lamento e um gemido. E então ele me beija com desespero selvagem, como se eu fosse sua última grande esperança e ele estivesse se agarrando a mim em um mar de incerteza. Quando buscamos ar, muitos minutos depois, as janelas estão embaçadas, o que me faz rir.

Minhas emoções estão confusas: do desespero ao desejo, indo ao divertimento e voltando ao desespero quando me lembro de que por mais incrível que seja estar com ele, as coisas têm data de validade.

— Gosto de ouvir você rir, baby. — Ele passa o dedo na minha bochecha, que ainda está úmida. — E não quero nunca ser o responsável por suas lágrimas.

— Você não é o responsável. A situação é. — Olho para ele e quando nossos olhares se encontram na escuridão, a emoção poderosa me tira o fôlego. — Vai ficar?

— Nem todos os cavalos da rainha conseguiriam me arrastar para longe. — Ele me beija de novo com uma ternura que traz novas lágrimas aos meus olhos. — Espere por mim.

Meu coração está pesado enquanto o vejo andando pela frente do carro. Em circunstâncias normais, eu já teria saído quando meu encontro tentasse ser cavalheiro. Nada nessa noite ou nesse homem é "normal". Espero por ele, porque ele me pediu e precisa estar no controle de alguma coisa. Se me controlar lhe dá um pouco de conforto, fico feliz em ceder isso a ele. É o mínimo que posso fazer quando ele está realizando meu maior sonho.

Nos segundos que leva para ele abrir a porta e segurar minha mão, percebo outra coisa. É *ele*. Ele é o cara que tive esperança de encontrar e ele esteve bem na minha frente esse tempo todo. Essa descoberta, logo depois do que fizemos no clube e de descobrir sobre o seu destino, faz com que eu me sinta incerta sobre tudo o que sabia que era verdadeiro e real.

Como será que alguma coisa fará sentido para mim novamente se eu tiver o gostinho do que *poderia ser* para que me fosse arrancado? Não posso deixar isso acontecer. Eu tenho que lutar por ele, por nós, pelo nosso filho e pelo futuro que devemos ter juntos, não pelo que foi determinado para ele.

Ninguém deveria ter que viver assim, muito menos Jasper, que tem um talento raro e especial como cineasta. A ideia desse talento ser desperdiçado, para não mencionar a vida que podemos ter juntos, é repulsiva para mim. Tão de repente quanto eu estava desesperada, estou com raiva e determinada a fazer algo sobre esta situação insustentável. Tem que haver um jeito de ele ter tudo o que quer. Me recuso a considerar qualquer alternativa contrária.

14

Jasper

Algo mudou entre nós esta noite. Os sentimentos que tenho por ela se aprofundaram para algo que eu poderia descrever como mágico se acreditasse nessas coisas. Parei de acreditar em magia na época em que percebi que minha vida tinha sido planejada para mim. Até aqui com Ellie, o único lugar em que encontrei algo que poderia ser descrito como mágico foi atrás de uma câmera.

Agora sei que isso pode ser encontrado nos braços de Ellie também e é melhor do que qualquer coisa que já experimentei. Já estou viciado nela e no jeito que me sinto quando estamos juntos. Nada pode se comparar, o que torna meu futuro incerto muito mais difícil de enfrentar.

O futuro é a última coisa em que quero pensar quando o presente exige minha atenção plena. Enquanto Ellie vai com Randy para o quintal, sirvo um copo de água gelada para nós. Randy vem correndo de volta, como se temesse perder alguma coisa. Eu lhe dou um pouco de atenção e sou recompensado com lambidas no rosto que me fazem rir.

— Randy, pare — Ellie o repreende. — Deixe o Jasper em paz.

— Tudo bem. Sinto falta de ter um cachorro. — Não tenho que

dizer a ela que viajo muito para ter um animal de estimação, porque ela e sua equipe organizam a maioria das minhas viagens.

— Continuo pensando em arranjar uma companhia para ele, mas não consegui me convencer a fazer isso.

Eu lhe entrego o copo de água e, em seguida, toco o meu no dela.

— Obrigado por esta noite.

— Obrigada por me levar... em mais de uma maneira.

Quase engasgo com a água que estou engolindo quando ela diz isso.

— O prazer é meu.

— O que você acha que significa eu ter gostado tanto do que vimos e fizemos no clube?

— Acho que isso significa que talvez você tenha começado a explorar sua sexualidade e que tenho sorte em estar nessa jornada com você.

— Você se sente com sorte?

— Isso, meu amor, é o mínimo do que sinto quando estou com você.

— Jasper...

— O que, amor?

— Você tem que fazer algo sobre essa situação com sua família. Não pode desistir de tudo e de todos que são importantes para você.

— Incluindo você?

Ela nem pisca quando responde:

— Incluindo a mim e o nosso bebê. Precisamos de você. Deve haver alguma ação legal que você possa fazer para se libertar. — Ela estala os dedos. — Se o *Rei esqueci o nome* pôde fazer isso quando a mulher de Wallis Simpson, a duquesa de Windsor, apareceu, você também será capaz. Ele era o rei. Você é só um marquês!

Só um marquês. Tenho que me controlar muito para não rir alto. Ela não tem ideia do que isso significa na minha família. Sorrindo, observo tudo: o rubor que permanece em suas bochechas por causa da nossa cena no clube, os lábios inchados dos nossos beijos frenéticos, o cabelo ainda despenteado por estar na cama e a convicção feroz em meu nome. Me seguro para não dizer as três palavrinhas que estão explodindo para se libertar. Eu a amo. Na verdade, estou começando a aceitar que é bem possível que eu a ame desde que a conheço. Ouvi-la dizer que ela e nosso bebê precisam de mim deixou meu coração batendo forte.

— Ah, sim, o bom e velho rei Edward, e que escândalo divertido foi esse.

— Eles conseguiram e ficaram juntos. Não é isso que importa?

Coloco meu copo vazio no balcão e atravesso a sala até ela, colocando minhas mãos em seus ombros e inclinando minha testa contra a dela.

— Importa, baby. Você importa. Isso importa.

— Mas...

— Sem mas. — Pego seu copo e o coloco na mesa antes de puxá-la para perto de mim. — Estamos falando de interromper a primogenitura da minha família que remonta a séculos, meu amor.

— Não tenho ideia do que essa palavra significa, mas o que estamos falando é que você tem a vida que deseja em vez do que foi predeterminado para você.

— A palavra significa o direito de sucessão que geralmente vai para o primogênito ou o primogênito do sexo masculino, dependendo da família.

— Isso não aconteceria de qualquer jeito se você não se casar ou produzir um herdeiro?

— Sim, mas não seria um escândalo como aconteceria se eu renunciasse ao título. Ninguém faz isso.

— É o novo milênio, Jasper. Por que não poderia ir para sua irmã, a que trabalha em Wall Street, que é qualificada para herdar a propriedade do seu pai?

— Você fez sua pesquisa, amor, e está tentando convencer quem já concorda com você. Meu pai é quem precisa ser convencido e não demonstra nenhum sinal de estar disposto a aceitar essa conversa. Ele até fez com que eu não seja capaz de delegar as responsabilidades que está deixando para mim na Kingsley Enterprises. Tenho que cuidar de tudo por conta própria, o que é sua marca registrada de tortura.

— E se você o forçasse?

— Como assim? — pergunto, intrigado e excitado pela sua paixão.

— Você poderia ir a público com a conexão entre Jasper Kingsley e Jasper Autry e deixar o mundo saber que Jasper Autry não tem desejo de herdar a dinastia Kingsley, especialmente porque tem uma irmã que seria muito mais adequada do que ele jamais será.

— Você está sugerindo que eu bata de frente com o meu pai.

— Sim.

Tento imaginar o que aconteceria se eu fizesse tal coisa. Fleet Street teria um dia conflituoso com uma história como essa, especialmente com meu pai prestes a sair em uma das suas loucuras.

— O que acha? — ela pergunta, seus olhos brilhando de amor e esperança.

— Seria a história do ano em casa, sem mencionar o que a imprensa de Hollywood faria com essa informação.

— Nós poderíamos lidar com isso.

— *Nós* poderíamos?

— Sim, nós – você e eu. Nós poderíamos lidar com isso. Juntos.

— O que está dizendo, Ellie?

— Estou dizendo que quero você na minha vida, na vida do nosso filho e não apenas para pagar uma pensão mensal. Quero você aqui, conosco, trabalhando na Quantum, que é o seu lugar, não consignado a um papel que nunca quis interpretar. Está tudo muito errado.

— E isso tudo é certo?

— É, sim. Me diga que não sou a única que sente...

Eu a beijo, porque não posso beijá-la, tocá-la e querer a ela e a tudo o que está oferecendo. Quero tanto tudo isso que me incendeio com desejo.

— Você não é a única — sussurro quando finalmente nos afastamos. Agora que comecei, não quero mais parar de beijá-la. — Quero as mesmas coisas que você. Você não imagina o quanto eu quero tudo isso.

— Então vá em frente, Jasper. *Pegue o que quer*. Esta é a sua vida, a única que você tem. Faça da sua maneira.

O incentivo dela me incendeia com a coragem que me faltou no passado.

— Amanhã vou fazer algumas ligações e pedir alguns conselhos sobre a melhor forma de proceder.

— Vai mesmo?

— Vou mesmo.

— Jasper... — Ela coloca as mãos no meu rosto, me obrigando a encontrar seu olhar. — Não importa o que aconteça, estarei bem aqui com você. Todos nós estaremos. Nós te amamos.

— *Nós* te amamos?

O rubor que cobre suas bochechas só a torna mais adorável do que ela já é.

— Claro que sim.

— Também amo todos vocês. Vocês se tornaram a minha família. — E adoro como nós dois estamos dizendo tudo um para o outro sem realmente *falar*.

— A família Quantum vai lutar por você e nós te apoiaremos, não importa o que aconteça depois.

— Isso significa tudo para mim. — Depois disso, não há mais palavras. Não é necessário. Seguro sua mão e a conduzo para o quarto, onde a dispo e depois faço o mesmo. Caímos na cama em um emaranhado de braços e pernas enquanto nossos lábios se encontram em um beijo suave e doce que rapidamente se torna quente e frenético. Mas não quero frenético. Quero reverente. Quero adorá-la. Quero que ela saiba o que seu amor e apoio significam para mim.

Cubro seu pescoço com beijos antes de descer até seus seios, puxando a ponta do mamilo na boca e mordendo com força suficiente para arrancar dela um suspiro afiado. Ela ainda está tão sensível dos grampos que não é preciso muito para lhe tirar uma reação. Faço o mesmo com o outro lado, lambendo e chupando até que ela esteja se contorcendo debaixo de mim, me implorando por mais com a pressão de seus quadris contra o meu pau duro.

Tenho que me impedir de mergulhar nela e tomar o que quero mais do que a minha próxima respiração. Embora eu tenha tido praticamente todo tipo de sexo que um homem pode ter, nunca experimentei o tipo de desejo que ela inspira em mim. É como se tudo fosse novinho em folha com ela e já sei que nunca terei o suficiente.

Nos movemos como amantes que estão juntos há anos em vez de dias. Cada carícia das suas mãos nas minhas costas desencadeia um fogo selvagem de desejo que não pode ser contido. Não quero contê-lo. Sinto que fiquei entorpecido durante a maior parte da minha vida até que ela me mostrou como poderia ser. E agora... agora, não vou sobreviver sem ela ao meu lado.

Beijo a frente do seu corpo, tomando meu próprio tempo, mesmo quando o fogo queima tão quente dentro de mim e temo que eu possa entrar em combustão pelo calor que ameaça me consumir. Ela segura mechas do meu cabelo enquanto eu a abro para a minha língua, gemendo contra sua pele. Quero devorá-la, demonstrar o que ela significa para mim, fazê-la tão feliz que ela nunca mais vai querer ou precisar de qualquer coisa — ou de qualquer outra pessoa. Lambo, chupo e provoco-a em uma série de orgasmos que a fazem gritar de prazer. Continuo até que não posso esperar outro segundo para estar dentro dela.

Ellie é tão quente e apertada que fico parado por um longo momento até ter certeza de que isso não vai acabar tão cedo.

Olho para baixo e a encontro me encarando, seus olhos transmitindo todas as suas emoções e percebo que estou fazendo amor pela primeira vez na minha vida.

— Ellie — sussurro quando me empurro para dentro dela. — Você... isso...

— Eu sei — ela diz. — *Eu sei.* — Ela envolve seus braços e pernas no meu corpo, me abraçando forte.

Estou em casa nos seus braços e não quero mais ir embora. Farei o que for preciso para tê-la, para ter *isso*. Isso é tudo. Nada mais importa e, sabendo disso, estou livre para dar o próximo passo, para fazer o que eu deveria ter feito há anos.

Amanhã. Vou colocar a bola para rolar e para o inferno com as consequências. Vou tê-la e ao nosso filho. Terei tudo. Não importa o que for preciso.

ESTOU TÃO exausto da noite maravilhosa com Ellie que estou atrasado para a reunião dos sócios na manhã de sexta-feira. Não muito, mas o suficiente para atrair a ira de Hayden e Kristian, que me cumprimentam com olhares iguais. Nem ligo. Estou cheio de vida e amor hoje, e não há praticamente nada que alguém possa dizer ou fazer para estragar minha alegria.

— Obrigado por se juntar a nós — Hayden diz, claramente chateado comigo por causa da noite passada.

— O prazer é meu. — Me sirvo de café, um muffin e frutas frescas da variedade que Addie organiza para nossas reuniões. Ela diz que a comida nos deixa de bom humor e o resto da equipe se beneficia com isso. — O que está em pauta hoje?

— Flynn tem novidades sobre o projeto da Natalie.

Uma parte minha está surpreso que Flynn queira levar a história da sua esposa para as telonas. Ele é intensamente discreto, mas depois que sua história foi divulgada, eles não têm muitos segredos — e é uma história insana que fará um filme incrível.

— Temos um roteiro em andamento — Flynn relata, nos atualizando com os detalhes do roteirista que ele contratou.

— Eu meio que sinto muito por esse cara e ainda nem o conheci — Marlowe brinca. — Ele tem um grande trabalho pela frente.

— Ha ha — Flynn diz, sorrindo para ela. — Ele está mais do que à altura da tarefa. Nat gosta dele, o que é tudo que me importa. Desde que ela esteja confortável, também estou.

— Tenho certeza de que você está muito confortável nos dias de hoje — Hayden fala.

— Assim como você, meu amigo — Flynn responde. — O que me leva ao próximo item da agenda - você está monopolizando minha assistente.

— Eu amo monopolizá-la — Hayden responde com um sorriso bobo e apaixonado que nos faz rir. A mudança nele desde que se apaixonou por Addie é surpreendente. Ele está completamente transformado pelo amor e da melhor maneira possível. Ninguém merece mais do que ele depois de uma infância marcada por um drama familiar terrível.

— Mas, sério — Flynn fala —, você tem que deixá-la trabalhar um pouco. Eu preciso dela.

— Não tanto quanto eu, e você não precisa dela entre as seis da tarde e seis da manhã, a menos que seja algo organizado antecipadamente. O período de Addie ser sua assistente de vinte e quatro horas por dia *terminou*.

— Só vou deixar você me impedir de ligar, porque ela está muito feliz.

— Poxa, obrigado — Hayden fala. — Você tem doze horas. Eu tenho doze horas. É assim que vai ser. Entendeu?

— Sim, sim, mas é melhor você jogar limpo. Eu realmente preciso dela.

— Eu também.

Hayden falar isso é algo importante. Antes de Addie, ele não diria que precisava de alguma coisa ou de alguém. Me sinto tocado por sua confissão, especialmente diante do que aconteceu na noite passada. Me dá o empurrão que preciso para me expor aos meus sócios.

— Tenho algo para falar.

— Essa é a primeira vez — Kristian diz de forma lacônica, sorrindo para mim.

— Há uma primeira vez para tudo. E é algo importante. Não quero que nenhum de vocês fique ofendido por eu não ter dito antes.

— Agora você chamou nossa atenção — Flynn comenta, se sentando em sua cadeira em uma pose que é enganosamente casual.

Vamos lá...

— Já ouviram falar de Henry Kingsley?

— O magnata britânico? — Marlowe pergunta.

— Sim, ele.

— O que tem ele? — Hayden questiona.

— Ele é... bem, ele é meu pai.

O anúncio é recebido com um silêncio atordoado que dura tempo suficiente para se tornar desconfortável. Eu o quebro com uma avalanche de palavras que expõem o dilema que é a minha vida. E quando termino, eles me olham como se estivessem me vendo pela primeira vez.

— Você deve estar brincando comigo — Hayden fala, quebrando um longo silêncio.

— Queria estar.

— Espere, então você deseja não ser um herdeiro bilionário de uma enorme fortuna? — Marlowe pergunta.

— Sim, é o que eu desejo! Não quero me envolver com isso. Quero o que tenho aqui com vocês. Essa é minha vida. A Quantum é minha vida. Não aquilo. Nunca.

— Jesus, Jasper — Kristian sussurra. Como meu amigo mais próximo do grupo, esperava que ele fosse o mais afetado por essa notícia. — Como é que nunca soubemos disso?

— Ninguém sabe que Jasper Kingsley e Jasper Autry são a mesma pessoa. Pelo menos, ninguém sabia até agora. Tenho feito grandes esforços para manter minhas duas vidas muito separadas. A imprensa britânica acha que sou um inventor excêntrico que mora na propriedade rural do meu pai na Cornualha, ainda tentando conseguir minha primeira grande patente.

— Então você faz parte da aristocracia — Marlowe fala, com os olhos arregalados de espanto. Se ela soubesse que não há nada maravilhoso sobre a realidade disso, pelo menos, não para mim. — Como em *Downton Abbey*!

— Na verdade, sou marquês e futuro duque.

— Puta merda — Hayden fala. — Até eu sei o que isso significa.

— Bem, eu não — Flynn retruca. — Preencha os espaços em branco para mim.

— Significa que quando meu pai morrer, o que vai acontecer mais cedo ou mais tarde, graças à sua recente propensão a testar seus limites, serei obrigado a ir para Londres e assumir os negócios da família, bem como o ducado, querendo ou não. E, definitivamente, eu não quero.

— Ah, caramba — Marlowe fala. — Não podemos deixar isso acontecer.

— De jeito nenhum — Flynn acrescenta. — Não podemos te perder.

— Não quero que me percam, mas virar as costas para o meu

legado, minhas responsabilidades... se eu realmente fizer isso, seria um grande escândalo em casa – e provavelmente aqui também. Isso pode refletir mal na Quantum e, honestamente, isso está me impedindo.

— Não deixe acontecer — Hayden diz ferozmente. — Faça o que precisa para se livrar disso. Estamos com você.

Os outros concordam com a cabeça, o que faz minha garganta se apertar. O apoio de Hayden, em particular, é esmagador diante do que ele testemunhou ontem à noite no Black Vice. Eu temia que as coisas ficassem estranhas entre nós hoje, mas felizmente esse não foi o caso. No entanto, ainda espero que ele não mencione a Flynn que levei Ellie para o clube. Prefiro não ter que explicar ao irmão dela o que estávamos fazendo lá. Em um mundo perfeito, ele nunca saberá que estivemos lá.

— Concordo com o Hayden — Flynn reforça. — Você é um de nós e sempre será. Nos avise o que podemos fazer para apoiá-lo. Qualquer coisa que você precise.

Jesus, eles vão me fazer chorar como um bebê.

— Obrigado — eu digo em um tom abafado. — Vou falar com algumas pessoas em casa sobre minhas opções e seguir a partir daí. Também quero falar com minha irmã, que seria a escolha ideal para herdar os negócios do meu pai. Talvez possamos compartilhar os deveres ou algo assim. Não sei ainda, mas tem que haver um jeito e estou determinado a encontrá-lo.

Não posso dizer a eles o verdadeiro motivo pelo qual estou tão determinado. Não até que Ellie esteja pronta para contar a sua família sobre nós — e o bebê que esperamos ter. Por enquanto, estou mantendo as duas coisas separadas e lidando com uma de cada vez.

Primeira coisa a fazer é enfrentar meu pai, um pensamento que vira meu estômago. Mas então me lembro da experiência quase religiosa de fazer amor com Ellie e estou cheio de determinação. Agora sei o que preciso fazer e assim que esta reunião terminar, vou dar o pontapé inicial.

Estou muito atrasado para assumir o controle da minha vida, e estar com Ellie me deu a coragem que me faltou no passado. Isso me deu uma razão que até mesmo minha ilustre carreira não poderia dar para me livrar do pesadelo que tenho enfrentado em toda a minha vida. Se eu ficar focado no futuro que quero com ela e nosso filho — ou filhos —, posso fazer o que precisa ser feito.

— Mantenha-nos informados — Flynn diz.

— Obrigado. Pode deixar. — Isso é tudo que sou capaz de dizer no momento.

— E eu que pensei que seria o único a falar algo delicado esta manhã — Kristian comenta.

— Como assim? — Marlowe pergunta.

— Queria falar com vocês sobre o clube. Alguns de nós parecem não estar mais ligados a ele. Estamos pagando para Sebastian cuidar dele para nós e não o estamos usando.

— Admito que estou evitando o clube agora que Nat e eu estamos casados — Flynn comenta. — Ela não é fã de exibições públicas.

— Então você está fora. — Virando-se para Hayden, Kristian pergunta: — E você?

— A Addie prefere manter nossa vida privada e sua vida profissional separadas.

— Não posso dizer que a culpo — Marlowe diz.

— Qual é a sua desculpa? — Kristian pergunta a Mo. — Você ainda é solteira, e eu nunca mais te vi lá.

— Não sei exatamente — Marlowe responde hesitante. — Ultimamente tenho estado meio que... não sei... entediada com a cena toda.

Surpreendidos por sua confissão, nós olhamos para ela.

— *Entediada?* — Flynn pergunta. — Sério?

Posso entender sua descrença. Marlowe foi, sem dúvida, a praticante mais entusiasta do grupo. Ouvir que ela está *entediada* com o estilo de vida é chocante, para dizer o mínimo.

— O que isso quer dizer? — Hayden pergunta.

— Não sei — Marlowe responde, parecendo um pouco perdida. — Ultimamente, são todos iguais. Não há mais desafio. Eles só querem ser dominados pela estrela de cinema. Não me fazem trabalhar como antes. — Ela dá de ombros. — Isso me entedia.

— Entendo o que você quer dizer, Mo. — Simpatizo com ela,

porque entendo. Antes de ter Ellie, também tinha me tornado um pouco desencantado com a *mesma merda toda noite* que eu estava vivendo. — Torna-se menos excitante com parceiros que estão pouco dispostos a se submeter.

— Sim, é isso que quero dizer. Não desisti completamente, mas estou dando um tempo.

— Então, isso nos deixa com um clube muito caro que nenhum de nós está usando — Kristian fala. — Quero sugerir que o tornemos público. — Erguendo as mãos para afastar os protestos, ele acrescenta: — Exclusivo, mas público. Em vez de convidar as pessoas para virem ao clube como nossos convidados, escolhemos os membros e continuamos a mantê-lo o segredo mais bem guardado de Hollywood.

— Não sei — Hayden diz, expressando as mesmas reservas que estou sentindo. Tivemos muita sorte até agora que ninguém ficou sabendo do fato de que os cinco sócios da Quantum são aficionados por BDSM. Cada um de nós está ciente de que, como celebridades de alto nível, estamos brincando com fogo ao participar de algo que a maioria das pessoas consideraria escandaloso, mas optamos por fazê-lo de qualquer maneira, porque não *podemos* deixar de participar de um estilo de vida que nos dá prazer. O Club Quantum em Los Angeles e Nova York nos deu um lugar seguro para participar com nossos amigos mais próximos do estilo de vida sem medo de sermos descobertos. O clube em Nova York já está aberto a membros externos há algum tempo, mas o clube de Los Angeles é muito mais fechado.

— Deixar pessoas de fora entrarem é um risco — eu digo —, mas com a gente passando menos tempo lá, o risco também diminui.

Flynn acena, concordando.

— Isso é verdade. Se nenhum de nós é regular, então não temos nada com que nos preocupar.

— Além do fato de que o clube está localizado no nosso prédio e tem o nome da nossa empresa — Hayden aponta.

— Bem, tem isso — Marlowe concorda.

— Não acho que isso deva nos impedir de avançar com um programa de associação — Flynn comenta. — Qualquer um que seja admitido deve ter a mesma posição que nós. As pessoas nesta cidade, em sua maior parte, preferem manter suas vidas pessoais privadas. Elas não vão falar sobre nós e não vamos falar sobre eles.

— Ainda assim — Kristian insiste —, é um risco que todos nós precisamos estar cientes de que estamos correndo.

— Eu concordo — digo e os outros concordam também.

— Nesse caso — Kristian prossegue, distribuindo páginas grampeadas para cada um de nós —, o Sebastian apresentou um plano para abrir o clube para novos membros. Se vocês puderem dar uma olhada e me dar um *feedback* até o final da próxima semana, eu agradeceria.

— Pode deixar. — Olho para o relógio e vejo que já são onze horas. Tenho coisas para fazer e o dia está correndo. — É isso?

— Encerrei por aqui — Kristian fala.

— Fiquem atento para receberem a atualização por e-mail sobre o projeto da história da Nat — Flynn avisa. — Estamos evoluindo.

— Prevejo que esse filme incrível será outro *Camuflagem* — Marlowe comenta, se referindo ao filme que todos nós ganhamos no Oscar este ano.

— Isso seria demais, não é? — Flynn pergunta com um sorriso bobo. Ele é tão apaixonado por sua adorável esposa e a coragem surpreendente dela tem sido uma inspiração para todos nós.

— Mal posso esperar para trabalhar nisso — digo quando me levanto para sair da sala. — Me deixe atualizado.

Flynn me cumprimenta quando passo ao lado dele ao sair.

— Obrigado, amigo.

Espero que eu ainda seja seu amigo quando ele descobrir que não só estou transando com sua irmã sempre que tenho chance, mas que também estou tentando fazer um bebê com ela.

15

Jasper

No meu escritório, ligo para o assistente de meu pai, Nathan, para confirmar que Henry estará em seu escritório em Londres amanhã de manhã. Os sábados sempre foram o dia favorito do meu pai para trabalhar, quando o resto do escritório está deserto e silencioso, então não me surpreende saber que ele estará lá. Nathan confirma que é seu último dia no escritório antes de sair em sua mais recente busca por publicidade e emoções.

Em seguida, reservo um jato particular para me levar a Londres mais tarde. Como defensor do meio ambiente, não sou grande fã de aviões particulares quando viajo sozinho, mas, neste caso, o tempo é essencial para os meus planos de fazer um bebê com Ellie. Calculando a diferença de fuso horário, se fizer isso, voltarei a tempo de encontrá-la na casa de Flynn amanhã à noite e então ela será toda minha na próxima semana. Mal posso esperar.

Agora que tomei a decisão que deveria ter tomado há anos, me sinto incrivelmente sereno e determinado. Antes que eu tivesse Ellie para me encorajar e me apoiar, eu estaria enlouquecendo com o pensamento de ver meu pai, quanto mais dizer que ele teria que encontrar alguém para cuidar dos seus negócios depois que morresse, porque eu não cuidaria.

— Sinto muito, pai — digo em voz alta, ensaiando. — Respeito e admiro os negócios que você e meu avô construíram, mas as finanças não estão no meu sangue. Seria a pior pessoa para assumir o comando depois que você partir e tenho certeza de que você preferiria deixar os negócios para alguém que realmente saiba o que está fazendo. Você deveria conversar com a Gwen. Ela seria fantástica e acho que ela pode querer fazer isso.

Paro para considerar a última parte. Não posso dizer que talvez ela queira essa responsabilidade. Ele nunca se importou com o que eu *queria*. Dizer algo assim só abrirá espaço para mais uma discussão sobre dever, obrigação e responsabilidade. Quase posso ouvir o que ele teria a dizer: *Você acha que o príncipe William e sua linda esposa querem ir a todas essas cerimônias? Eles fazem isso porque entendem as responsabilidade com a história.*

O príncipe William é um homem melhor do que eu. Assim como o seu irmão, o príncipe Harry. Não há dúvidas quanto a isso. Eu não poderia viver como eles, em um aquário gigante com todos os meus movimentos examinados por repórteres designados para me cobrir. Eu ficaria bravo. Embora eu tenha desfrutado de alguma fama graças ao meu trabalho na indústria cinematográfica e à minha sociedade com Flynn, Hayden, Marlowe e Kristian, a maior parte do tempo fui deixado em paz para viver minha vida, com apenas uma foto ocasional nas revistas de celebridades. Sou uma celebridade de nível inferior, comparado a eles e gosto que seja assim.

Não tenho ideia de como eles podem suportar os paparazzi que os perseguem tão implacavelmente. A tempestade que se seguiu depois que Flynn conheceu Natalie é um exemplo clássico do tipo de coisa que me levaria direto para o precipício. Seu passado doloroso foi exposto para o mundo consumir, como se eles tivessem algum tipo de direito a isso. É uma parte nojenta de ser celebridade, uma que estou mais do que feliz em evitar.

Hayden administrou cuidadosamente o anúncio do seu noivado com Addie e o noivado de um dos solteiros mais famosos de Hollywood foi o assunto da cidade na semana passada. Mas ele se esforçou para mantê-la protegida da tempestade, chegando a colocar mais segurança em serviço no escritório e em suas casas na cidade e em Malibu.

Com os detalhes da viagem resolvidos, volto minha atenção para o trabalho, sabendo que estarei fora do escritório mais do que na próxima semana. Estamos nos preparando para as filmagens de um novo filme de ação na Europa neste verão, e acabei de receber o roteiro final e as anotações de Hayden. Passo o resto da tarde perdido na nova história e penso em como iremos capturar as várias cenas do filme.

O trabalho preliminar é uma das minhas partes favoritas do trabalho, mais ainda do que a filmagem real. É nesse estágio que minha criatividade entra em cena quando adiciono minhas sugestões às anotações de Hayden. Repassamos tudo cem vezes antes de filmarmos de verdade e o processo colaborativo com ele assume um ritmo reconhecível depois de trabalharmos juntos por tantos anos.

É uma das muitas coisas que adoro em fazer parte da Quantum. Nós nos conhecemos tão bem que quase podemos terminar as frases um do outro. Eles são mais do que meus colegas de trabalho e amigos. São minha família. Estou pronto para lutar pela minha família, a que já tenho na Quantum e a que quero desesperadamente ter com a Ellie.

Saio do meu escritório e vou para o dela, batendo na porta fechada.

— Entre.

Esta é a primeira vez que a vejo desde que a deixei hoje cedo e as lembranças da nossa noite incrível juntos correm de volta para mim. Do clube às confissões e à magia primorosa que criamos em sua cama. Nunca vou me esquecer por um segundo disso. Fecho a porta atrás de mim e me inclino contra ela, absorvendo-a.

Seu rosto cora de um jeito adorável, e eu estou completamente chocado mais uma vez pelo fato de que ela me querer tanto quanto eu a quero. Como tive tanta sorte?

— Precisa de alguma coisa? — ela pergunta depois de um momento de silêncio.

Assentindo, vou até ela e puxo sua cadeira para trás. Virando-se para me encarar, eu me inclino sobre ela, prendendo-a com meu corpo.

— Isso — sussurro antes de beijá-la. Estava pretendendo um beijo rápido até que sua mão se enrola em meu pescoço e sua boca se abre para a minha língua. Estou completamente perdido nela, envolvido na loucura que me atinge sempre que estamos juntos. Não consigo me cansar disso. Nunca vou ter o suficiente.

Nos afastamos um do outro devagar, de forma hesitante, até que nossos lábios mal se tocam.

— Eu estava realmente começando a fazer alguma coisa para variar até você aparecer — ela diz.

Sorrindo, eu esfrego meus lábios sobre os dela, amando a respiração ofegante que me deixa saber que ela está tão afetada quanto eu. E agradeço a Deus por isso.

— Vou para Londres hoje à noite.

— Mesmo?

— Sim. Vou fazer isso, Ellie. Vou dizer a ele que não posso – e não vou – ser o herdeiro de seus negócios.

Ela acaricia meu rosto, e viro meus lábios na palma da sua mão.

— Como você se sente?

— Determinado. Eu deveria ter feito isso há anos.

— Estou tão feliz por você.

— Estou feliz por nós. Você também está?

— Claro que estou. Continuo pensando que tudo é um sonho, porque com certeza não pode estar realmente acontecendo.

— Está acontecendo, meu amor, e é a melhor coisa que já aconteceu. Pelo menos para mim.

— Para mim também. — Ela me olha demonstrando todo seu sentimento e não posso resistir a beijá-la novamente. — Eu poderia... talvez... ir com você?

— Você quer ir? — pergunto, espantado e encantado ao mesmo tempo.

— Quero, sim.

— Adoraria ter você comigo, especialmente porque tínhamos

planos para este fim de semana que não esqueci, mas não posso prometer que vou te trazer de volta a tempo de cuidar das crianças.

— Flynn pode fazer isso se eu disser que algo inesperado surgiu. Ele não se importaria.

Deslizo um dedo sobre a sua bochecha.

— Você estava ansiosa para passar um tempo com eles.

— Posso vê-los a qualquer momento. Você precisa de mim e quero estar com você.

Encostando a testa na dela, fecho os olhos e respiro o seu cheiro inconfundível.

— Nunca quis nada mais do que quero ser livre para te amar, Ellie.

— Não posso acreditar em tudo o que aconteceu.

— Mas você está feliz com isso?

— Deus, sim, estou feliz — ela responde, rindo. — Como é possível que você estivesse aqui todo esse tempo...

— Estive aqui te querendo e desejando o que temos agora. E isso é apenas o começo, meu amor.

— E se o seu pai não te liberar? E se...

Levanto a cabeça para que possa ver seus olhos e colocar o dedo sobre seus lábios.

— Shhh. Não se preocupe. Não há nada que ele possa dizer ou fazer que me faça mudar de ideia sobre você ou nós. Nada.

Ela pisca para conter um súbito ataque de lágrimas. Rindo, ela as afasta.

— Você me transformou em uma chorona horrível no escritório novamente.

— Você nunca poderia ser uma chorona horrível. Você é deslumbrante. — Coloco uma mecha de cabelo atrás da sua orelha e acaricio sua bochecha.

— Você é bastante impressionante. Eu costumava fechar os olhos e apenas ouvir você falar.

— Quando?

— Em festas, reuniões, na véspera de Natal na casa dos meus pais. Sua voz está bem no topo da minha lista das coisas mais sexy de todas.

— Humm — digo em um grunhido baixo — vou ter que me lembrar disso em momentos críticos no futuro.

— E o seu rosto — ela diz, segurando-o — está em primeiro lugar junto com a sua voz. Nunca me canso de vê-lo.

— É melhor parar os elogios se não quiser ser destruída no trabalho novamente.

Seu olhar desce até onde o Jr. está de pé e orgulhoso, desejando poder estar enterrado dentro dela em vez de ficar preso atrás de um zíper.

Ela umedece os lábios, provocando um gemido meu.

— Não faça isso se eu tiver que me comportar.

— Jasper...

— O que, amor?

— A noite passada foi tão incrível. Pareceu...

— O quê? — Estou bastante sem fôlego com a necessidade de saber.

— Diferente. Especial.

— Para mim também. Foi tudo.

— E se... — Ela me olha parecendo muito vulnerável e incrivelmente bonita. — E se tivermos concebido nosso bebê na noite passada?

— Você acha que conseguimos?

— Não sei, mas tive uma sensação de formigamento hoje o dia todo e....

Fico imediatamente alarmado.

— Você precisa de um médico?

— Não, não — ela responde, rindo. — Nada do tipo. Eu ia dizer que também me sinto exultante de uma forma que nunca senti antes. Provavelmente é cedo demais, mas... — Com um sorriso bobo, ela dá de ombros.

— Espero que tenhamos feito um bebê na noite passada. Essa seria a coisa mais incrível que já me aconteceu.

— A mim também.

— Até isso, até você, nunca me permiti pensar em ter filhos, uma família ou uma vida que incluísse alguém. Mas agora... — Tenho que esperar um momento para me recompor ou corro o risco de perder a compostura. — Agora, tudo é possível por sua causa.

Ela empurra a cadeira para trás alguns centímetros e fica em pé, envolvendo os braços ao meu redor.

— Não vou acordar e descobrir que tudo isso foi um lindo sonho, vou?

Eu a abraço com força, pressionando seu corpo contra o meu e, provavelmente, não deixando nenhuma dúvida sobre o que eu gostaria de estar fazendo agora.

— Não há qualquer chance disso. — Eu a abraço por um longo tempo. Não faço ideia de quanto, nem me importo. Voltamos à realidade quando o telefone em sua mesa toca. Eu a solto, embora com relutância.

— Ellie. — Ela volta para o modo profissional enquanto suas bochechas permanecem vermelhas e seus olhos brilham de excitação. Ela ouve e responde. — Estarei lá em cinco minutos. — Depois de desligar o telefone, ela me dá um sorriso pesaroso. — O dever me chama.

— Sem problemas. Vou te deixar por agora. Te busco às oito hoje à noite. Está tudo certo?

— Perfeito.

— E quanto ao Randy?

— Vou levá-lo para a casa dos meus pais. Eles estão acostumados com meus pedidos de última hora para cuidar dele. Estou sempre indo a algum lugar para procurar locações. Não vão se incomodar.

— O que você dirá a sua equipe?

— Já assustei o pobre Dax, dizendo-lhe que vou fazer *tratamentos* na próxima semana para tentar engravidar.

Estremeço

— Argh.

— Eu sei — ela fala, suspirando. — Eu me senti péssima, mas era a única maneira de ter certeza de que ele não faria perguntas. Vou dizer a ele que terei que sair antes do que o esperado para os meus "compromissos".

— Vou me lembrar disso quando ele solicitar o pagamento de adicional por periculosidade.

— Não vou culpá-lo se fizer isso. — Ela me puxa para outro beijo, mas não deixa que fique fora de controle, para meu espanto. Quero implorar por mais. Quero implorar para que ela saia comigo agora, para que possamos ter mais de tudo. Mas já cruzei essa linha com ela no trabalho uma vez antes e não quero fazer isso de novo. Não hoje, de qualquer maneira.

— Te vejo às oito?

— Estarei pronta. Preciso me arrumar para algo especial?

— Não. Opte pelo conforto. Vamos passar a maior parte do tempo voando.

— Posso proporcionar conforto.

— Preciso comprar calças maiores se vou passar todo esse tempo com você. — Para esclarecer, ajusto o Junior.

Ela ri do meu óbvio desconforto.

— Não se atreva a usar calças maiores. Gosto das suas calças do jeito que elas são. Elas deixam muito pouco para a imaginação, embora agora eu saiba que minha imaginação precisava ser um pouco maior.

— Pare. Eu imploro a você. Simplesmente pare.

Segurando meu pau, ela me olha.

— Nunca vou parar de querer isso.

— Estou completamente chocado ao descobrir que Estelle Godfrey é tão *avançada*, para não falar que tem fome de pau.

Ela me aperta um pouco demais para o conforto, mas suspeito ser esse o objetivo dela.

— Me chame de Estelle e suas partes nunca mais verão minhas partes.

— É um nome tão sexy.

— É o nome da *minha mãe*.

— Não estou pensando na sua mãe agora. — Estou literalmente prestes a mandar tudo para o inferno e transar com ela aqui e agora, quando seu telefone toca novamente.

Ela o pega.

— Estou indo. Agora mesmo. — Ela desliga o telefone e beija minha bochecha. — Até logo.

Eu a vejo sair do escritório, sabendo que não posso segui-la. Não por alguns minutos, pelo menos. Então me sento em sua mesa e observo as fotos da família a que ela pertence. Um grupo de crianças de cabelos escuros que reconheço como os filhos da sua irmã, Aimee, e um grupo de garotos loiros que pertencem a Annie. Há uma foto de Max e Stella Godfrey com a filha mais nova entre eles, todos com grandes sorrisos, e outra de Ellie com Flynn no dia do seu casamento.

Eu amo a família Godfrey mais do que a minha, se for honesto. Há algo muito caloroso e acolhedor neles. Depois de ter sido criado com a rígida reserva britânica, prefiro muito mais a maneira de fazer negócios dos Godfrey. Eles ainda vão me tratar como um deles quando descobrirem que Ellie e eu estamos tentando ter um bebê juntos? Sei como eu me sentiria se fosse minha filha, mas quem conhece Ellie bem — e eles a conhecem melhor do que ninguém — entende que ela só faz o que quer.

Ainda estou tentando acreditar que sou o que ela quer. Preciso ter certeza de que seus pais e irmãos saibam o quanto eu a amo e como cuidarei dela e de nosso filho pelo resto da vida.

O telefone dela, que está sobre a mesa, toca com uma nova mensagem. Olho para ele e vejo que é de alguém chamado Serenity sobre o serviço de namoro que ela falou em se inscrever. Isso é tudo o que preciso para me lembrar que Ellie e eu estamos longe de ter tudo resolvido. A boa notícia é que a mensagem cuida do que resta do meu ardor.

Estou prestes a me levantar para sair do seu escritório quando uma batida na porta precede a entrada de Hayden. Ele para quando me vê onde Ellie deveria estar.

— O que houve? — ele pergunta.

— Estava só deixando um bilhete para a Ellie. — No momento em que as palavras saem da minha boca, gostaria de poder engoli-las. Quem deixa bilhetes para alguém nos dias de hoje?

Hayden entra na sala e fecha a porta atrás de si. Oh-oh

— Vamos conversar sobre o que aconteceu ontem à noite?

— O que aconteceu ontem à noite?

— Não se faça de bobo comigo, Jasper. Você levou a irmã do Flynn para um clube de sexo. Não acha que precisa explicar isso?

— Levei a *Ellie* a um clube de sexo – a seu pedido, devo acrescentar – e não, não sinto qualquer obrigação de me explicar para você ou qualquer outra pessoa.

Seu olhar se torna tempestuoso.

— O Flynn iria ficar louco se soubesse que você a levou lá.

— Ele ficou louco por você ter levado a assistente dele lá?

— Não é a mesma coisa! Ela é minha *noiva*!

— Ela era sua noiva na primeira vez que você a levou? — Não tenho ideia se eles estiveram lá antes da noite passada, mas a julgar pela maneira como seus olhos semicerram com aborrecimento, acertei meu alvo.

— Isso não é da sua conta.

— Assim como não é da sua o que a Ellie e eu estávamos fazendo lá. Deixe isso em paz, Hayden. Isso não lhe diz respeito.

— O que você está fazendo com ela? — ele pergunta em um tom mais conciliatório.

— Também não é da sua conta.

— É da minha conta se vai causar problemas no meu negócio. — Ele acena com a mão para gesticular para os escritórios da Quantum.

— Querendo se aproveitar da sua posição, sócio? — Enquanto Kristian, Marlowe e eu somos sócios no negócio, Flynn e Hayden são os fundadores e sócios gestores.

— Se for preciso.

— O que isso significa?

— Se você não contar ao Flynn sobre o que está acontecendo com você e a Ellie, eu conto.

— Você está me *ameaçando*? Eu te ameacei quando você estava passando tempo com Addie sem contar a ele?

— A Addie não é a irmã dele.

— Ela poderia muito bem ser.

— Olha, Jasper, não quero nenhum problema aqui e nem com o Flynn. Tenho informações que agora estou escondendo do meu melhor amigo e sócio. Isso é um problema para mim, então é um problema para você também.

— Acredite ou não, entendo a sua posição e tudo que vou dizer é que a Ellie e eu estamos resolvendo as coisas. Quando houver algo a contar, o Flynn estará entre os primeiros a saber.

Ele me olha por um longo momento antes de dizer:

— Justo o suficiente. Só não espere muito tempo. — Sem outra palavra, ele sai da sala, me deixando irado. Realmente entendo sua posição, mas não gosto de ser ameaçado por um homem que sempre considerei um amigo próximo. É bom saber em que pé estou com ele, apesar de não me surpreender. Ele e Flynn são mais unidos do que irmãos, e ele acabou de provar que vai colocar seu irmão antes de mim em qualquer momento.

Saio do escritório de Ellie me sentindo desanimado depois da conversa com Hayden, mas meu ânimo se eleva consideravelmente quando penso na viagem com Ellie — a viagem que vai me libertar para viver a vida que eu quero em vez da que foi planejada para mim.

16

Ellie

Depois de ficar presa no trabalho até mais tarde do que o esperado, estou correndo e jogando roupas em uma bolsa de viagem dez minutos antes de Jasper chegar para me buscar. Felizmente, Flynn e Natalie concordaram em assumir minha posição de babá amanhã, depois que eu disse a ele que tive um imprevisto. Estou livre para acompanhar Jasper nessa viagem importante e muito empolgada com o tempo que passaremos juntos, mas minhas incríveis habilidades de fazer a mala não estão à altura. Felizmente, não preciso de nada extravagante. Nesse ritmo, estou prestes a ficar sem escova de dentes.

Randy se esfrega contra mim, me deixando saber que está preocupado sobre onde estou indo. Malas sempre o assustam, pobrezinho. Meu pai virá buscá-lo depois que sairmos, então aproveito para tranquilizá-lo.

— Não vou demorar muito desta vez, amigo, e o vovô está vindo te pegar daqui a pouco.

Ele lamenta, lambe minha bochecha, e eu lhe dou um abraço. Quem disse que os cães não gostam de ser abraçados não conheceu o meu. Ele entra no meu abraço e me deixa segurá-lo pelo tempo que eu quiser, o que é muito mais do que posso fazer, mas ele é meu bebê.

Ainda estou aconchegando Randy quando Jasper entra pela porta, parecendo ridiculamente sexy de calça cáqui e camisa branca com as mangas enroladas para expor seus antebraços. Até essa parte do seu corpo é sexy.

— Estou interrompendo alguma coisa, amor?

Eu suspiro. A voz. Me deixa louca.

— O Randy está se sentindo um pouco triste porque a mamãe vai viajar de novo.

— Ele pode vir junto. Vamos em um avião particular. Ele não poderá sair da aeronave quando chegarmos lá. O Reino Unido é meio exagerado quanto ao controle de raiva no nosso litoral intocado.

— Acho que meu bebê estaria melhor com o vovô e a vovó do que confinado em um avião por tantas horas. — Beijo a carinha doce de Randy. — Só preciso de alguns minutos. — Deixo meu cachorro em seu lugar favorito no sofá e vou para o quarto para terminar de arrumar a mala. Estou no banheiro juntando cosméticos essenciais quando Jasper se junta a mim, moldando seu corpo às minhas costas, seus braços envolvendo minha cintura e seus lábios encontrando meu pescoço. Isso é tudo o que preciso para meus joelhos enfraquecerem.

— Hoje foi o dia mais longo de toda a minha vida. — A suave carícia da sua respiração no meu pescoço provoca arrepios em minhas costas.

— O meu também.

— Estou tão feliz por você vir comigo. Você vai me ajudar a manter a cabeça longe do motivo dessa missão.

— E como vou fazer isso? — pergunto, encontrando seu olhar no espelho.

— Eu sei e você vai descobrir.

Um tremor ondula pelo meu corpo, convergindo em uma pulsação quase dolorosa entre as minhas pernas.

As mãos de Jasper descem para a bainha do meu vestido, que termina no meio da coxa. Ele o puxa lentamente, as pontas dos dedos deslizando na minha pele sensível.

— Você está molhada para mim, Ellie?

— Sempre.

Seu grunhido baixo é como gás jogado no meu fogo, já fora de controle.

Empurro a bunda em seu pau duro, deixando-o saber o que quero.

— Alguém está se sentindo impaciente?

— Foi você quem disse que foi um longo dia.

Ele desliza os dedos pela parte interna da minha coxa para pressionar contra o meu núcleo. Apenas a seda fina da calcinha separa sua pele da minha. Um som escapa da minha mandíbula tensionada que não é bem um gemido e nem um grunhido. É um som necessitado e desesperado que nunca fiz antes. Estou prestes a gozar, e ele mal me tocou. Então ele se retira, e eu gemo em desespero.

— Devagar, baby.

Olho por cima do ombro para encontrá-lo rapidamente abrindo o cinto e liberando seu pênis. Minha saia é levantada e a calcinha puxada para o lado enquanto ele abre mais minhas pernas. Tudo isso acontece no espaço de segundos, fazendo com que eu me sinta como se estivesse no mais emocionante dos passeios nos melhores parques de diversões. Estou sem fôlego e meu coração está batendo tão rápido que eu estaria preocupada com um ataque cardíaco se não tivesse certeza de que ele é a causa.

Então ele está dentro de mim, estocando enquanto seus dedos apertam meus quadris, me segurando para o mais selvagem dos passeios. Gozo com tanta força que vejo estrelas, mas ainda assim ele não desiste. Quando instalei essa pia, nunca imaginei ser comida enquanto me curvava sobre ela. O pensamento me faz dar uma risadinha.

— O que é engraçado? — ele pergunta, soando extremamente britânico.

— Espero que eu tenha instalado a pia corretamente.

Isso também provoca uma gargalhada dele, que diminui o ritmo de leve. Seus braços envolvem meu corpo e seus dentes mordiscam o lóbulo da minha orelha. Eu não tinha ideia até aquele segundo que meu lóbulo estava ligado ao meu clitóris.

— Você é tão gostosa — ele sussurra rispidamente. — Quero passar toda a minha vida dentro de você.

Se já houve palavras mais sensuais proferidas na história da humanidade, gostaria de saber quais são. Certamente, essas palavras nunca foram ditas para mim. Agarro sua mão que está contra o meu peito e me seguro enquanto ele entra e sai de mim. Posso ouvir Randy latindo, mas não posso me incomodar em fazer nada a esse respeito. Até ouvir a voz do meu pai e congelar.

— Não, não, *não* — Jasper sussurra, ecoando meu pânico. Ele se afasta de mim tão de repente que quase caio. Apenas seus braços ao meu redor me mantêm em pé. Puxo a saia, ajeito a calcinha e passo os dedos pelo cabelo antes de falar para o meu pai.

— Já vou aí!

— Não tenha pressa.

Jasper faz uma careta enquanto tenta fechar a calça sobre uma enorme ereção.

— Isso não está acontecendo.

Cubro a boca para conter meu riso.

Sua carranca só torna a necessidade de rir ainda pior.

— Estou horrível? — pergunto, sussurrando.

— Você está linda e muito bem fodida, posso dizer.

— Pare! — O pensamento do meu pai ouvir esse comentário me faz suar. — Fique aqui. Ele vai embora em um minuto.

— Não há escolha a não ser ficar.

Olho para o "problema" em sua calça.

— Você ficar olhando não ajuda — ele diz entre os dentes cerrados.

Sufoco outra risada e como se meu pai quase não tivesse me pegado transando, vou para a sala de estar onde ele está sentado ao lado do meu cachorro no sofá. Randy, aquele traidor, está com a cabeça no colo do meu pai e curtindo um carinho na orelha.

— Me desculpe! Acabei de sair do banho. — Espero que isso explique meu rosto vermelho.

— Não tem problema — meu pai fala, felizmente mantendo sua atenção em Randy e não em mim. — Esta viagem surgiu de forma muito repentina.

— Eu sei! Precisam que eu verifique uma propriedade na Inglaterra antes que possam decidir sobre uma filmagem local.

Volto amanhã. O Flynn concordou em ficar com as crianças até que eu chegue.

— Ele me disse. — Meu pai continua a acariciar Randy, que está totalmente feliz. — Mas ele não sabia que você ia sair da cidade.

— Ah, bem, era algo para o Jasper e o Kristian. Não acho que o Flynn esteja envolvido nisso. — Por que estou mentindo? Por que não digo a verdade a ele? Porque não estou pronta para assumir as notícias, mesmo que meu pai não seja exatamente "público". Quero que Jasper resolva a situação antes que eu conte à minha família sobre nós.

E, de forma egoísta, quero manter o que está acontecendo com Jasper entre nós por mais algum tempo. É tão novo e excitante e gosto disso, de que ninguém saiba. Por enquanto, só pertence a nós. Assim que contarmos a alguém, não será mais só nosso. Tenho certeza de que Hayden e Addie têm suas suspeitas depois da noite passada, mas isso é tudo o que eles têm — suspeitas. Eles não sabem de nada com certeza.

Faço um grande show ao verificar meu relógio.

— Ah, droga! Tenho que ir! Tenho que pegar o voo.

— Precisa de uma carona para o aeroporto?

— Não, estou bem. O Jasper vem me buscar. Ele vai comigo.

— Pensei ter visto o carro novo dele aí na frente — ele diz enquanto se levanta. — Vamos, Randolph. Vamos ver o que a vovó está fazendo. — Meu pai para e beija minha bochecha, que deve estar mais vermelha que nunca. — Tenha uma boa viagem, querida. Mande uma mensagem para nos informar que chegou bem.

— Ah, sim, pode deixar! Obrigada por ficar com o Randy.

— Quando precisar. Eu te amo.

— Também te amo.

Meu pai chama por Randy, que corre atrás dele sem olhar para sua mãe mortificada. Sinto Jasper antes de senti-lo pressionado contra mim.

— Atire em mim agora — eu gemo. — Por favor, apenas faça isso de forma rápida e indolor.

— Só se eu puder ir com você, amor.

— Como eu achei que iria me safar disso? Ele criou quatro filhos. Ele sabe tudo!

— Você acha que ele nos ouviu trepar? Se ouviu, nunca mais vou aparecer na casa dos seus pais.

Eu me viro para encará-lo.

— Trepar? É isso que estávamos fazendo?

— É exatamente o que estávamos fazendo e apenas um de nós chegou lá – duas vezes. Eu diria que isso te põe em dívida, meu amor. Como devo cobrar meu pagamento?

— Então, isso significa que você superou o fato de que o meu pai nos pegou "trepando"?

Ele acaricia minha bochecha com o dedo.

— Vou superar isso no minuto em que meu pau bater no fundo da sua garganta no avião.

Estou sentada no jato particular e acabamos de decolar de Burbank para nosso voo de 12 horas para Londres. Normalmente, tomo alguma coisa para dormir em voos longos, mas quero estar alerta para isso. Ainda não consigo acreditar no que ele me disse antes de sairmos de casa. Me imaginar de joelhos com seu pênis na minha boca me deixa ainda mais quente do que o que estávamos fazendo antes de meu pai aparecer.

O pensamento de fazer sexo oral em um homem nunca me excitou como agora, mas mal posso esperar para ver se Jasper cumprirá sua "ameaça".

Soa um sinal e o piloto nos informa que alcançamos altitude de cruzeiro. Estamos livres para nos movimentar pela cabine, mas ele recomenda manter os cintos de segurança quando estivermos sentados.

— Quero que você entre no quarto. Fique nua. Se estique na cama com os braços sobre a cabeça e os olhos fechados. Suas pernas devem estar afastadas o máximo que você conseguir. Estarei lá em breve. Alguma pergunta?

Se lembra do sotaque que mencionei uma ou duas vezes? Sim, bem... vou ter que perguntar se ele se importaria de gravar o que acabou de dizer para que eu possa ouvir todos os dias pelo resto da vida. Além da minha reação ao modo como ele disse isso, estou tão impressionada com *o que* ele falou que mal posso respirar, muito menos falar. Ele realmente espera que eu faça tudo isso só porque ele me disse para fazer?

Uma rápida olhada em sua expressão inflexível me diz que sim, ele espera que eu siga suas instruções.

— A escolha é sempre sua — ele me lembra, seu tom mais suave, mais conciliatório. — Diga a palavra.

Ele está se referindo à palavra "bebê" com a qual concordamos ontem à noite. Me ocorre que eu *bancaria* a bebê se a usasse antes de saber o que ele planejou. Suas ordens me deixam tão excitada que não consigo ver direito. Solto o cinto de segurança e me levanto devagar, testando minhas pernas para garantir que elas me segurem antes de eu começar a me mover para os fundos do avião onde fica o quarto.

Esta é a decadência total. Voar em um jato particular com um homem sexy que quer me dominar a trinta e cinco mil pés. Como a minha vida se transformou nisso? Há apenas algumas semanas, minha ideia de uma noite excitante seria uma corrida no calçadão com Randy, seguido por um filme na cama com ele aconchegado a mim. Por mais que eu ame o Randy, e eu o amo demais, esse é um outro nível de excitação.

Estou tão animada que minhas mãos estão tremendo enquanto eu me refresco no minúsculo banheiro antes de tirar o vestido. O ar frio que circula pelas aberturas do avião parece mais frio na minha pele aquecida quando entro no quarto completamente nua.

Me estico na cama, com os braços sobre a cabeça, olhos fechados, pernas abertas. Meus músculos estão tremendo de antecipação, desejo e uma espécie de euforia que nunca experimentei antes. Quanto tempo ele vai me fazer esperar? O que ele fará comigo? Como vai ser? Eu ficarei com medo?

Não, não terei medo. Não com Jasper. Não posso imaginar fazer algo assim com ninguém além dele. Confio completamente nesse homem e essa confiança me libera para desfrutar do que está prestes a acontecer.

Vamos conceber um bebê neste avião? Já o concebemos na noite passada? Em quanto tempo posso descobrir? Preciso perguntar a dra. Breslow sobre isso.

Com os olhos fechados, sinto Jasper antes de estar plenamente consciente de que ele se juntou a mim em silêncio. Sem a visão, meus outros sentidos são intensificados. Posso ouvir seus dedos deslizando sobre o tecido fino da camisa enquanto ele a desabotoa. Ouço o tilintar metálico da fivela do cinto, o som do zíper, o farfalhar da sua calça deslizando sobre suas pernas.

O calor do seu corpo ao lado do meu me diz que ele está próximo. Não saber o que ele vai fazer deixa meus mamilos tão intumescidos que doem quando o ar frio flui sobre eles. Sinto suas mãos no meu cabelo enquanto ele desliza algo sobre o meu rosto. Uma venda. Sinto um momento de puro pânico quando percebo que não posso escapar da escuridão.

— Shhh — ele diz. — Relaxe, baby. Estou bem aqui.

O som da sua voz me acalma e me tranquiliza. Enquanto ele estiver aqui, estou segura. Posso não estar totalmente confortável, mas estou sempre segura. Ele continua a me acalmar, passando as mãos sobre meu corpo em uma carícia suave, começando pelos meus ombros, meus seios, barriga, pernas, pés e depois de volta para o interior das minhas coxas, fazendo-as se abrirem mais.

Sinto-o trocar seu peso para o meio da cama, entre minhas pernas abertas de forma obscena e, em seguida, um fluxo de ar atinge meu núcleo, me fazendo me contorcer.

— Fique quieta, amor.

— Não faça isso se quiser que eu fique parada.

— Não fale mais a menos que precise da sua palavra segura. Me fale de novo qual é.

— Bebê.

— E você sabe que se disser, paramos tudo, certo?

— Sim.

Quando acho que ele vai se concentrar no meu núcleo, meus

pulsos são presos em algemas forradas de pele que são presas à cabeceira da cama, me envolvendo em sua teia sensual. O fato de ele ter trazido as algemas para a viagem me diz que ele planejou isso com antecedência e saber desse fato alimenta o fogo que queima dentro de mim.

Sinto-o se mover pelo pequeno espaço e é uma luta para ficar parada enquanto espero para saber o que ele fará em seguida. Meu corpo está tão tenso que temo implodir antes de chegarmos ao evento principal — o que quer que isso possa implicar.

Aparentemente, Jasper não está com pressa. Minutos passam sem o seu toque, e eu começo a me sentir abandonada. Fui reduzida a nada mais que terminações nervosas que estão em chamas por seu toque. Sofro por ele e estou prestes a implorar para que ele faça alguma coisa, qualquer coisa, quando sinto sua língua no meu mamilo esquerdo.

As sensações são tão intensas que grito pelo choque que corre por meu corpo. Então ele se afasta novamente, me deixando desolada. Essa é a tortura mais doce que já experimentei e percebo que está apenas começando. Seus lábios agora estão no interior da minha perna esquerda, deslizando para cima em um ritmo extremamente lento. Meus quadris se levantam para encontrá-lo, mas ele se afasta antes de chegar ao lugar onde eu mais preciso dele.

Me esforço contra as algemas, me movendo incansavelmente na cama, à beira de um colapso completo ou o maior orgasmo da minha vida. Não tenho certeza do que acontecerá primeiro.

— Quero te filmar assim — ele sussurra. Eu me volto para a sua voz, buscando o conforto de sua proximidade. — Você deixaria?

Eu daria o que ele quisesse se isso significar alívio para dor que fica mais forte a cada segundo.

— Sim — sussurro através dos lábios ressecados.

— Logo, amor. Quero que você veja como fica linda quando se submete a mim.

Preciso tanto gozar que mal posso processar o que ele está sugerindo. Tudo o que sei é que eu daria qualquer coisa que ele pedisse para continuar me sentindo do jeito que sinto quando estou com ele.

É como se toda a emoção que experimentei até agora tivesse sido reconstruída em uma bomba nuclear que tem o poder de me destruir. E dei a ele esse poder de boa vontade, de forma livre e feliz. É assim que estar apaixonada parece ser.

— Jasper. — Seu nome é um soluço nos meus lábios.

— O que, amor?

— Eu preciso...

— O que você precisa?

— Mais. Alguma coisa. *Qualquer coisa.*

Sua risada baixa me faz querer dar um soco nele — e eu daria se minhas mãos não estivessem acorrentadas à cama.

— Paciência, amor.

— Não tenho mais paciência.

— Shhh. Você não quer ganhar uma punição por falar fora de hora, não é?

Não há outra palavra para descrever o grito que sai de mim a não ser deselegante.

— *Punição?* Do que é que você está falando?

— Esquecemos de falar sobre o que acontece quando você não segue minhas instruções? — A ponta do seu dedo faz um caminho do meu pescoço ao vão entre meus seios, sobre a minha barriga trêmula, parando logo acima do clitóris, que queima por ele.

— Você sabe que não falamos sobre isso — eu digo com os dentes cerrados.

— Permita-me corrigir essa incompreensão da minha parte.

Ele está amando isso. Posso ouvir em seu tom alegre.

— Se acontecer de você me desobedecer durante uma de nossas cenas, eu não teria escolha senão providenciar uma punição que pode ser qualquer coisa: desde uma palmada na sua bunda doce, exigir que você use um plug em público e até ficar nua no canto do quarto por um período de tempo para me certificar de que você aprendeu sua lição. Costumo ser quase tão criativo quando se trata de punições quanto quando se trata de prazer.

A ponta do seu dedo encontra meu clitóris em uma carícia rápida que para antes mesmo de eu registrar que isso está acontecendo. Mas é o suficiente para acionar o clímax que está sendo construído pelo que parece ser uma eternidade. Grito com o poder do orgasmo e quando volto à realidade, lágrimas escorrem pelo meu rosto.

— Humm, tão bonita — ele fala — e muito desobediente. Eu disse que você estava autorizada a gozar?

— N-não.

— Então você sabe o que isso significa?

— O-o quê?

— Que você deve ser punida. No entanto, a questão é: devemos cuidar disso agora ou esperar até mais tarde? Acho que vou deixar você decidir o que prefere. O que vai ser? Agora ou depois?

Estou furiosa com o pensamento de ser punida — e dolorosamente desperta ao mesmo tempo. Como isso é possível?

— Nunca?

— Ahhh, meu doce amor. Não me lembro de oferecer "nunca" como opção.

Quando minha equipe no trabalho me apresenta boas e más notícias, eu sempre quero as más notícias primeiro.

— Agora — digo em um grunhido. Não posso acreditar que realmente quero que ele me castigue. Quem eu me tornei com esse homem?

— Vire-se. — Sua voz assumiu um tom mais rouco que me diz que ele está tão excitado quanto eu. A venda me torna mais consciente desse tipo de nuances.

Fico surpresa ao descobrir que posso me virar facilmente mesmo com os pulsos presos. No entanto, meus braços agora estão cruzados.

— Bunda para cima, pernas afastadas, cabeça para baixo.

Ao me posicionar de forma hesitante ao seu pedido, começo a me sentir desconectada do que está acontecendo neste quarto. É como se eu estivesse flutuando, olhando para a mulher descaradamente disposta, esperando para ser punida pelo amante.

Ele se inclina sobre mim, seu corpo pressionado contra o meu, seus lábios roçando no meu ouvido.

— Vou colocar um plug em você e depois espancá-la.

— São duas punições!

— Não, é uma só.
— Isso não é justo.
— Vamos para duas punições?
— Não!
— Achei que você fosse dizer isso.

17

Ellie

Ele se afasta de mim e imediatamente sinto a perda do calor do seu corpo. Começo a tremer por causa do ar fresco, da antecipação e do desejo poderoso por qualquer coisa e tudo que ele quer fazer comigo. Estou flutuando, imaginando como devo parecer para ele e me pergunto se ele está pegando fogo também. Se está, ele tem muito mais paciência que eu.

Ouço o som de uma tampa sendo aberta — daquelas de rosca — e sinto o toque frio de lubrificante sendo aplicado na minha parte inferior. Ah, caramba. Vou realmente permitir que ele faça isso comigo de novo? Minha palavra segura está na ponta da língua, pronta para explodir se ou quando isso for demais para mim. E quando dois dos seus dedos violam o meu lugar mais privado, tenho que me segurar para não falar. Eu não deveria gostar disso tanto quanto gosto. Deveria pará-lo. Deveria...

Ele remove os dedos, que são imediatamente substituídos por algo muito maior, que força a passagem pelo músculo apertado, me esticando ao ponto da dor antes que ela se transforme em um prazer improvável à medida que o plug se move para o lugar.

— Gostaria que você pudesse ver o quanto a sua bunda fica sexy com o meu plug. — Ele passa as mãos sobre o meu traseiro, aumentando o fogo.

É quando tomo consciência do fato de que minhas coxas estão molhadas pelo poder da minha excitação. Isso nunca aconteceu antes.

Somos interrompidos, de forma dolorosa, por um aviso do piloto sobre turbulência à frente. Normalmente, o aviso de turbulência me assustaria, mas tenho coisas muito maiores para temer no momento. Tal como a mão que Jasper leva a minha bunda. Ela ecoa através do quarto com um estalo alto e retumbante que dói mais do que eu esperava.

Em seguida, ele acalma a dor, esfregando o local até que ela se transforme em prazer.

Sei que o avião está balançando de forma um pouco violenta enquanto a mão de Jasper continua a dar palmadas na minha bunda, se movendo de um lado para o outro, do lugar onde minha nádega encontra a perna até o meio. No momento em que ele termina, estou trêmula, gemendo de necessidade, paixão e um desejo excruciante que é alimentado a níveis quase insuportáveis quando ele empurra seu pau duro dentro de mim sem aviso prévio. Graças ao plug, o encaixe é tão apertado que seu primeiro impulso profundo desencadeia um segundo orgasmo épico.

Provavelmente, ganhei outra punição, mas não consigo encontrar meios para me importar, pois ele penetra em mim, mais forte e mais profundo do que nunca. A cada impulso forte, seu corpo acaricia minha bunda, que ainda está quente e sensível da surra. A combinação é esmagadora.

— Não goze até que eu diga que você pode — ele diz, indo fundo novamente. — Não se atreva a gozar.

Impedir isso vai me matar. Não tenho dúvidas a esse respeito enquanto cerro os dentes com tanta força que me preocupa que meu queixo se rompa sob a pressão de tentar segurar o inevitável. Ele alcança debaixo de mim para encher suas mãos com meus seios enquanto abre mais as minhas pernas. O movimento o envia ainda mais fundo em mim e provoca o orgasmo que não pode ser interrompido, não importa o quanto eu tente.

Gozo com mais força pela terceira vez do que as outras duas combinadas, e ele está ali comigo, entrando e saindo de mim sem parar até que desmoronamos na cama. Embora eu ainda esteja flutuando, ainda tenho a presença de espírito de esperar mais uma vez que tenhamos concebido um bebê.

— Uma submissa tão malcriada e desobediente — ele sussurra depois de longos minutos de silêncio, além da respiração pesada que segue o esforço.

— A culpa não é minha.

Ele passa os dedos pelo meu cabelo, proporcionando conforto suave e tranquilo depois da emoção tumultuada.

— De quem é?

— Sua! Você sabia exatamente o que aconteceria quando fizesse tudo isso.

O baixo estrondo de sua risada me faz sorrir. Adoro ouvi-lo rir.

— Não tenho ideia do que você está falando.

— Claro que não. Você me transformou em uma viciada em sexo atrevido.

— E isso é algo ruim, amor?

Ele soa muito britânico e muito, muito sexy.

— Bem, ainda não tenho certeza de como me sinto sobre estar com o plug, mas o resto não foi tão ruim.

— Pelo resto você quer dizer os três orgasmos que te fizeram gritar?

Eu o acotovelo e recebo um grunhido de riso em resposta.

— Por falar no seu terceiro orgasmo, aconteceu sem permissão, de modo que você ganhou outra punição.

Gemo dramaticamente.

— Meu pobre traseiro torturado não aguenta mais.

Esfregando a mão na minha bunda, ele ri.

— Não vou te dar outra surra, mas acho que vamos manter o plug no lugar até chegarmos ao hotel.

— Quanto tempo vai levar? — Minha voz se eleva em protesto.

— Apenas mais algumas horas.

— *Horas*? Nunca vou sobreviver a isso.

— Acho que vamos descobrir, não é?

Ele se retira de mim lentamente, o que é muito mais excitante do que se imagina, já que ele ainda está meio duro e estou comprimida pelo plug. Em seguida, remove as algemas e esfrega meus pulsos até que o formigamento pare. A remoção da venda me faz piscar furiosamente para focar o brilho suave da luz da cabeceira.

— Aí está você — ele diz, segurando minha bochecha e se inclinando para me beijar. Ele tem uma garrafa de água pronta e tomo grandes goles do líquido frio.

— Por que eu fico com tanta sede?

— Provavelmente porque você está respirando de forma diferente e se exercitando da maneira que faria durante um treino.

— Sexo com você é um treino.

Ele me estuda com aqueles olhos castanho-dourados que me veem de um jeito que nenhum outro homem jamais viu.

— Você gosta disso, amor?

— Não consegue ver o quanto?

— Eu poderia dizer que você teve bons orgasmos, mas gostou de ser vendada, algemada, usar um plug, ser espancada e dominada?

— Gostei — confesso, sentindo o calor no meu rosto com vergonha e excitação.

Ele acaricia minha bochecha.

— O que você mais gostou?

— Tenho que escolher uma coisa?

— Pode escolher mais de uma.

— A venda me deixou mais consciente de tudo o que estava acontecendo.

— Perder um sentido aumenta os outros.

— Perdi dois sentidos, porque também não pude te tocar.

— Verdade. O que achou da punição? — Enquanto ele fala, seu dedo faz círculos no meu peito, girando sem tocar meu mamilo. Isso é tudo o que é necessário para começar o zumbido baixo do desejo de novo.

— Não vou dizer que gostei, mas não foi horrível.

— Não foi horrível. Acho que poderia ser pior. E o plug?

— Desconfortável no começo, mas não tão ruim quando ficou no lugar – até que você o encaixou inteiro dentro de mim. — Apoio a mão em seu peito e a deslizo para cercar sua ereção desperta.

Seu suspiro de surpresa me agrada excessivamente.

— Foi bom para você também?

Seus olhos, que se fecharam enquanto eu o acariciava, se abrem rapidamente, seu olhar preso no meu.

— Você precisa realmente perguntar?

— Acho que sim.

— Amor... minha doce e sexy Ellie... nada nunca foi melhor para mim do que ser completamente eu mesmo com você.

— Quero que você seja sempre você mesmo comigo.

— Você não tem ideia de que é um presente incrível e inacreditável para mim. Nem toda mulher seria forte o suficiente para se entregar a mim do jeito que você fez.

— Gostei de me entregar a você. Estava um pouco assustada no começo, mas fiquei me lembrando de que estava com você e que você me manteria em segurança.

— Sempre vou mantê-la em segurança, meu amor. Pode contar com isso.

— Estou começando a acreditar que posso.

— Acredite. Agora que tenho você em meus braços e na minha cama, não vou a lugar algum.

— Ainda não consigo acreditar que você me queria e nunca falou nada.

— E quando eu teria dito isso? No trabalho? No meio do nosso grupo de amigos?

— Você poderia ter me ligado.

— Ao *telefone*? As pessoas ainda fazem isso?

Rio da sua expressão escandalizada.

— Acho que algumas pessoas fazem.

— Quer saber a verdade, amor?

— Sempre.

— Não te disse porque eu não tinha certeza se você ia me querer como eu te queria, e por quem você, o seu irmão e a sua família são para mim, não falei. Não queria arriscar deixar as coisas estranhas entre nós se você não se sentisse da mesma maneira que eu. Passamos muito tempo juntos para correr esse risco.

Passo o dedo nos pelos do peito dele, amando a textura macia e o gemido que lhe escapa quando toco seu mamilo.

— Sinto muito que você nunca tenha dito nada.

Ele me puxa para mais perto, beijando o topo da minha cabeça.

— Confie em mim, também sinto.

— Eu te ouvia nas reuniões no trabalho ou quando você contava uma história engraçada quando estávamos todos juntos em algum lugar. Depois disso, eu não sabia dizer o que você falava. Fiquei tão deslumbrada com a *forma* como você dizia as coisas. Eu fantasiava estar na cama enquanto você me dizia coisas obscenas com essa linda voz.

Ele desliza a perna entre as minhas, o atrito dos pelos contra a minha pele é eletrizante.

— Gostaria de saber que você tinha esses pensamentos. Eu poderia ter dito coisas sacanas para você há anos.

— Provavelmente não estaríamos prontos.

— Provavelmente, não.

— Você está nervoso em ver seu pai?

— Estou mais resignado do que nervoso. Já passou da hora de lidar com essa situação de uma vez por todas.

— O que você acha que ele vai dizer?

— Vai ficar furioso. Vai reclamar que quero me esquivar das minhas obrigações. O discurso costumeiro. Mas não vou recuar. — Ele aperta os braços em volta de mim. — É isso que eu quero. Minha vida em L.A. é o que quero. Não vou mais voltar para Londres, e é hora de ele saber disso.

— Estou tão orgulhosa de você por defender o que quer, Jasper.

— Isso significa muito para mim, baby. Eu deveria ter feito isso há anos, mas você me deu o melhor motivo que já tive, sem mencionar a coragem para seguir adiante.

— Como pode dizer que não tem coragem? Aos dezoito anos, você saiu de casa e lutou para estudar na faculdade e seguir a carreira da sua escolha. É preciso muita coragem para isso.

— Acho que sim, mas deixá-lo fazer uma sombra durante toda a minha vida, deixando claro que devo assumir sua posição quando chegar a hora, o que isso diz de mim? Juro que essa fase audaciosa é para me fazer suar. Toda vez que ele escala uma montanha ou parte em busca de um recorde em uma aeronave experimental, ele sabe que estou prendendo a respiração o tempo todo. Aposto que ele ama esse sentimento, o cretino sádico.

— Depois disso, você nunca mais terá que vê-lo novamente se não quiser.

— Eu realmente não quero, e ele não vai querer me ver também.

— Sinto muito que você tenha tido um relacionamento tão difícil com ele. Isso me faz sentir muito sortuda por ter Max Godfrey como meu pai.

— Você é muito sortuda. Ele é o melhor pai que conheço.

— Você vai ser um pai maravilhoso também.

— Acredito que sim. Não tenho ideia de como fazer isso.

— Você sabe como não fazer. Esse é um bom lugar para começar.

— Acho que é verdade.

— Tente não se preocupar muito — sussurro quando não posso manter meus olhos abertos por mais tempo. — Não importa o que aconteça, estarei aqui para ajudá-lo.

— Isso significa tudo para mim, amor.

~

Jasper

CHEGAMOS a Heathrow no final da manhã, hora local. Um carro com motorista nos leva à cidade, onde reservei um quarto no *Claridge's,* localizado no exclusivo bairro de Mayfair e a uma curta caminhada até o escritório do meu pai. Trabalhamos muito no projeto do bebê durante o voo e, além de algumas sonecas, não dormimos.

Posso dizer que Ellie é estimulada pela ida até a cidade enquanto o plug ainda está no lugar e cada solavanco na estrada provoca um suspiro de choque dela. Adoro observar suas reações e, a julgar pelo brilho das suas bochechas, ela está vivendo um estado perpétuo de excitação. Mal posso esperar para fazer minha obrigação para que possa voltar para ela e continuar de onde paramos no avião. Ela está bocejando continuamente quando chegamos ao nosso quarto. Ajudo-a a se despir, levo-a para a cama e me sento ao seu lado, olhando para seu rosto adorável e tirando energia da maneira adoradora com que ela olha para mim.

— Vamos remover o plug agora que você levou completou sua punição?

— Depois que você voltar.

— Ahhh, algo para se esperar.

— Para você, talvez — ela retruca.

Rindo, eu digo:

— Descanse um pouco, amor. Vou te levar para o chá da tarde quando eu voltar. Você vai amar.

Ela segura minha mão.

— Eu te amo e estou muito orgulhosa de você por lutar pela sua liberdade. Estarei bem aqui esperando você voltar.

— Não tenho palavras para dizer o que isso significa para mim. E eu também te amo. Mal posso esperar para ter tudo com você.

Ela me puxa, me atraindo para um beijo sensual que imediatamente me excita. Estou espantado que o Jr. ainda tenha algum gás em seu tanque depois do festival de sexo no avião, mas ele é um idiota resiliente. De forma relutante, me afasto do beijo. Não há nada que eu prefira fazer que me deitar na cama com ela e continuar de onde paramos. Mas não posso procrastinar nessa missão infernal. Minha reunião é ao meio-dia e Nathan me deu exatamente quinze minutos com Sua Graça. Espero que leve menos de cinco para conduzir nossos negócios.

— Volto logo. — Beijo Ellie mais uma vez e puxo as cobertas sobre seus ombros. Tenho que me obrigar a deixá-la, a pegar o elevador até o saguão, a sair do hotel quando tudo em mim quer correr de volta para ela e evitar esse confronto de quase vinte anos em construção. O pensamento de ver meu pai faz meu estômago embrulhar e provoca uma dor no coração que ele partiu muitas vezes para contar. Juro por Deus que nenhum filho meu jamais se sentirá assim comigo. Eu não suportaria isso.

O escritório do meu pai em Londres não mudou muito nas quase duas décadas desde a última vez que estive aqui. É uma enorme torre de vidro azul que se projeta para o céu como um foguete. Essa era sua intenção quando ele projetou essa monstruosidade. O prédio foi finalizado no ano em que nasci. Ele queria que o mundo soubesse que a Kingsley Enterprises estava indo em uma, e apenas uma, direção. Meu pai está no topo do seu reino na cobertura do prédio, que inclui um apartamento de luxo onde ele passa a maior parte do tempo nos dias de hoje.

Meus pais nunca tiveram o que eu chamaria de casamento tradicional. Como poderiam quando seu principal objetivo na vida é aumentar a fortuna e manter as tradições da família? Onde há espaço em meio a toda aquela ambição para uma esposa ou família? Minha mãe passa a maior parte do tempo na Cornualha, longe da agitação da vida do meu pai em Londres. Ela diz que está feliz lá, mas tenho minhas dúvidas.

Meu pai é poético na imprensa sobre seu amor por ela, mas eu ficaria surpreso se ele passar dois meses por ano com ela. Acho que ela adoraria ser livre para buscar o tipo de relacionamento que ela lê em seus romances, mas ele nunca a deixaria ir. Divórcio cheira a fracasso, uma palavra que não está no vocabulário de Henry Kingsley. Apesar do fato de que ele a deixa sozinha por longos períodos, se ele tem um ponto fraco, é ela. Minhas irmãs e eu concordamos que ele tem uma maneira estranha de demonstrar seu amor por ela.

O tipo de casamento nunca serviria para mim. Depois de cuidar das coisas com meu pai, pedirei a Ellie que se case comigo. Vamos fazer isso da maneira certa, com um grande casamento seguido por tantos bebês quanto ela quiser, nenhum deles sobrecarregado por uma herança que não pediram. Estou contando os segundos até que eu possa voltar para ela e começarmos uma vida juntos, livre dos obstáculos que me sobrecarregaram desde o dia em que nasci.

Nathan, assistente e mordomo de longa data do meu pai, me encontra quando saio do elevador, no trigésimo andar do edifício Kingsley. Entrei em contato com o homem que conheço a vida inteira para organizar a reunião. Se ele ficou surpreso ao falar comigo, ele não disse. Nathan é tudo para o meu pai que eu não sou — fiel, dedicado, disponível. Sempre brinquei com minhas irmãs que Nathan é o filho que meu pai nunca teve.

Com seu cabelo escuro perfeitamente arrumado e olhos intensos, ele é a imagem da elegância britânica em um terno cinza feito sob medida que se encaixa em sua forma como uma luva. Ele aperta minha mão.

— É bom vê-lo, Jasper. Você parece bem.

— Digo o mesmo. — Além de uma camisa engomada e calça perfeitamente passada, não me arrumei para esta reunião, o que sei que irritará meu pai. No entanto, diante do que eu vim dizer, espero que a falta do paletó e gravata seja a menor das suas preocupações.

— As coisas parecem estar indo bem para você em Hollywood — Nathan comenta com o típico eufemismo.

— Podemos dizer que sim. — A maioria das pessoas concordaria que ganhar o Oscar, o Globo de Ouro e o BAFTA no mesmo ano conta muito mais do que "bem" na minha carreira. No entanto, as pessoas no mundo de meu pai não pensam como "a maioria das pessoas". Estou no topo do mundo em minha carreira e Nathan sabe disso. O mesmo acontece com meu pai. Sou tão bom no meu trabalho como ele é no dele, e isso deve ser mais do que qualquer outra coisa que fiz para enfurecê-lo, como viver minha própria vida. — Ele sabe que estou aqui?

— Avisei a ele há dez minutos.

Retenho um sorriso e evito reconhecer que Nathan conduziu isso tão bem quanto eu poderia esperar, sem dar tempo suficiente para meu pai se preparar para a minha chegada.

— Aprecio sua ajuda.

— Sirvo com prazer a família Kingsley, que inclui você, meu lorde.

Não por muito tempo. Mas não compartilho esse pensamento com o homem que está apenas tentando fazer o seu trabalho — um trabalho que tornei mais difícil do que já é com a minha presença aqui hoje.

Por mais que eu queira pensar que sou tão corajoso quanto Ellie acredita que eu seja, meu estômago está tenso de ansiedade e minhas mãos estão úmidas. Por ele ser muito bem-educado para não o fazer, meu pai vai apertar minha mão e verá minhas palmas suadas como um sinal de fraqueza. Esfrego-as na calça, desejando estar em qualquer lugar, exceto na porta do domínio de Henry Kingsley.

Nathan me dá uma olhada para perguntar se estou pronto.

Tão pronto quanto nunca estarei, aceno.

Ele bate uma vez e quando abre a porta, mil memórias me atacam de uma só vez quando o sigo. Anos aprisionado nesta sala aos sábados, sendo alimentados à força com a crença da família Kingsley, embora fosse óbvio para qualquer um que me conhecesse que eu não poderia ter me importado menos com credos, finanças ou legados. Meu pai era o único que não conseguia ver isso e manteve minhas "lições" mesmo quando elas significavam ir a Berkshire quando fui para Eton. Recordar esses anos de pura tortura não faz nada para elevar meu humor.

Três paredes de vidro têm vista para o centro financeiro de Londres, bem como alguns dos marcos mais famosos, incluindo a Torre de Londres e a Catedral de St. Paul. A quarta parede é coberta de placas, lembranças e fotos de Henry com todos que são importantes. Minhas irmãs e eu nos referimos ao escritório como o centro do universo.

— Sua Graça — Nathan fala, formal como sempre —, o Marquês de Andover está aqui para vê-lo, senhor.

— Obrigado, Nathan.

Com precisão militar, Nathan se vira e sai da sala, fechando a porta atrás de si.

A voz do meu pai é exatamente como eu me lembro — profunda, autoritária e forte —, mas seu cabelo agora está branco como a neve e seu rosto envelheceu consideravelmente no tempo em que não os vimos. Fotos dele na imprensa não transmitiram adequadamente as devastações do tempo que estão aparentes para mim quando me aproximo da sua mesa e me inclino para apertar sua mão estendida. Meu pai é o britânico atípico, curtido o ano todo em suas muitas atividades ao ar livre.

— Olá, pai.

— Esta é uma surpresa inesperada.

— Surpresas são muitas vezes inesperadas. — No momento em que digo as palavras, me arrependo delas. Meu pai nunca apreciou o que ele chama de meu senso de humor "atrevido".

Na hora certa, seus olhos azuis escuros semicerram com desprazer previsível.

— A que devo a honra?

— Vim porque é hora de falarmos sobre o futuro.

— O que tem o futuro?

Embora ele não tenha me convidado, me sento em uma das cadeiras na frente da mesa, respiro fundo e deixo sair lentamente.

— Não vou voltar para Londres. Nunca mais.

— Claro que vai. Você tem uma obrigação com essa família...

— Estou renunciando oficialmente a quem você escolher para me substituir. Minha vida e carreira estão em Los Angeles e é onde eu vou ficar.

— É isso que você acha? — ele pergunta com um sorrisinho desagradável que provoca um arrepio na minha coluna. Já vi esse sorriso muitas vezes antes. Nada de bom veio disso.

— É o que tenho certeza. — Eu me forço a usar um tom tão autoritário e firme quanto o dele.

— Temi que esse dia chegaria — ele diz com o que parece resignação cansada.

— Para quê? — pergunto enquanto meu coração começa a bater mais rápido. O que isso significa?

Ele se levanta e vai até o aparador que fica na parte de baixo em uma parede de vidro. Deus o livre de que algo tão comum quanto uma mobília bloqueie sua visão do universo. Usando uma chave que retira do bolso, ele destranca uma das gavetas, abre e retira um pacote que traz de volta para a mesa com ele. Cada movimento é deliberado e calculado, como se tivesse ensaiado esse desempenho por anos em antecipação a esse dia.

Uma sensação doentia de pavor começa a me tomar enquanto tento antecipar o que está prestes a acontecer.

18

Jasper

Permanecendo em pé, meu pai retira uma pasta de arquivo de um envelope e começa a colocar fotografias 10x15, uma ao lado da outra, na enorme mesa de vidro, cada uma mais condenatória. que a anterior. Começando com meus anos de faculdade, há fotos comprometedoras de mim na cama com mulheres, muitas mulheres, às vezes várias ao mesmo tempo. Ele ainda tem fotos minhas com a mulher que me ensinou tudo o que sei sobre BDSM.

Bom Deus, ele vai me matar se essas fotos vazarem.

Antes que eu possa começar a descobrir como ele teve acesso aos meus espaços mais privados, ele constrói seu caso de maneira lenta e metódica. Sabe a sensação de quando se assiste a um acidente se desenrolar e você sabe o que está por vir, mas não pode fazer nada para detê-lo?

Sim, lá estou eu no meu primeiro clube de BDSM, com um *flogger* na mão, um sorriso no rosto enquanto domino a mulher pálida e magra inclinada diante de mim no banco de surra. Em seguida, estou em uma masmorra, transando com uma mulher que não lembro quem é e depois no Club Quantum de Nova York com Kristian e estamos transando com uma mulher — ele em sua boca e eu em sua boceta. As cenas se desdobram diante de mim como um filme pornô da minha vida nos últimos vinte anos. Eu deveria saber que ele me seguiria, mesmo em lugares que eu considerava privados.

Eu deveria ter imaginado essa merda.

— Você não vai fazer nada com isso — digo com mais bravata do que sinto. — Nunca provocaria esse tipo de escândalo a si mesmo.

— Não, não provocaria.

Estou prestes a pedir-lhe para ir direto ao ponto quando ele coloca uma foto minha com Ellie na mesa, e meu coração dispara. Meu corpo fica gelado de medo, arrependimento e raiva como nunca senti antes. A foto é da noite que comemos pizza em Venice Beach. Estamos de mãos dadas e conversando com nossas cabeças unidas. Qualquer um que olhe aquela foto no contexto das outras veria que essa mulher é diferente. Há outra minha a beijando na varanda da frente da sua casa, onde estamos nos abraçando, completamente encantados um com o outro. E então ele mostra uma foto nossa no Black Vice, com cenas acontecendo nos palcos atrás de nós. Não haveria nenhuma dúvida para quem visse a foto que estávamos em um clube de sexo. A raiva que me atinge é tão quente e potente que não consigo respirar.

— Eu me pergunto — meu pai filho-da-puta diz — se você disse ao seu sócio que levou a irmã dele para um clube de sexo. A sua Ellie sabe que o irmão também é um praticante ativo desse estilo de vida doente? — Ele exibe uma foto da primeira noite em que Flynn levou Natalie para o Club Quantum e temo, por um segundo aterrorizante, que eu vá vomitar no tapete turco de valor inestimável.

— A sua Ellie sabe que trabalha com vários pervertidos?

Uma por uma, ele exibe fotos de Hayden, Kristian, Marlowe, Flynn, Emmett e Sebastian participando de várias cenas de BDSM em nossos clubes em Nova York e Los Angeles. A bile toca minha garganta, me forçando a engolir furiosamente para evitar vomitar. Como ele conseguiu colocar alguém lá quando examinamos a vida de todos que frequentam o clube?

Ele exibe uma foto minha com Max e Stella no casamento de Flynn e Natalie no quintal da casa deles.

— O que seus bons amigos, Max Godfrey e Estelle Flynn, pensariam de você se seu egoísmo arruinasse a carreira do filho deles e a reputação da filha?

Tudo o que posso fazer é olhar para as fotos que arruinariam todos que eu amo se fossem a público. O fato de existirem é o suficiente para fazer meu peito se contrair com tanta força que temo estar tendo um ataque cardíaco.

— Veja, filho, sua escolha é muito clara: honre suas obrigações com sua família ou tornarei as fotos dos seus amigos públicas. É simples assim.

Olho para a foto de Flynn em um abraço sensual com sua linda esposa, lembrando-me da coragem que ela precisou para ir ao clube a primeira vez. Se essa imagem se tornasse pública, a destruiria e Flynn nunca me perdoaria. Nenhum deles jamais me perdoaria.

Demora um minuto para que eu encontre meios para falar.

— Como é possível que um pai possa odiar tanto seu filho que faria algo assim com ele?

— Eu não te odeio. Nunca te odiei.

— Se você não me odeia, não posso imaginar como você trata alguém de quem não goste.

— O que você falha em entender, o que você sempre falhou em entender, é que já estive no seu lugar, sobrecarregado por obrigações que nunca quis e, ainda assim, honrei meus compromissos e coloquei minha família e minha herança à frente dos meus próprios desejos egoístas. Fiz o que se *esperava* de mim e você também fará.

Embora eu não possa tirar os olhos do show de horror que está na minha frente, eu balanço a cabeça.

— Não.

— O quê?

— Você me ouviu. Não, não, não, *não*. — O pensamento de uma vida nesta prisão de vidro é tão revoltante para mim que até mesmo a possibilidade de arruinar a mim e a meus amigos mais próximos e queridos não é suficiente para me convencer a me curvar a sua vontade. Meu cérebro está correndo. Os outros me diriam para mandá-lo enfiar suas ameaças no rabo. Emmett saberá das ações legais que podemos tomar para impedi-lo de liberar as fotos. Certamente há coisas que podem ser feitas.

— Obviamente, você não está pensando com clareza. O que Flynn Godfrey vai pensar quando você o lançar em outra tempestade na imprensa com sua esposa depois que a última acabou de morrer? O que o futuro sogro de Hayden Roth vai pensar dele quando fotos da sua preciosa Addison em um clube de sexo forem a público? Pelo que ouvi, faz pouco tempo que Simon York aceitou a escolha da filha. O quanto seria terrível para o casal feliz se ele desaprovasse o casamento?

Tenho que dar a ele o crédito por ser minucioso, mas agora estou querendo saber se alguém em nosso grupo coeso está em sua folha de pagamento. Se isso for verdade, tenho pena da pessoa quando a ira da Quantum cair sobre ela.

Eu me levanto para sair, esperando que minhas pernas suportem o peso do meu corpo.

— Como sempre, pai, foi uma alegria vê-lo.

— Sinto muito que tenha chegado a isso, Jasper, mas espero que você faça a coisa certa.

— Temo que mais uma vez não cumprirei suas expectativas. Nesse meio tempo, sugiro que você encontre alguém que realmente *queira* ser seu herdeiro antes de conseguir se matar em uma de suas grandes loucuras.

Seus lábios se apertam de raiva e seu rosto fica vermelho, o que me agrada muito, exceto pelo medo de que ele realmente caia morto.

— Você tem vinte e quatro horas para dizer a Nathan que viu o erro da sua decisão. Caso contrário, essas fotos serão liberadas para a imprensa em todo o mundo.

— Que triste que você esteja tão desesperado que tenha que se inclinar a chantagear seu único filho para convencê-lo. — Recolho as fotos e as levo comigo. — Vou me certificar de dar os seus cumprimentos à mamãe e às garotas quando contar a elas sobre nosso encontro.

Estou satisfeito em ver uma pequena rachadura em seu verniz

quando aviso que contarei ao resto da família sobre sua chantagem. Mas ela dura apenas um segundo.

— Tenho certeza de que sua mãe ficará muito orgulhosa em saber como você está passando seu tempo desde que saiu de casa.

— Ela está muito orgulhosa de mim, assim como minhas irmãs. Todas me ligaram depois que ganhei os maiores prêmios em minha área no início deste ano. Tenho certeza de que você queria ligar também, mas agora sei que estava muito ocupado com seus esquemas de chantagem para se lembrar de fazer isso.

Não sei ao certo de onde minha bravata vem, porque não tenho dúvidas de que ele cumprirá suas ameaças se eu não concordar. Uma coisa que sei com certeza é que nunca mais o verei pessoalmente depois de hoje, então minha despedida é mais importante do que nunca.

No entanto, a ideia do escândalo que consumirá meus sócios, Ellie e eu, é realmente aterrorizante. Mas não sou mais o garoto de dezoito anos, assustado e dócil que era na última vez que o enfrentei. Sou um homem com recursos consideráveis, recursos que empregarei para ganhar de meu pai em seu próprio jogo.

— É sempre um prazer vê-lo, pai. Tenha cuidado no seu próximo passeio. Eu odiaria ver qualquer coisa acontecer a você quando sua propriedade está em tal desordem.

Estou satisfeito por dar a última palavra e saber que seu sorriso desagradável foi substituído por algo que parece muito com medo. Ótimo. Um pouco de medo é o mínimo que ele merece. Com as fotos enfiadas debaixo do braço, saio do escritório e passo pela mesa de Nathan. Ele se levanta como se fosse me dizer algo, mas eu saio sem uma palavra. Estou realmente com medo de que, se eu abrir a boca, a única coisa que vai sair é um grito de raiva.

A descida de elevador até o saguão parece demorar uma eternidade e quando finalmente atravesso as portas principais para o ar frio do inverno, meus pulmões estão prestes a explodir. Respiro fundo enquanto tento acalmar meu coração batendo rapidamente. *Ah, meu Deus. O que vou fazer?* Apesar de minha audácia com meu pai, estou com medo de as fotos se tornarem públicas. Só o fato de existirem é horrível.

Estou muito cansado para voltar direto para o hotel, onde Ellie está me esperando para ouvir que abri o caminho para a nossa felicidade. O que ela não sabe é que eu abri os portões para o inferno para ela, o irmão, sua família e seus amigos mais próximos. Se meu pai cumprir suas ameaças, ela vai se arrepender de concordar em me deixar ser pai do seu filho, sem mencionar cada segundo que passamos juntos.

— Puta merda — murmuro, atraindo o olhar de uma mulher andando de mãos dadas com um menino. — Desculpe. — Não tenho certeza se ela ouve minhas desculpas e, francamente, não me importo muito. Tenho problemas muito maiores. Embora a última coisa que eu queira fazer seja contar a alguém sobre o que aconteceu, tenho um prazo a considerar. Puxo o celular do bolso e faço uma ligação para Emmett, percebendo, depois que ele toca pela primeira vez, que são quatro e meia da manhã em Los Angeles.

— Sim — ele diz ao atender. Pigarreando para afastar o sono, ele acrescenta: —Aqui é o Emmett.

— Em, é o Jasper. Lamento te acordar.

— Jasper? Achei que você estivesse em Londres.

— Estou. Acabei de me encontrar com meu pai, Henry Kingsley.

— Seu pai é...

— Henry Kingsley. Sim.

— Puta merda — ele fala em um sussurro. — Eu sabia que esse era o seu nome, mas você nunca me disse que fazia parte *dessa* família Kingsley, então nunca suspeitei. Você está brincando comigo?

— Você não faz ideia do quanto eu gostaria de estar brincando.

— Você é filho de Henry Kingsley.

— Sim.

— Como é que você conseguiu manter isso em segredo?

— Uso o nome de solteira da minha mãe profissionalmente e meu pai concordou com a história de que Jasper Kingsley é um inventor recluso, trabalhando em sua oficina na Cornualha. Até agora. — Depois de uma longa pausa, continuo, cheio de pavor e vergonha pelo potencial escândalo. — Eu o vi hoje, pela primeira vez em anos. Disse a ele que não tenho planos de voltar a Londres para ser seu herdeiro e que ele precisa encontrar alguém para continuar a dinastia da família. Digamos que ele não aceitou bem.

— Como assim?

— Ele tem me seguido desde que saí da USC, aos dezoito anos. Ele tem fotos.

Depois de uma pausa breve, mas significativa, Emmett pergunta:

— Que tipo de fotos?

— Do pior tipo imaginável. E não são só minhas. De todos nós. Ele tem alguém em nossos clubes e no clube de Devon. É ruim, Em. Tão ruim quanto parece.

— Como... eu quero dizer... ah, meu Deus, Jasper.

A rara nota de pânico no tom de Emmett apenas alimenta minha própria ansiedade descontrolada.

— Ele me deu vinte e quatro horas para mudar de ideia sobre ser seu herdeiro ou vai liberar as fotos para a imprensa.

— Vamos conseguir uma liminar. Podemos pará-lo.

— Podemos detê-lo com apenas vinte e quatro horas para trabalhar e uma situação internacional nas mãos?

— Pode apostar que podemos.

— Ou eu poderia vender minha sociedade na Quantum, dar a ele o que ele quer e proteger a todos nós.

— Não. Você conhece o Flynn e o Hayden tão bem quanto eu. Eles não se submetem a chantagem, Jasper. Eles ficariam do seu lado e lutariam contra ele a cada passo do caminho. Você sabe que sim.

Minha garganta se fecha e meus olhos ardem com lágrimas que me fazem sentir pior, como se isso fosse possível.

— Sei disso, mas não posso e não vou pedir a eles que arrisquem suas carreiras e reputações em meu nome.

— Você não vai pedir. Eu vou. Volte para Los Angeles. Vou cuidar disso e faremos tudo que pudermos para evitar que isso aconteça.

— Flynn nem sabe sobre Ellie e eu.

— Pode ser hora de contar a ele.

— Enquanto essas fotos existirem em algum lugar deste mundo, as pessoas com quem mais me preocupo estarão em perigo. Eu darei o que ele quer antes de levar vocês comigo.

— Me ouça, Jasper. Eu te conheço e conheço seus sócios mais do que os meus irmãos, e falo pelos outros quando digo que eles querem que você compartilhe esse problema. Eles querem tentar te ajudar. E Flynn e Hayden ficarão tão chateados em saber que alguém se infiltrou em nossos clubes que vão em busca de sangue e vingança. Droga, vai ser o mesmo com Devon Black. Seu pai não é o único com recursos, e ele não tem ideia com quem está mexendo. Que tal mostrarmos a ele que não deve brincar com a Quantum?

— Deus, estou muito tentado, mas o pensamento dessas fotos indo a público me deixa doente. Não ligo por mim, mas Flynn, Natalie, Hayden, Addie, Marlowe e todos os outros... eles sofreriam os danos colaterais na minha guerra.

— O que você diria se um deles estivesse sendo chantageado? Quer abaixar a cabeça e aceitar ou quer lutar com tudo o que temos para proteger um dos nossos?

— Quero lutar, mas...

— Sem desculpas. Deixe-nos fazer o que você faria por qualquer um de nós.

Percebo a derrota pelo tom do meu advogado.

— Me dê algumas horas para falar com o Flynn e me faça um favor. Elabore a documentação de dissolução da sociedade e a deixe pronta para quando eu voltar, caso decidamos que esse é o melhor a fazer. Vou direto para o escritório quando chegar ao aeroporto.

— Vou redigir os documentos, se você insiste, mas...

— Eu insisto. Meus sócios precisam conhecer todas as suas opções, até desfazermos nosso vínculo.

— Que bem vai fazer ao seu pai divulgar as fotos de qualquer maneira?

— Eu poderia dizer a ele que não estou mais na sociedade, assim ele pode manter o foco em mim e não neles.

— E como a Ellie fica nisso, Jasper? Se ela se magoar, o Flynn se magoa também. Você sabe como eles são.

Eu sei e o pensamento de qualquer um deles magoado por minha causa é angustiante.

— Deixe-me falar com ela. — Tenho medo de dizer que há provas fotográficas da sua visita ao Black Vice e não tenho ideia de como vou lidar com a ameaça aos outros sócios da Quantum. Um passo de cada vez, acho.

— Me mantenha informado e farei o mesmo por você.

— Obrigado, Emmett. Lamento te acordar, mas não sabia mais para quem ligar.

— Você fez a ligação mais importante primeiro. Farei tudo o que puder para te libertar dessa situação. Pode contar com isso.

— Obrigado mais uma vez.

— Disponha. Boa viagem de volta.

Ele desliga, e o vejo saindo da cama para tomar um banho antes de ir ao escritório para organizar a guerra. Saber que ele está do meu lado é muito importante, mas ele enfrentará um inimigo terrível no meu pai.

Faço o caminho de volta para o *Claridge's* e estou quase nas portas principais quando um fotógrafo me vê, o flash da sua câmera temporariamente me cegando.

— Jasper, o que está fazendo em Londres? Está gravando um novo filme? O Flynn está com você?

Faço uma careta para ele e vou para o hotel, onde a segurança que trabalha na portaria impedirá que ele me siga. Fantástico, agora minhas irmãs e minha mãe saberão que estive na Inglaterra, mas não as visitei. Este dia só melhora.

No elevador, tento pensar no que direi a Ellie. No pouco tempo em que estivemos juntos, ela se tornou tão essencial para mim quanto o ar e há uma boa chance de ela já estar grávida do meu filho. Vou cuidar dela e do bebê. Claro que vou. Mas há todas as possibilidades agora de que não conseguiremos ter a vida que esperávamos se ela estiver em Los Angeles e eu em Londres. Ela é muito próxima da sua família para me seguir em um futuro incerto a meio mundo de distância de todos que ela ama.

Olhar para um carrasco deve ser assim, depois de conhecer a vida sabendo que ela acabou. Morro por dentro ao pensar em desapontar a mulher que amo.

Ela pensou que eu era corajoso por vir aqui para enfrentar meu pai, mas agora eu tenho que dizer a ela que fui superado por um mestre. Tenho vergonha de ter que encará-la dizer a ela que nada será como planejamos. Pela primeira vez, também tenho vergonha do estilo de vida que sempre me trouxe tanto prazer. Estou furioso comigo mesmo por ter sido ingênuo em pensar que poderia continuar minha vida sem me preocupar com o quanto minhas escolhas me trariam consequências um dia.

Agora esse dia chegou e estou diante de uma escolha impossível. Lutar pela vida que quero com tanto desespero, ou fazer o que sempre foi esperado de mim? Se eu travar uma guerra contra meu pai, as pessoas que amo serão prejudicadas, talvez de forma irreparável e não posso viver com essa possibilidade, não importa o quanto doa imaginar uma vida sem Ellie e a criança que passei a querer mais que tudo.

Volto ao quarto derrotado, deprimido e humilhado. Nunca me senti tão fracassado. Antes de ver Ellie, escondo as fotos na minha pasta. Espero que ela nunca as veja. Espero que ninguém nunca as veja.

No quarto, me sento na beirada da cama e olho para seu rosto adorável por um longo tempo antes de me inclinar para beijá-la.

— Ellie, meu amor — eu sussurro. — Acorde.

Seus olhos se abrem e brilham de alegria quando vê que estou de volta.

— Como foi?

— Não muito bem.

Isso é o necessário para diminuir sua alegria.

— O que aconteceu?

19

Ellie

Com apenas um olhar, posso dizer que algo está muito errado. Seu rosto, que estava relaxado depois de fazermos amor no avião, agora está tenso e suas sobrancelhas estão unidas em uma carranca tão contrária à expressão normalmente otimista e divertida que mal o reconheço.

Me recosto contra os travesseiros e seguro suas mãos.

— Me conte. Seja o que for, me diga e vamos enfrentar juntos.

— Ele tem fotos. — Ele engole em seco e desvia seu olhar como se estivesse envergonhado. — De mim e de nós.

— Q-que tipo de fotos?

— Minhas, em todo tipo de posição comprometedora que você possa imaginar e de nós no Black Vice, assim como na pizzaria em Venice e os beijos na sua varanda.

O ar deixa meu corpo como se eu tivesse levado um soco.

— Conversei com o Emmett — ele diz rapidamente, talvez tentando me impedir de enlouquecer — e ele está trabalhando de lá e vendo quais são as nossas opções. Meu pai tem me seguido desde que saí de casa.

Penso nos meus pais, minhas irmãs, meu irmão e meus sobrinhos vendo fotos minhas na internet em um clube de sexo e me sinto violentamente enjoada.

— Ah, meu Deus, Jasper. *Meu Deus!*

— Ellie, amor, ouça. Vou dar o que ele quer antes de permitir que ele ou alguém faça qualquer coisa com você. Ninguém vai ver essas fotos. Juro. Farei o que for preciso para protegê-la.

— *A que custo?* — As palavras são arrancadas da minha alma. — Você está sendo forçado a viver uma vida baseada em obrigações que não têm nada a ver com amor, alegria ou paixão.

Ele me puxa para seu abraço.

— Vou descobrir o que fazer. De um jeito ou de outro, vou descobrir e proteger você e nosso filho.

— Não! — Eu o empurro, embora essa seja a última coisa que quero fazer. Estou tão furiosa que sinto que posso cometer assassinato em seu nome. — Você *não* vai ceder a ele. Não me importo com o que teremos que fazer, mas você *não vai* ceder.

— Amor, não é tão simples assim.

Encontro seu olhar, e espero que ele possa ver cada pedacinho do que sinto por ele em minha determinação.

— É exatamente assim.

— Ele não está blefando. Se eu o enfrentar, ele vai tomar uma atitude. Se nossas fotos no Black Vice se tornarem públicas, vai devastar você e sua família.

— Como ele conseguiu alguém lá?

— Acredite, essa é uma das muitas perguntas que tentaremos responder nos próximos dias. Enquanto isso, preciso voltar para Los Angeles. Posso ficar te devendo o chá da tarde? — Seu doce sorriso está em contraste com o cansaço que vejo em seus olhos.

Não digo a ele que já tomei chá no *Claridge's* — muitas vezes, na verdade — da vez que passamos o verão em Londres quando eu tinha treze anos enquanto meu pai gravava um filme aqui. Não digo porque nunca fui ao chá no *Claridge's com ele.*

— Claro que pode, mas vou cobrar sua dívida na próxima vez que estivermos aqui.

— Claro, amor. — Ele diz as palavras que quero ouvir, mas posso dizer que seu coração não está nelas. Não como estava antes de ele encontrar o pai.

— *Voltaremos* aqui. Provavelmente muitas vezes para estreias em Londres e muitos outros BAFTAs, que você e a equipe Quantum vencerão. Estaremos aqui para visitar suas irmãs e sua mãe. Voltaremos e você vai me levar para o chá no *Claridge's*, droga. — Antes que ele possa dizer qualquer coisa, envolvo seu pescoço com meus braços e o puxo para um beijo. Estou descarregando tudo o que tenho nele, minhas palavras, meu corpo, meu coração e minha alma. Só espero que seja o suficiente.

Ele se afasta lentamente do beijo, apoiando a testa na minha.

— Há uma coisa que precisamos fazer imediatamente, meu amor.

Estou confortada pelo fato de ele ainda me chamar assim. Talvez isso signifique que ele ainda me ama tanto quanto eu o amo.

— O quê?

— Precisamos contar ao Flynn sobre nós.

— Ah. Precisamos? Agora?

— Temo que sim. Sei que você queria esperar e manter as coisas em segredo por mais algum tempo, mas se quisermos lutar contra meu pai, o Flynn vai precisar se envolver. Não quero que ele tropece na notícia de que estamos tentando conceber um bebê. Ele deve saber através de nós. Concorda?

Assentindo, respondo:

— Sim, concordo e não me importo que ele saiba. Não me importo que o mundo inteiro saiba. Vamos ligar para ele.

— São cinco da manhã em Los Angeles. Você vai assustá-lo se ligar agora.

— Será que podemos ligar do avião?

— Provavelmente não. Estaremos em altitude muito elevada e sobre o oceano na primeira metade da viagem.

— Então, vamos ligar agora. — Me certifico de que todas as minhas partes importantes estejam cobertas pelo lençol, pego o telefone, clico no aplicativo Face Time e ligo para meu irmão.

Ele atende com um grunhido e vejo ele e Natalie abraçados como seu fossem um pretzel humano. Bem, talvez Face Time não fosse a melhor ideia. Mostro o telefone para Jasper, e ele sorri.

— Flynn, acorde.

— Estou acordado. O que houve? Por que está me ligando no meio da noite, El?

— Não é o meio da noite onde estou.

— Onde você está?

— Em Londres com o Jasper.

Depois de uma longa pausa, ele pergunta:

— Por que você está em Londres com o Jasper?

— Porque estou apaixonada por ele e vamos ter um bebê.

— *Você está grávida?* — Natalie solta um grito, aparece e as cobertas caem para quase expor seus seios nus. Felizmente, ela pega o lençol antes de vermos seu corpo.

Sorrio para Jasper, que me observa com uma expressão ilegível.

— Não sei. Talvez. Acredito que sim.

— Esta é uma grande notícia! — Natalie diz. — Seus danadinhos! Como conseguiram manter isso escondido de todos nós?

— É algo relativamente recente.

— Onde ele está? — Flynn pergunta em um tom que me deixa no limite.

— Bem aqui comigo.

— Me deixe falar com ele.

—Flynn...

— Agora, Ellie.

Faço uma careta para Jasper e viro o telefone para ele.

— Flynn.

— Jasper. Você está apaixonado pela minha irmã?

Ele segura minha mão.

— Sim. Estou há muito tempo.

Meu coração se aperta e parece dar cambalhotas enquanto eu o ouço professar seu amor por mim nesse sotaque que eu poderia ouvir todo dia e nunca me cansar. Jasper Autry está apaixonado por mim. Preciso de um ventilador, porque está ficando quente aqui.

Há outra longa pausa enquanto esperamos para ouvir o que Flynn vai dizer.

— Bem, por que você não disse antes?

— Isso é complicado e entre sua irmã e eu.

— É justo, mas há coisas que precisamos conversar.

— Sim, temos. Na verdade, você vai ouvir do Emmett sobre algumas dessas coisas pela manhã.

— O que ele tem a ver com isso?

— Vou deixar que ele te diga. Estamos a caminho de Los Angeles em breve. Vamos conversar quando eu chegar ao escritório.

— Pode ter certeza de que vamos.

Pego o telefone de Jasper e olho para o rosto que me encara. Ele pode ser mundialmente famoso, mas sempre será meu irmão mais novo.

— Seja legal, Flynn.

— Você me acordou às cinco da manhã de um sábado para me dizer que está namorando meu sócio e que vai ter um bebê. O quanto você quer que eu seja legal?

— Não se preocupe, Ellie — Natalie fala. — Vou cuidar dele.

Flynn arqueia as sobrancelhas.

— Humm, sim, você vai.

— Vou embora. Até mais tarde. — Desligo a chamada antes que eu veja algo que não deve ser visto. Para Jasper, eu digo: — Isso foi tão bem quanto se poderia esperar.

— Sei que ele é seu irmão mais novo, amor, mas ele é um saco às vezes.

— Está brincando comigo? Acredite em mim, eu sei, mas o coração dele está no lugar certo.

— Às vezes.

— Graças a Deus por Natalie. Ela o mantém sob controle.

— Tenho que dizer, ainda estou surpreso com a forma rápida e intensa que ele se apaixonou por ela. Nunca pensei que veria esse dia.

— Mas você está feliz por ele, certo?

— Claro que estou. Estou muito feliz pelos dois. Ninguém merece mais do que eles.

— Você merece. Você merece ser feliz também.

Ele dá de ombros.

— Nem sempre conseguimos o que queremos. Me resignei a essa realidade por tanto tempo quanto me lembro. — Cheio de energia inquieta, ele se levanta e atravessa o quarto para olhar pela janela. Posso ver a tensão em seus ombros.

Embora eu esteja nua, me levanto e vou até ele, envolvendo meus braços ao redor da sua cintura. No começo ele fica tenso, mas depois relaxa um pouco.

— Isso é besteira. Você está no comando do seu próprio destino, Jasper. Nós todos estamos. Ninguém pode te obrigar a fazer qualquer coisa que você não queira.

— Gostaria que isso fosse verdade, amor. Você não tem ideia do quanto eu gostaria que isso fosse verdade. Tudo parece tão fora de controle.

— Nem tudo. Se é de controle que você precisa, me controle.

— Eu ficaria com medo de te tocar agora. Estou muito cheio de raiva e um milhão de outras emoções desagradáveis.

— Não tenho medo de você ou da sua raiva. Você nunca me machucaria.

— Não posso ter certeza disso agora.

— Eu tenho certeza - agora e sempre. — Levanto as mãos até seus ombros e as deslizo para baixo para segurar suas mãos. — Venha para a cama comigo, Jasper. Fique comigo.

— Não temos tempo. Tenho que voltar para Los Angeles para lidar com esse pesadelo que meu pai provocou.

— Temos tempo e o Emmett já está trabalhando em uma solução. Você não está nisso sozinho. Não mais. — Peço-lhe para que se vire para me encarar e o desejo que vejo em sua expressão vai direto para o meu coração comprometido. Levantando as mãos até seu rosto, eu o atraio para um beijo que vai da doçura a malicia em cerca de dois segundos. Ele me devora. Não há outra palavra para descrever. Sua fome óbvia por mim é incrivelmente excitante. Envolvo meus braços ao seu redor, oferecendo a ele tudo o que tenho para dar. — Me tome, Jasper. Sou sua.

— Você não sabe o que faz comigo. Não faz a mínima ideia.

Engulo em seco.

— Acho que posso imaginar.

Então ele me beija mais forte e desesperadamente do que nunca. De certa forma, sinto que estou lhe infundindo minha força e determinação para superar esse desafio. Talvez, se eu for forte o suficiente para nós dois, possamos sair do outro lado juntos. Além do bebê que espero que já tenhamos concebido, a única coisa que quero é a chance de ter uma vida com ele.

Caímos na cama em um emaranhado de membros, e ele continua a me beijar como se sua vida dependesse disso. Depois de beijos mais quentes, ele se move dos meus lábios para o meu pescoço, traçando um caminho de beijos na frente do meu corpo.

— Pelo que me lembro — ele diz de forma áspera — temos um plug com o qual lidar antes de podermos voltar a Los Angeles.

O controle intenso que ouço em seu tom é tudo o que é preciso para me incendiar. Ele está de volta ao comando e eu não aceitaria de outra forma.

— Mãos sobre a cabeça, baby.

Enquanto cumpro sua instrução, fico arrepiada quando o ar frio acaricia minha pele aquecida.

Ele é sexy sem fazer qualquer esforço na maneira como me toca, me olha e me provoca. Tudo o que ele faz é com o objetivo final de me deixar louca de luxúria. Nunca fui assim com qualquer outro homem. Normalmente, estou entediada, distraída ou fazendo minha lista de compras enquanto aguento o toque de um homem. Estou tendo orgasmos maiores e melhores do que com qualquer um deles.

No entanto, com *este* homem não há espaço no meu cérebro para qualquer outra coisa além dele e do jeito que ele me faz sentir. Os orgasmos que tenho com ele são inesquecíveis.

É claro que ele não pode simplesmente remover o plug e continuar com o nosso dia. Não, ele tem que fazer uma produção, beijando um caminho até o interior da minha perna enquanto ele puxa e empurra o plug tantas vezes que estou prestes a gozar do puro poder da antecipação que ele desperta em mim. Não importa o quanto eu fique ansiosa esperando para ver o que ele fará, agora sei que o que quer que aconteça será incrível.

Ajoelhando-se entre as minhas pernas, ele passa a língua da base do plug até o meu clitóris, sugando-o e, em seguida, liberando-o no ritmo do plug.

— Não goze.

O lembrete de que ele controla o meu prazer me arranca um soluço entrecortado. É pura tortura tentar controlar as respostas naturais do meu corpo ao que ele está fazendo.

— Você consegue, amor. — Ele continua a lamber, chupar e me provocar, colocando pressão sobre o plug antes de retirá-lo quase completamente e, em seguida, recolocá-lo.

Estou me contorcendo na cama, querendo me aproximar dele, mas precisando de alívio também.

— Por favor...

— O que você quer? Me diga o que você precisa.

— Você sabe!

— Me diga mesmo assim.

— Você está gostando demais disso. — Quando vou afastar o cabelo do rosto, percebo que meu corpo está banhado em suor.

— Existe algo como gostar demais?

— Sim! Quando se está torturando seu parceiro.

— Ahhh, meu amor, isso não é tortura. Se quiser experimentar a tortura, eu ficaria feliz em te mostrar.

Gemo de frustração. Não posso imaginar nada mais torturante do que tentar não gozar enquanto ele chupa meu clitóris e puxa o plug no meu traseiro. Minhas pernas estão tremendo violentamente pelo esforço para me segurar.

— Meu amor quer alívio? — ele sussurra enquanto empurra dois dedos em mim, dobrando-os para alcançar o lugar que sempre me faz detonar.

— Sim!

— Ainda não. — Ele retira seus dedos e continua a me atormentar por tanto tempo que perco a noção de onde estamos. Sou uma grande terminação nervosa à beira da explosão cataclísmica. Ele me conduz como um maestro, parecendo saber o exato momento em que estou prestes a chegar ao ponto sem retorno. É quando ele recua e começa de novo.

Lágrimas deslizam pelo meu rosto, meu nariz está escorrendo, e eu poderia estar preocupada com o quanto devo estar horrível se toda a minha concentração não fosse obrigada a seguir suas ordens.

— Você me ama? — ele pergunta.

— Sim — sussurro em um gemido. — Você sabe que amo.

— Me fale.

— Eu te amo, Jasper. Eu te amo muito. Eu faria qualquer coisa por você.

— Vai gozar para mim?

— Sim. Sim!

— Logo, amor.

Me dissolvo em lágrimas, não porque estou triste, mas porque a sobrecarga emocional é demais para contê-las. Ouço o clique e o som do líquido. Através das minhas lágrimas posso ver que ele está acariciando seu pau longo e grosso enquanto olha para mim com os olhos escurecidos pelo desejo.

Ele puxa gentilmente o plug.

— Quero você aqui, meu amor. Me diga que você também me quer.

— Eu quero você, Jasper. Te quero demais.

2 0

Ellie

Um gemido baixo ressoa em seu peito quando ele retira o plug e o joga de lado. Ele imediatamente pressiona o pênis contra o meu traseiro, empurrando insistentemente até que meu corpo ceda para permitir que ele entre.

— Relaxe, amor. Me deixe entrar.

Quero rir dele me dizendo para relaxar, mas não posso.

Seus dedos pressionam meu clitóris e rapidamente estou de volta à beira do clímax.

Agarro a cabeceira da cama com tanta força que parece que meus dedos podem quebrar com a tensão.

— Calma, meu amor. Respire.

Respiro profundamente.

— É isso aí. Essa é minha garota.

— Jasper. — Seu nome é arrancado do meu peito, um pedido, um apelo, uma promessa.

— Estou bem aqui. Você é tão gostosa. Tão quente e apertada. — Ele agarra minhas nádegas e inclina o meu corpo na sua direção. Ele está olhando para seu pênis enterrado na minha bunda. — Gostaria que você pudesse ver o quanto parecemos incríveis juntos.

— Por favor, por favor, *por favor...* — Acho que posso estar babando agora também, mas não posso soltar a cabeceira por medo de perder o controle completo.

Ele pressiona com força contra o meu clitóris.

— Goze, amor.

Eu detono. Não existe outra palavra para isso. O orgasmo balança meu corpo inteiro enquanto meus músculos se esticam e se apertam. Continua pelo que parece ser uma eternidade, e estou ciente que ele está me penetrando com mais força agora, entrando em mim profundamente até que ele goze também, estocando uma última vez antes de se deitar sobre mim, seu pau latejando na minha bunda.

Caramba. Caramba. Caramba. Caramba.

Quando ele me beija suavemente, enxuga minhas lágrimas e sussurra doces palavras de conforto, percebo que disse as palavras em voz alta. Estou flutuando nesse estado estranho de animação. Sei onde e com quem estou, mas não consigo me mover, pensar ou fazer algo mais complicado do que respirar.

Depois de um longo momento de silêncio, Jasper começa a se afastar de mim, e eu grito por causa da fricção contra a minha pele sensível.

— Calma... com calma e suavemente. — Ele sai da cama e vai para o banheiro.

Meus olhos se fecham quando ouço a água correndo. Em seguida, ele está de volta com uma toalha quente que usa para limpar meu rosto e meu corpo. Solto um gemido baixinho quando o tecido se arrasta em meus mamilos sensíveis e novamente quando ele limpa entre as minhas pernas.

Jogando a toalha de lado, ele pega minhas mãos e as traz de volta para o meu lado.

— Você foi incrível, meu amor. *Isso* foi incrível.

— Nunca, eu não... não sabia...

— Shhh — ele fala, roçando os lábios sobre os meus. — Também não sabia que poderia ser assim. Nunca foi assim para mim. — Ele continua a beijar meus lábios, meu rosto, até meu queixo. — Está com dor?

Balanço a cabeça. Estou tão feliz que duvido que eu perceba algo doer.

Ele me oferece uma garrafa de água e, mais uma vez, tomo um gole profundo do líquido gelado.

— Só para você saber — ele fala, depois de compartilharmos a maior parte da água, — planejei voltar aqui e só fazer as malas para ir para casa.

— Bem, com certeza eu não planejei *isso*.

— É você. Você me deixa louco. Me faz esquecer tudo sobre o meu pai ter me chantageado e a necessidade urgente de chegar em casa para resolver tudo. Basta te olhar e me esqueço de todo o resto.

— Você parece ter o mesmo efeito em mim.

Ele faz círculos suaves nas minhas costas enquanto ficamos deitados na cama, fingindo que não temos nada melhor para fazer.

— Você já se preocupou... — Não sei como perguntar o que quero saber.

— Me preocupei com o quê?

— Que possa ficar entediado se ficar só com uma mulher pelo resto da vida?

— Se essa mulher for você, não vou ficar entediado.

— Como você pode saber disso com certeza? Estamos juntos há pouco tempo e você já esteve com muitas mulheres antes.

— E nenhuma delas foi para mim o que você é. Nenhuma delas chegou perto. Eu só estava matando o tempo até você me pedir para ser o pai do seu filho.

— Não te pedi isso, você se ofereceu.

Sua risada baixa me faz sorrir.

— Depois, fiquei com medo de parecer disposto *demais*.

— Você estava disposto o suficiente para me fazer acreditar que estava sendo sincero.

Ele acaricia minha bochecha e a aperta suavemente.

— Sou extremamente sincero no que se refere a você.

Eu me agarro a ele, acariciando meu nariz contra o seu pescoço para respirar o cheiro limpo e fresco do seu perfume.

— Vamos lutar por isso, Jasper. Vamos lutar com tudo o que temos. Esperei minha vida inteira por você. Não vou abrir mão agora.

— Estou com medo de que o meu pai faça algo para causar danos a você ou à sua família. Eu não seria capaz de suportar isso.

— Minha família e eu somos mais fortes do que ele pode imaginar. Não se preocupe conosco. Enfrentamos muitas tempestades com três membros da nossa família expostos ao público. Esta não é a nossa primeira crise. Você se lembra daquela atriz que acusou meu pai de abusar dela em um set de filmagem há uns quinze anos?

— O quê? Não! Nunca ouvi nada de ruim sobre o seu pai ou a sua mãe.

— Foi terrível. Meus pais ficaram enfurecidos e a imprensa de Hollywood foi implacável até que ficou provado que meu pai não estava lá no dia em que ela disse que tudo aconteceu. Ela ficou completamente desacreditada e fugiu da cidade, mas o escândalo cobrou seu preço. Demorou meses para meus pais sorrirem novamente. Nunca vou me esquecer disso. Foi quando percebi que uma acusação, até mesmo infundada, pode arruinar uma vida.

— Não quero que os meus problemas respinguem em você e na sua família, Ellie. Essa seria a pior coisa que poderia acontecer.

— Não, a pior coisa seria você ter que estar em qualquer lugar que não comigo.

Ele solta um suspiro profundo.

— Odeio dizer que realmente precisamos ir para casa.

— Eu sei. — Mas ao invés de soltá-lo, eu o abraço mais forte enquanto ainda consigo. Um terrível sentimento de pavor me preenche quando nos abraçamos. Agora que tive esse momento incrível ao seu lado, o que faria sem ele?

228

Dormimos a maior parte do voo de volta a Los Angeles e chegamos descansados no início da noite, revigorados e prontos para a batalha. Espero que Emmett tenha elaborado um plano enquanto estávamos no ar. Estou tão concentrado em chegar ao escritório que não tenho tempo para verificar o telefone. Seja o que for que Emmett tenha dito aos meus sócios, quero falar com eles pessoalmente em vez de por mensagem de texto ou e-mail.

Percebo meu erro quando repórteres e fotógrafos nos cercam no aeroporto de Burbank. *Que merda é essa?*

— Jasper, é verdade? Você é o filho e herdeiro de Henry Kingsley?

— Vai deixar a Quantum para administrar a Kingsley Enterprises?

— Como você manteve esse segredo todos esses anos?

— Flynn e Hayden sabem sobre sua linhagem e seus bilhões?

Mil cenários percorrem minha mente enquanto me agarro a Ellie, que está encostada no meu lado, com a cabeça baixa e o rosto, esperançosamente, protegido dos fotógrafos.

— Ei! — um deles grita. — Essa é a irmã do Flynn! Qual é o nome dela? Ela trabalha para eles!

— Jasper, você está com a irmã do Flynn? Há quanto tempo vocês estão juntos?

Eu a puxo com mais firmeza contra mim e sigo em frente, determinado. Estamos quase na porta principal quando vejo Gordon Yates, nosso diretor de segurança em L.A., vir correndo com alguns de seus agentes. Nunca fiquei tão feliz em ver alguém. Como uma unidade militar, eles nos cercam e nos escoltam a uma SUV que está esperando no meio-fio. Vou buscar meu carro mais tarde. Aparentemente, tenho preocupações muito maiores no momento.

— O que está acontecendo? — pergunto quando Gordon nos afasta do tumulto. Enquanto a SUV se afasta do meio-fio, eles nos seguem, batendo nas janelas. — Como eles sabem de tudo?

— Seu pai deu uma entrevista sobre a sua próxima aventura — Gordon fala em um tom tenso. Ex-fuzileiro naval, Gordon exibe sua estrutura alta e musculosa com porte militar e ainda usa o cabelo loiro bem curto. — Perguntaram se ele não está preocupado com o futuro da sua empresa se algo lhe acontecer. Ele se tornou poético sobre seu filho e herdeiro, o cineasta vencedor do Oscar Jasper Autry, que trabalha usando o nome de solteira da mãe para não capitalizar o sobrenome Kingsley. — Gordon tira o telefone do bolso e lê a tela: — *Tudo o que o meu filho realizou foi por conta própria e eu não poderia estar mais satisfeito. Mas ele também está bem ciente do que se espera dele no futuro. Posso perseguir minhas paixões em paz, sabendo que minha família e negócios serão bem cuidados se o pior acontecer.*

— Aquele filho da puta — eu sussurro. Estou atordoado, mas não tão surpreso quanto deveria estar por ele ter encontrado uma maneira de me informar que pretende cumprir suas ameaças, a menos que eu aceite suas exigências.

Ellie pega minha mão e segura entre as dela.

— E qual o problema de as pessoas saberem quem você realmente é? Isso não muda nada.

— É uma tempestade de fogo — Gordon explica de forma sombria. — O enxame de repórteres no aeroporto é apenas o começo. Os escritórios estão cercados e estão vigiando suas casas na cidade e na praia.

— Vamos para a minha casa — Ellie fala.

— Tenho certeza de que quando chegarmos lá, estarão esperando por vocês — Gordon fala.

Sinto o seu pânico e tudo que desejo é tranquilizá-la.

— Vamos levar vocês para a casa do Kristian — Gordon fala. — Tem estacionamento subterrâneo, e ele disponibilizou o apartamento pelo tempo que vocês precisarem.

Isso me diz que eles acham que estamos em um cerco.

— Os outros irão encontrá-los lá para decidirem os próximos passos — Gordon explica.

Vejo a cidade passar em um borrão do lado de fora das janelas escuras da SUV.

— Ele está me chantageando. — Posso ouvir o cansaço no meu próprio tom. Eu me pergunto se eles também podem.

— O quê? — Gordon questiona, franzindo as sobrancelhas.

— Meu pai está me chantageando. Ele tem fotos minhas desde a época em que saí de casa até esta semana, fotos que arruinariam minha carreira e reputação, assim como a da Ellie. — Não posso acrescentar que ele também tem fotos dos outros diretores da Quantum. Não na frente dela.

— Como... o que...

— Não tenho ideia, mas ele as tem, e é muito ruim, Gordon. Tanto quanto parece. — Eu o olho diretamente nos olhos, esperando transmitir que é muito pior do que posso dizer agora.

Sua boca se abre. Como nosso diretor de segurança, ele vai tomar essa brecha com mais força do que qualquer um. Também não tenho dúvidas de que ele vai trabalhar mais do que ninguém para descobrir quem é o traidor entre nós. Ficamos em silêncio pelo resto do caminho até a casa de Kristian no último andar de um arranha-céu em Hollywood que passou por uma espécie de renascimento nos últimos anos.

Embora não seja o bairro mais exclusivo da cidade, Kristian gosta do fácil acesso ao escritório no centro e a sua casa na praia. Pensar em coisas como por que Kristian escolheu morar aqui em vez das opções em Silver Lake, Beverly Hills ou Los Feliz, me dá algo em que pensar além do desastre em potencial que paira sobre nossas cabeças.

Meu celular toca e olho para o identificador de chamadas. Minha mãe. Atendo, porque sempre atendo suas ligações, não importa o que aconteça.

— Oi, mãe.

— Jasper, estou chocada que o seu pai tenha feito isso com você — ela fala, sem preâmbulo. Sua raiva é palpável, mesmo com quase seis mil milhas entre nós.

E ela não tem ideia do que mais ele está tentando fazer comigo.

— É terrível, mas infelizmente não é surpreendente. Eu fui vê-lo.

— Quando?

— Ontem, ou hoje? Perdi a noção dos fusos horários. Estou em L.A. agora.

— Você não mencionou que viria.

— Foi uma coisa de última hora. Queria falar com ele antes que saísse na sua última missão para dominar o mundo.

— Ele é um tolo.

— Nisso nós concordamos.

— A visita não foi bem?

Minha gargalhada está cheia de ironia.

Ela suspira.

— E agora ele está atacando.

— Pode se dizer que sim. Na verdade, ele está me chantageando com fotografias que seriam extremamente embaraçosas para mim e para outras pessoas caso sejam divulgadas.

— *Te chantageando? Por quê?*

— Por causa da minha renúncia como herdeiro.

— Você disse a ele...

— Que não vou voltar para Londres. Nunca. Minha carreira e minha vida estão em Los Angeles. — Sorrio para Ellie quando digo isso. — Quero ter uma esposa e filhos que não sejam sobrecarregados pelo peso da obrigação desde o dia em que nascerem. Quero a minha vida. Não a dele.

— Finalmente — ela fala. — Há anos espero que você tome uma posição.

Sua confissão me choca.

— Você nunca me disse isso.

— Você tinha que tomar essa decisão por conta própria. Não pude e não quis sugerir isso. Estou andando em uma linha tênue entre vocês dois. Foi sempre assim.

— Ele está prestes a me arruinar, mãe. — *E a outros com quem me importo, meus camaradas mais próximos, meus sócios, minha família.*

— Isso não vai acontecer. Deixe-o comigo.

— Não tenho certeza de que alguém pode fazê-lo mudar de ideia quanto a isso, nem mesmo você.

— Não tenha tanta certeza. Estou a caminho de Londres hoje para vê-lo antes que ele viaje. Cuidarei disso.

— Embora eu não duvide da sua capacidade de influenciá-lo, espero que você entenda que as ameaças dele são sérias o suficiente para que eu me sinta compelido a tomar minhas próprias medidas para me proteger e às pessoas que amo.

— Faça o que achar necessário. E quando estiver pronto, traga sua amada para me conhecer.

Seu apoio e bondade restauram um pouco a minha fé.

— Pode deixar. Obrigado, mãe.

— Não é preciso agradecer. Fique bem, Jasper. Entrarei em contato.

Depois que ela desliga, olho para Ellie, que está sorrindo.

— Posso dizer que eu amo a sua mãe?

— Ela é maravilhosa. Sempre foi e agradeço a Deus por isso. Sem ela para dar algum equilíbrio, ele teria me tirado completamente da razão. — Nunca contei para minha mãe, irmãs ou qualquer um sobre isso, sobre algumas das táticas que meu pai empregou para me manter na linha. Essas "táticas" deixaram cicatrizes na minha alma que carrego até hoje.

— Da razão? — ela pergunta, com a sobrancelha levantada.

— Me deixado louco. Maluco.

— Ahhh, entendi. Mal posso esperar para conhecê-la.

A convicção inabalável de Ellie, juntamente com a determinação da minha mãe, me dá algo que perdi desde o encontro com meu pai: esperança.

Jasper

Chegamos ao caos no apartamento de Kristian. Aparentemente, um cano estourou na cozinha, e ele está tentando desesperadamente conter uma inundação.

— Deixe comigo — Ellie corre em direção à cozinha, pega uma chave que Kristian deixou no balcão, se abaixa e desliza para baixo da pia. Ao observá-la, fico incrivelmente excitado com o quanto ela fica sexy quando gira a chave e faz a água parar, mas não antes de ficar completamente encharcada no processo.

— Isso foi incrível — Kristian comenta, atordoado por sua competência.

Estou ridiculamente orgulhoso — e excitado — quando ela sai de baixo da pia com a camiseta branca grudada nos seus adoráveis seios.

Kristian lhe entrega uma toalha e desvia o olhar da camiseta enquanto eu continuo encarando.

— Como você aprendeu a fazer isso? — ele pergunta.

Ellie enxuga o rosto com a toalha.

— Sábado de manhã na Home Depot. Você ficaria surpreso com o que se pode aprender a fazer em algumas horas.

— Estou realmente impressionado — Kristian fala. — E extremamente grato. Uma inundação no último andar não traz nada de bom para relações amistosas com os vizinhos de baixo.

— Nossas coisas estão no carro do Gordon — eu digo. — Você poderia emprestar algo seco para ela?

— É claro. — Kristian vai até seu quarto, nos deixando sozinhos na cozinha.

— Isso foi incrível, meu amor. Também estou muito impressionado.

Ela dá de ombros para os elogios.

— Gosto de saber como fazer coisas.

Essa mulher pode contratar alguém para fazer qualquer coisa que precise, mas prefere fazer sozinha. Se eu já não estivesse totalmente surpreso com ela, estaria agora.

Kristian retorna com uma camiseta para Ellie, e ela vai para o lavabo próximo à cozinha para trocar de roupa.

— O quanto a situação está ruim? — ele pergunta, indo diretamente ao assunto quando estamos sozinhos.

— A pior das hipóteses.

Para seu crédito, meu melhor amigo não parece zangado comigo, embora tenha todas as boas razões para estar. Não tenho certeza de como me sentiria se minhas preferências sexuais estivessem sendo usadas para chantagear um de meus amigos.

— Seja lá o que está pensando — ele fala enquanto usa toalhas de praia para secar o chão encharcado da cozinha —, você não causou isso. Você é tão vítima quanto todos nós.

— Arrastei todos vocês para isso.

Ele olha para mim com a sobrancelha levantada.

— Ao nascer?

O ridículo da situação me atinge e eu solto uma risada inquieta.

— Algo parecido.

Seu cabelo escuro está despenteado quando ele fica de pé, seus olhos azuis aquecidos com o que pode ser raiva, mas não é dirigido a mim.

— Quem nos vendeu vai se arrepender do dia em que se envolveu com os sócios da Quantum.

Sua demonstração de apoio significa mais para mim do que jamais poderei contar a ele.

— Não contei para Ellie que todos vocês estão envolvidos. Isso não cabe a mim.

— Entendi.

Flynn chega pouco tempo depois com duas sobrinhas e três sobrinhos a tiracolo. Kristian os convida para conferir seu salão de jogos enquanto Flynn me dá um olhar desconfiado que, o conhecendo, provavelmente tem mais a ver com o meu relacionamento com sua irmã do que a ameaça de seus segredos serem tornados públicos.

— Jasper.

— Flynn.

Nos circulamos como cães raivosos.

— Onde está a minha irmã?

— No banheiro. Está trocando de roupa depois de salvar Kris de uma catástrofe.

Kristian conta a ele sobre a quase inundação.

— Sua irmã é a mulher maravilha.

— Não tenho certeza se eu iria tão longe — Ellie diz quando se junta a nós vestindo uma camisa muito maior do que a que ficou molhada. Sinto falta da outra. Ela cumprimenta o irmão com um beijo na bochecha. — Comporte-se ou vou acabar com você.

— Como se você pudesse — Flynn diz com um bufo de indignação.

— Eu não mexeria com ela depois do que acabamos de testemunhar — Kristian aconselha.

Aceno em concordância.

— É sério. Ela é incrível.

Ellie revira os olhos para nossa efusividade, mas posso dizer que ela está apreciando o elogio bem merecido.

— Precisa chamar um encanador para substituir o cano.

— O síndico ligou para a empresa de emergência e alguém está a caminho. Odeio pensar no que poderia ter acontecido se você não tivesse chegado aqui naquele momento.

— Sem problemas. — Ela pergunta para Flynn: — Onde está a Nat?

— Foi buscar a Aileen e as crianças no aeroporto.

Percebo que Kristian se anima com a menção da amiga de Natalie de Nova York que lutou contra o câncer de mama quando Flynn conheceu a esposa. Ele usou suas conexões para levá-la a alguns dos melhores médicos de Nova York e ela está muito melhor. Estamos ansiosos para vê-la e aos seus filhos pela primeira vez desde o casamento de Flynn e Nat no mês passado. Não tem ninguém mais ansioso para vê-la do que Kristian.

Interessante.

Hayden e Addie chegam com Emmett, Marlowe e sua assistente, Leah. Agora que estão todos aqui, não posso mais adiar a inevitável reunião com meus sócios.

— Precisamos de alguns minutos sozinhos — Kristian fala. O significado é claro: *só os sócios*. Ellie e Addie trabalham conosco por tempo suficiente para saber que ocasionalmente temos que cuidar de negócios que são confidenciais. Leah, que está com Marlowe há mais de um mês, está começando a perceber também.

Ellie aperta meu braço antes de se juntar a Addie e Leah no sofá da sala de estar. O resto de nós segue Kristian até seu escritório em casa.

Pego as fotos da mochila e as entrego para Emmett, que estuda cada uma delas antes de passá-las.

— Filho da puta — Hayden sussurra quando vê suas fotos com Addie no Black Vice. Seu abraço é relativamente inocente, mas por trás deles, uma submissa está inclinada sobre um banco de surra, enquanto seu mestre empunha um chicote. — Você realmente acha que seu pai liberaria essas fotos se você não se submeter ao que ele quer?

— Acho, sim.

— Jesus. E eu pensei que a minha família era fodida.

Flynn olha para a minha foto com Ellie que foi tirada no Black Vice. O músculo pulsando em sua mandíbula aumenta minha ansiedade.

— Quais são as nossas opções, Em?

Emmett repassa a série de ações que ele já tomou, inclusive solicitando uma liminar em Londres que proibiria Henry Kingsley de liberar as fotos prejudiciais. Devido ao elemento internacional em jogo, é complicado, mas não impossível, Emmett relata.

— Agradeço o que todos vocês estão fazendo e por estarem levando bem essa grave violação de privacidade, mas não estou disposto a arriscar. Vou dar o que ele quer. Vou renunciar minha sociedade na Quantum...

— Não — Marlowe se opõe —, não vai. — Com o cabelo ruivo preso em um rabo de cavalo e o rosto sem maquiagem, nunca se imaginaria que ela é uma das responsáveis pelas principais bilheterias de Hollywood. No entanto, agora, bem aqui, ela é minha amiga, sócia e seus olhos verdes estão cheios de raiva. — Você não vai fazer esse tipo de sacrifício em meu nome. Sou uma garota crescida. Se essas fotos saírem, vou lidar com isso, mas não espero que você abandone sua vida e carreira para me proteger.

— Nem eu — Kristian concorda, seu olhar firme e determinado.

Hayden hesita e sei que ele está pensando em Addie e não em si mesmo.

— Também não quero isso. Não posso imaginar este trabalho ou minha vida sem você por perto. Você tem que lutar contra ele.

Todos os olhos se voltam para Flynn, que está olhando para uma foto dele e Natalie tirada no Club Quantum. Ele me olha.

— A minha irmã está grávida?

— Espero que sim.

— *Opa!* — Marlowe fala. — Que tal me atualizarem?

— Sério — Kristian diz. — Que merda é essa?

— Jasper? — Flynn diz meu nome com um sorriso que me faz querer dar um soco nele – exceto que talvez, se conseguirmos superar esse pesadelo, ele um dia pode ser meu cunhado. Contenho o desejo.

— Quando estávamos no México, a Ellie me disse que queria ter um bebê. Ela falou que está cansada de esperar que o cara certo apareça e que seu tempo para isso está se esgotando. Eu me ofereci para ajudá-la. Uma coisa levou a outra e nós dois confessamos ter sentimentos um pelo outro há um algum tempo.

— Puta merda — Marlowe exclama. — Como não percebemos isso?

— Eu sempre suspeitei — Flynn aponta.

Zombo dele.

— Não suspeitou nada.

— Suspeitei, sim! Ela te olha muito quando você não está ciente e você faz o mesmo. Se não acredita em mim, pergunte a Natalie. Eu disse a ela que havia algo acontecendo muito antes de você me acordar no meio da noite para confirmar.

Agora estou chocado por outro motivo. Pensei que tinha sido muito sutil sobre a minha afeição por ela. Aparentemente, não tanto se Flynn percebeu.

— Então ela já está grávida? — Marlowe pergunta.

— Esperamos que sim. Temos nos esforçado bastante neste projeto.

— Não diga mais nada — Flynn me interrompe, levantando a mão — ou não serei responsável por minhas ações.

Embora eu ainda esteja bem sobrecarregado pela ansiedade e pelo medo do que pode acontecer se as fotos se tornarem públicas, não posso deixar de rir da cara que ele faz.

— Pelo que estou vendo — Flynn continua —, o único lugar a que você pertence é aqui mesmo com a minha irmã e meu futuro sobrinho ou sobrinha.

— Eu não poderia concordar mais — digo a ele, agradecido por seu apoio e amizade.

— Então vamos lutar — Flynn declara. — Vamos lutar com tudo o que temos e, se o pior acontecer, lidaremos com isso. Mas ninguém vai a lugar algum.

— Não posso te dizer o que isso significa para mim... — Minha garganta se fecha em um nó. Olho para o chão enquanto tento controlar minhas emoções.

— Você é um de nós, Jasper — Hayden diz. — E quando um de nós é ameaçado, todos somos. A questão muito maior, na minha opinião, é quem tirou essas fotos e como entraram no nosso clube e no de Devon.

— Sebastian e eu já estamos trabalhando nisso e vamos envolver o Gordon também — Emmett avisa. — Acredite em mim, Sebastian está tão enfurecido quanto vocês ao saber que tivemos uma brecha e ele nem sabe a extensão completa.

— Não há chance de... — Kristian balança a cabeça. — Deixa pra lá.

— O que você ia dizer, Kris? — Marlowe pergunta.

— Nada. Não importa.

— Você está se perguntando sobre o Sebastian, não é? — Hayden aborda a questão para Kristian, que faz uma careta. — Me permita assegurar que não há qualquer chance de ele nos trair. Não depois de tudo o que fizemos por ele.

— E eu sei disso — Kris fala. — É por isso que eu não terminei de dizer.

— Apesar do seu passado, ele é um de nós — Hayden diz sobre seu amigo de infância. — Ele nunca teria nada a ver com algo para nos prejudicar.

— Sinto muito por ter pensado nisso — Kristian fala.

— Todo mundo é suspeito até que se prove o contrário — Flynn declara.

— Não o Sebastian — Hayden diz, olhando para Flynn.

— Vamos chamar o Gordon — Emmett fala. — Vamos dar a sua equipe a chance de investigar completamente antes de começarmos a discutir as acusações.

— Concordo — Kristian diz.

— Alguém precisa falar com o Devon e atualizá-lo — eu digo. — Se a segurança dele se unir à nossa, poderemos descobrir o que aconteceu mais rapidamente.

— Vou falar com ele — Hayden avisa.

Interrompemos a conversa para nos juntar aos outros, que agora incluem Natalie, Aileen e seus filhos, Logan e Maddie, que cresceram desde a última vez que vieram aqui. Eles imediatamente correm com os sobrinhos de Ellie que querem mostrar a eles a sala de jogos de Kristian.

Aileen parece mil vezes melhor do que estava há um mês e não sou o único que percebe. Kristian vai até ela, como se não pudesse se conter. Com todo mundo olhando, ele beija sua bochecha e lhe dá um abraço que a deixa confusa e corada.

— É muito bom te ver — ele fala.

Aileen oferece a ele um sorriso tímido.

— Digo o mesmo.

— Você está fantástica — Marlowe declara, empurrando Kristian para o lado para abraçar Aileen.

— Eu me sinto fantástica. — Seu cabelo loiro ainda está ralo depois de uma recente rodada de quimioterapia, mas seus olhos castanhos estão vivos de excitação, o que é uma melhoria notável.

— Quer levar as crianças para a piscina no terraço? — Kris pergunta.

— Eles adorariam — Aileen responde, olhando rapidamente para ele antes de redirecionar o olhar. — Estão cheios de energia após o longo voo.

— Vamos todos subir — Natalie chama.

— Trouxe toda a comida e bebida que serviríamos na sua casa — Addie avisa, usando o polegar para apontar para Flynn e Natalie. — Estamos cheios de repórteres do lado de fora do portão, então mudamos a festa de lugar.

— Ah, bom — eu digo —, obrigado por organizar tudo.

— Esse é o meu trabalho!

Ellie se aproxima de mim, começa a colocar o braço ao meu redor e depois parece pensar melhor.

— Tudo bem? — ela pergunta, me olhando com a testa franzida que me deixa saber que ela está preocupada. Odeio que ela esteja se sentindo assim. Odeio que o meu pai tenha lhe dado motivo para se sentir assim.

Coloco o braço ao seu redor e beijo o topo da sua cabeça.

— Está tudo bem, amor. Todos já sabem.

— Ah — ela diz, adoravelmente nervosa.

— Ele te chama de *amóóóór* — Leah fala, abanando o rosto. — Como é que você não atinge um orgasmo espontaneamente toda vez que ele diz isso?

Sua pergunta é recebida com um silêncio atordoado seguida por uma risada estridente.

— Ops. — Leah cobre a boca com a mão. — Não posso acreditar que eu disse isso em voz alta.

— Eu posso. — Natalie balança a cabeça em diversão.

— Ei — Ellie diz com uma piscadela para Leah —, tenho que me esforçar muito para não fazer isso.

Agora é minha vez de ficar mortificado enquanto os outros morrem de rir. Mas o constrangimento rapidamente desaparece, substituído pela euforia de que Ellie e eu agora nos tornamos um casal público. O apoio empolgante dos meus amigos também ajudou a melhorar o meu ânimo. Estamos longe de sair do problema, mas entre os esforços de Emmett e da minha mãe, o núcleo da esperança continua a brilhar dentro de mim.

Ellie

A REUNIÃO na piscina de Kristian se transforma em uma festa com os gritos de sete crianças empolgadas. Meus sobrinhos se entrosaram bem com Logan e Maddie, desde que os conheceram no casamento de Flynn e Natalie.

Enquanto Flynn joga os coletes salva-vidas para as crianças, Marlowe, Natalie, Addie, Aileen e Leah me encurralam em uma das mesas.

— O quê? — pergunto enquanto como salgadinhos de milho e tomo um delicioso suco de abacaxi.

— Você está escondendo coisas de nós — Marlowe diz. — Você e o Jasper? Fazendo planos e um bebê?

Olho para ele, sentado ao lado da piscina com Emmett e Kristian. Hayden está na piscina com as crianças, jogando basquete com eles. Embora Jasper esteja com seus amigos, posso ver que ele está a um milhão de quilômetros de distância, o peso das suas preocupações sobre seus ombros.

— Ah, bem, ainda é muito novo.

— Não de acordo com o Flynn — Natalie declara. — Ele afirma que isso vem se desenvolvendo a um tempo.

— E é claro que ele tinha mais certeza disso do que Jasper e eu.

Ela ri.

— Ele acha que tinha certeza, mas eu meio que notei uma coisa entre vocês... acho que estou louca.

— Você não está louca. — Sinto meu rosto ficar quente de vergonha, o que é engraçado, porque eu nunca fico envergonhada quando falo com minhas amigas sobre caras. Até *esse* cara. — Existe um interesse há algum tempo.

— *Adoro* ver vocês dois juntos — Marlowe fala.

— Sério?

— Deus, sim. É uma combinação perfeita.

— Parecia perfeito até que ele encontrou o pai e, agora... as coisas parecem meio frágeis. — Meu estômago dói ao pensar no que ainda poderia acontecer se seu pai cumprisse as ameaças. Já me acostumei com a ideia de criar nosso filho com Jasper.

— Ele vai resolver as coisas. — A confiança de Marlowe me dá um incentivo muito necessário. Ela raramente está errada sobre qualquer coisa. — Aí vem ele com o Flynn. Eles parecem determinados.

Enquanto as outras riem, noto uma nova vitalidade no passo de Jasper e um renovado senso de determinação na maneira como ele se comporta.

— Flynn teve uma ideia que queremos conversar com você — ele diz quando param ao lado da mesa onde estou sentada com as meninas.

— Estou ouvindo.

Jasper olha de mim para as outras.

— Tudo bem — digo a ele. — Estamos juntos nessa.

— Pode apostar que estamos — Marlowe reforça. — Vamos ouvir a ideia.

— Uma entrevista com Carolyn Justice — Flynn declara. — Vamos dar a ela exclusividade do motivo pelo qual Jasper manteve sua linhagem em segredo por todo esse tempo, como ninguém nunca descobriu, porque o seu pai contou tudo agora e o fato de que o Jasper não tem planos de voltar a Londres nem agora, nem nunca.

— Parece uma boa ideia. — Eu olho para Jasper. — O que acha?

— É uma ótima ideia e isso atrapalharia o plano do meu pai de me chantagear. Mas Flynn acha que teria mais poder você fizesse a entrevista comigo. Como você se sentiria sobre isso?

— Eu lhe disse que faria tudo o que pudesse para ajudá-lo, até e inclusive dar uma entrevista na TV. — Enquanto digo as palavras, o nervosismo me atinge. Eu posso aparecer na TV. Claro que posso.

— Isso precisa acontecer rápido — Flynn comenta. — O Henry deve viajar em dois dias. Se quisermos que ele ouça a entrevista antes de ir, precisamos nos mover.

— E quanto ao prazo? — eu pergunto.

— Conversamos sobre isso — Jasper responde. — Vou ligar para o assistente do meu pai, Nathan, e dizer o que ele quer ouvir para ganhar o tempo que precisamos para terminar a entrevista e ela entrar no ar.

— A emissora será capaz de fazer isso em dois dias? — pergunto.

— Quando eu for oferecer a Carolyn, direi a ela que essa é a condição — Flynn explica. Pelo olhar feroz em seus olhos, posso ver que meu irmão está inteiramente focado no desafio em questão e disposto a fazer o que for preciso para ajudar seu amigo - e a mim. — Devo fazer a ligação? — Ele segura seu celular.

Jasper olha para mim e eu aceno.

— Faça isso — Jasper responde.

Pego sua mão e seguro firme, o desejando tanto quanto eu quero o bebê que espero que já tenhamos concebido.

— Antes de aparecer na TV — Flynn diz para mim —, você precisa conversar com nossos pais sobre o que está acontecendo. — Seu olhar se desloca para incluir Jasper.

— Eu sei.

— Eles virão para cá mais tarde. Tinham outra festa para ir, mas disseram que viriam.

— Vou falar com eles então.

— *Nós* vamos falar com eles — Jasper diz, sorrindo para mim.

Meu coração palpita pela forma que ele me olha com tanto carinho, afeição e amor. Esperei a vida toda que um homem me olhasse do jeito que ele está me olhando agora e não quero que esse sentimento de prazer acabe.

— Vou fazer a ligação — Flynn avisa, indo para um canto quieto do terraço.

Jasper se senta ao meu lado e coloca os braços ao meu redor.

— Você está bem?

— Estou. E você?

— Vou me sentir melhor quando conseguirmos neutralizar essa ameaça.

— Gosto da ideia do Flynn. Como você se sente com isso?

— Bem, não sou ele, então a ideia de aparecer na TV me deixa nervoso.

Inclino a cabeça contra seu ombro.

— A mim também.

— Sinto muito, amor, mas acho que é a nossa melhor chance.

— Pode dizer isso de novo? — Leah pergunta.

— O quê? — Jasper questiona, parecendo perplexo.

— *Amóóóór.* — Ela abana o rosto. — Você realmente ouve isso todos os dias?

— Ouço, sim — eu digo, sorrindo para Jasper, que revira os olhos para nós duas.

Flynn retorna.

— Estamos com sorte. A Carolyn está em Los Angeles. Ela vem aqui com uma equipe às nove.

Pisco para ele.

— *Hoje à noite?*

— Sim, hoje à noite.

— Você está pronta para ir a público, *amor?* — Ele coloca ênfase extra na última palavra por Leah, que abana o rosto novamente.

— Mais do que nunca.

Ellie

Meus pais chegam na casa de Kristian cerca de trinta minutos antes de Carolyn. Depois que cumprimentam a todos, Jasper e eu pedimos um momento a sós com eles. Posso ver que minha mãe está perplexa por nós dois precisarmos conversar com eles, mas meu pai parece menos, depois de quase nos pegar juntos na outra noite. Eles vêm conosco até o escritório de Kristian.

— Está tudo bem? — minha mãe pergunta no segundo que a porta se fecha atrás de nós.

— Está, sim. Na verdade — falo, olhando para Jasper, — está tudo ótimo. Jasper e eu... nós, bem...

— Estamos juntos agora.

— Quero beijá-lo por dizer as palavras por mim.

— Ah, bem, este é um desenvolvimento maravilhoso — meu pai fala, sorrindo de orelha a orelha. — Há quanto tempo vocês estão juntos?

— Já faz anos. — A boca de Jasper se curva em um sorriso malicioso quando ele pega a minha mão. — Somos amigos há muito tempo, como sabem, e só recentemente confessamos que queremos ser mais do que isso.

— Quando estávamos no México, eu disse ao Jasper que estava

cansada de esperar o cara certo aparecer e que queria ter um bebê. Ele se ofereceu para me ajudar com isso, uma coisa levou a outra e...

— E estamos juntos.

— Você, você está... você está grávida?

A gagueira incomum da minha mãe me faz rir.

— Ainda não sabemos, mas esperamos que sim.

— Imagino que isso significa que você vai se casar com a minha filha — meu pai fala em seu tom de voz mais severo.

— Pai! Pare. Estamos no novo milênio. Nós não temos que ser casados para ter um bebê.

— Espere um minuto...

— Max — Jasper o interrompe —, pretendo me casar com a sua filha, e adoraria ter a sua bênção.

Ele pretende? Sério? Isso é novidade para mim. Não é uma novidade ruim, mas continua sendo novidade.

— Mas antes de fazer o pedido, tenho que cuidar de algumas coisas para ficar livre e ser o que ela precisa.

— Esta questão com a sua família — meu pai comenta, assentindo.

— Sim. — A boca sexy de Jasper está com uma expressão sombria que espero nunca mais ver depois que resolvermos essa situação. Quero vê-lo rindo e sorrindo, feliz e esperançoso sobre o futuro do jeito que ele era antes de irmos para Londres.

— Ficamos tão surpresos ao ouvir sobre sua família — minha mãe comenta. — Um futuro duque!

— Ele é um marquês — interrompo, ganhando uma carranca do meu amado.

— Muito impressionante — meu pai fala.

— Tenho certeza de que deve parecer impressionante, mas tem sido muito *opressivo* para mim. Não sou adequado para o papel que foi predeterminado para mim antes de eu nascer. Se me pedissem que cuidasse apenas do título e das propriedades que o acompanham, eu poderia lidar com a responsabilidade. Mas assumir a Kingsley Enterprises também? — Ele balança a cabeça. — Não é para mim.

— Certamente algo pode ser acordado com seu pai.

Claro que meu pai pensaria isso. Ele sempre apoiou completamente o que quer que seus quatro filhos desejassem fazer com suas vidas. Ele não tem capacidade de entender que exista qualquer outro tipo de pai.

— Eu gostaria que fosse o caso — Jasper fala —, mas sempre foi tudo ou nada com ele. Não existe meio termo. Na verdade — ele diz, olhando para mim —, meu pai recorreu à chantagem para tentar me obrigar a fazer o que ele quer.

Meus pais estão chocados e sem palavras com esta notícia.

— Estamos lidando com isso em várias frentes — Jasper garante. — O Flynn teve a brilhante ideia de que eu faça uma entrevista com Carolyn Justice sobre o que está acontecendo para tentar interromper os planos do meu pai. — Ele coloca o braço ao redor de mim. — Ellie e eu faremos a entrevista hoje à noite e queríamos que vocês soubessem o que está acontecendo antes de irmos a público.

— Ele está *chantageando* o próprio *filho*? — meu pai pergunta, estupefato.

— Receio que sim.

— E o que quer que ele esteja usando como arma...

— Seria embaraçoso para mim e para os outros com quem me importo muito.

— Meu Deus — minha mãe fala por todos nós. — Isto é um ultraje!

— Bem-vindos ao meu mundo — Jasper diz com tristeza.

— Tenho quase vergonha de admitir que algumas vezes invejei Henry Kingsley por sua ousada abordagem à vida, aos negócios e à aventura — meu pai comenta. — Mas depois de ouvir tudo isso, qualquer admiração que eu possa ter foi substituída por repulsa. — Ele coloca a mão no ombro de Jasper. — Você é membro honorário da família Godfrey muito antes de eu saber que você ama a minha filha e é claro que tem nossa bênção para pedir a ela que se case com você. Você sempre será um de nós, Jasper. Lute com aquele filho da puta com todas as suas forças, ouviu?

Enquanto eu pisco para afastar as lágrimas, Jasper concorda.

— Agradeço o seu apoio, Max — ele fala. — Significa tudo para mim.

Mamãe fica na ponta dos pés para beijar sua bochecha.

— Nós te amamos e estou muito feliz em saber que você e aquele sotaque gostoso estarão disponíveis para ler *A noite depois do Natal* todos os anos daqui para frente.

Jasper solta uma risada.

— A honra seria minha, Stella.

Minha mãe se vira para mim, sorrindo amplamente e me abraça forte.

— Alguém tem guardado segredos da sua mãe.

— Eu ia contar em breve. Juro.

— Como vou ficar em Vegas seis meses por ano quando pode haver um novo bebê a caminho?

— Essa foi uma das razões pelas quais eu não disse nada. Não queria influenciar a sua decisão.

— Por que você faria algo tolo assim? Max, este é o sinal que eu estava esperando.

— Ela está esperando por um sinal — meu pai confirma.

— Não está na hora de Vegas. Haverá tempo para isso quando os netos forem adolescentes terríveis e precisarmos de um descanso deles.

Compartilhamos uma risada e mais abraços antes de eles me deixarem sozinha com Jasper. Ele coloca seus braços ao meu redor e me puxa para um abraço. Sinto o cheiro inebriante do seu perfume enquanto nos confortamos.

— Foi bom, não acha, amor?

— Foi ótimo. Eles já te amavam como nosso amigo e sócio do Flynn.

— É muito mais sério quando um homem diz aos pais da sua garota que ele pretende se casar com a filha deles.

— Quanto a isso...

Sua risada me faz sorrir.

— Te peguei de surpresa?

— Podemos dizer que sim.

— Como você pode se surpreender ao saber que quero tudo com você, Estelle Godfrey?

Faço uma cara feia de brincadeira.

— Não me chame assim.

— Que tal apenas Estelle, então?

— Que tal apenas Ellie?

— Que tal amor da minha vida, mãe dos meus filhos, cada batida do meu coração?

— Jasper — eu sussurro —, isso está realmente acontecendo? Você realmente sente essas coisas por mim?

— Eu te amo desesperadamente, Ellie. Acho que me sinto assim há um bom tempo, muito antes de saber como era te abraçar, te beijar e fazer amor com você. E agora que tive você em meus braços, não posso imaginar querer algo diferente de estar com você.

Levo as mãos ao seu rosto e o atraio para um beijo repleto do amor que sinto por esse homem que está arriscando tudo para estar comigo. Ao contrário de todos os homens que vieram antes dele, não tenho a menor dúvida sobre sua sinceridade. Isso é tão real quanto parece e sei que meu coração estará seguro em suas mãos e minha vida com ele será preenchida de amor, família, amigos e excitação.

Ele interrompe lentamente o beijo, mas mantém os lábios perto dos meus.

— Me sinto culpado por falar sobre futuro antes de cuidar do presente. Se eu tiver que te desapontar...

Cubro seus lábios com meus dedos.

— A única maneira que você poderia me decepcionar é se parasse de me amar.

— Isso não vai acontecer.

— Não importa onde você esteja, estarei com você, seja aqui, em Londres, na Cornualha ou qualquer outro lugar. Estou com você, camarada.

Seus olhos brilham com amor e diversão enquanto ele me olha.

— Falou a mulher nascida e criada em Los Angeles, que nunca esteve na Cornualha.

— Falou a mulher que te ama, não importa onde você esteja no mundo.

— Obrigado, amor — ele sussurra, seus lábios roçando no meu pescoço e provocando uma reação que sinto no corpo inteiro. — Acha que sentiriam nossa falta se demorarmos mais alguns minutos sozinhos?

— Tenho certeza de que sentiriam nossa falta e debochariam no nosso retorno, mas estou disposta a aceitar isso se você estiver.

— Estou muito, muito disposto. — Ele segura a minha mão e me puxa para o banheiro que fica ao lado do escritório de Kristian, chutando a porta atrás de nós e a trancando.

Ah, caramba...

~

Jasper

MINHAS EMOÇÕES ESTÃO a flor da pele. O apoio esmagador dos meus sócios e dos pais de Ellie consolidou minha decisão de lutar contra meu pai com todas as ferramentas em nosso considerável arsenal. A ideia de Flynn de fazer a entrevista para atrapalhar os planos do meu pai, é brilhante.

Se há algo que Henry odeia mais do que publicidade negativa, não sei o que é. Bem, ele provavelmente me odeia mais do que tudo agora, mas posso viver com isso se significar me libertar das algemas que ele manteve em mim por toda a minha vida.

Mas com a minha adorável Ellie em meus braços, a última coisa que quero pensar é no meu pai, suas ameaças ou aquelas algemas. Preferiria muito mais pensar em algemas de um tipo diferente, do tipo em que a Ellie fiquei presa à minha cama e se submetendo a mim. Como isso não é possível agora, eu a viro para encarar o espelho e a seguro por trás, passando as mãos pelo seu corpo sexy enquanto observo suas reações em seu rosto expressivo.

Seguro seus seios e passo os polegares sobre seus mamilos, observando como sua boca se abre e seus olhos se arregalam de desejo. Eu amo seu rosto doce e como ele revela cada pensamento e emoção que ela sente. Ela não esconde nada de mim, o que só me faz amá-la mais do que já amo. Levanto a blusa e a tiro, e me fixo na visão de seios contidos pelo sutiã simples e sexy que deixa muito pouco para minha imaginação fértil.

Solto o fecho da frente e deslizo as alças pelos braços, deixando-a nua da cintura para cima. Seus mamilos eriçam diante dos meus olhos, deixando o Jr. tão duro que ele poderia bater pregos.

— Coloque as mãos na bancada e incline-se para a frente.

Enquanto ela segue meu comando, encontra meu olhar no espelho e o leve indício de apreensão que vejo em seus olhos só me deixa mais duro. Ela sabe que eu nunca, jamais a machucaria, mas não imagina o que está prestes a acontecer. A julgar pelo brilho em suas bochechas e os mamilos intumescidos, a apreensão está alimentando sua excitação.

Fico de joelhos atrás dela e passo as mãos na parte de trás das suas pernas, levantando a saia e expondo seu traseiro. Caramba, olha essa bunda gostosa com a calcinha desaparecendo entre as nádegas macias. Eu poderia morrer agora e estaria mais feliz do que já estive na vida. Beijo as nádegas que ainda estão rosadas da surra no avião e me deleito.

— Dói? — pergunto a ela.

— Não. Só está muito sensível.

— Eu gosto de muito sensível. — Passo o dedo pela barra da calcinha, descendo para o vale entre as nádegas, pressionando levemente contra sua entrada. — E aqui? Isso dói?

— Dói, mas de um jeito bom.

Solto um gemido pelo tom rouco em sua voz.

— Isso é algo que faremos de novo?

— Humm, talvez não todos os dias, mas de vez em quando.

— Posso viver com isso. — Posso viver com qualquer coisa, desde que eu possa viver com ela. Meus dedos continuam sua jornada para a frente do seu corpo, que está quente, úmido e inchado. Pressiono contra seu clitóris através da calcinha de seda que está encharcada do seu desejo. — E aqui?

— Também está doendo de um jeito bom — ela diz sem fôlego.

Me sentindo voraz de repente para prová-la, abaixo as tiras da calcinha e enterro meu rosto entre suas pernas. Abro suas nádegas e não deixo nenhuma parte sua inexplorada pela minha língua. Ela enlouquece, se levanta contra mim e grita toda vez que minha língua circunda seu clitóris.

— Ah, caramba — ela geme. — Preciso gozar. Por favor, Jasper...

Torturá-la é tão divertido que não paro. Ainda não. No momento em que estou pronto para explodir, suas pernas estão tremendo e o suor escorre pelas suas costas. Eu amo o quanto as coisas são reais e primitivas com ela. Nunca duvido de que ela esteja tão envolvida comigo quanto estou com ela.

É hora de dar o que ela quer para que eu possa ter o que quero — meu pau profundamente dentro dela. Pressiono a língua contra o clitóris e empurro dois dedos por trás. Deixando a língua vibrar contra sua pele latejante, digo a ela para gozar.

Ela explode, gritando tão alto que me pergunto se vão ouvi-la no terraço. Com sorte, as crianças farão muito barulho e esperamos que ninguém tenha escolhido aquele momento para nos procurar. Eu a puxo para baixo, acalmando-a até que ela cai contra a bancada, suas pernas ainda tremendo violentamente.

— Caramba, Jasper — ela diz, ofegante.

Sorrindo para ela no espelho, pego uma toalha e limpo meu rosto, jogando-o de lado na minha pressa para libertar o Jr. e entrar profundamente dentro dela para começar outro clímax.

Seguro seus seios e aperto os mamilos. Seus músculos internos apertam meu pau e tenho que morder o lábio com força para não gozar tão cedo. Caramba, nunca foi assim antes. Nunca tive que lutar tanto para manter o controle com qualquer outra mulher.

Mais tarde, teremos tempo para passar horas na cama, mas agora temos que ser rápidos. Essa é a única razão pela qual eu cedo à poderosa necessidade de gozar, de me unir a ela em outro momento único. Nossos olhos se encontram no espelho no segundo antes de atingirmos o auge simultaneamente. Nunca me senti mais próximo ou mais sintonizado com outro ser humano do que com ela aqui e agora.

Mantenho meus braços ao seu redor e meu rosto pressionado

contra suas costas enquanto seus músculos continuam a se contrair em volta do meu pau. Cacete... nunca vou sobreviver a ela. O que eu consideraria sexo "baunilha" com qualquer outra pessoa é quase erótico demais para lidar. Adoro o fato de ser tão excitante incliná-la sobre a bancada do banheiro quanto amarrá-la em uma cama. Não importa o que ou como fazemos, contanto que façamos juntos.

— Eles serão implacáveis — ela fala depois de um longo período de silêncio.

— Não estou com vontade de dar a mínima.

— Nem eu, mas agora vou ter um trabalhão para me recompor para aparecer na TV.

— Você poderia estar desnuda e seria a mulher mais linda que já apareceu nesse programa.

— *Desnuda?*

— Nua.

— Isso não vai acontecer. — Ela me cutuca com o cotovelo. — Me deixe levantar, sua fera enlouquecida pelo sexo.

Fico de pé e fecho a calça.

— Ei. Isso fere meus sentimentos.

— Não, não é verdade. Você não pode me enganar.

Com o cabelo despenteado e o rosto corado por dois orgasmos, ela se vira para mim. Nunca vi nada mais impressionante do que ela depois de fazer amor. Acaricio seu rosto com o polegar.

— Existe um dicionário que eu possa usar? — ela pergunta.

— Perdão?

— Com todos esses termos britânicos que você usa. Preciso de um tradutor.

— Eu serei seu tradutor. — Beijo o seu nariz e depois os lábios. — Que tal usarmos o chuveiro e ficarmos apresentáveis para a entrevista?

— Preciso da minha bolsa para isso.

Eu a beijo de novo.

— Vou buscá-la. Volto logo. — Na porta, olho para trás para vê-la tirando a saia e tenho que me lembrar que deveria estar fazendo alguma coisa. Agora que tenho permissão para tocá-la quando quiser, é tudo o que quero fazer.

Saio do banheiro e atravesso o escritório de Kris até o corredor que leva ao vestíbulo onde Gordon deixou nossas malas. Estou de volta com as duas bagagens quando Flynn me encontra no corredor. Ele me olha, mas não diz nada, o que me deixa no limite.

— Tudo bem, camarada?

— Me diga você. Falou com meus pais?

— Falamos. Eles nos deram muito apoio. — Paro e tento interpretar sua expressão ilegível. — Flynn, sinto muito se o meu relacionamento com a Ellie te incomodou...

— Não é isso. Eu realmente acho que vocês dois serão ótimos juntos.

— Então, o que é?

— O resto. Você achou que contaríamos a alguém?

Solto um longo suspiro quando percebo que seus sentimentos estão feridos pelos segredos que guardei dele e dos outros.

— Não foi isso.

— Então o que foi? Quero entender como pude trabalhar ao seu lado todo esse tempo e não saber nada sobre quem você realmente é.

— Isso não é verdade. — As palavras saem muito mais ríspidas do que eu pretendia. — O Jasper que você conhece é exatamente quem eu realmente sou. O homem que está aqui com todos vocês, é a única pessoa que eu sempre quis ser. Sinto muito que você esteja magoado pelos segredos que guardei, mas escondi por autopreservação, não porque eu não queria que vocês soubessem. Nunca foi por isso.

— Justo. — Ele olha para mim e pergunta: — Ela sabe? Sobre mim? E o clube...

— Não. Jamais diria isso a ela. Não cabe a mim e duvido que ela queira essa informação.

— Você... você está sendo cuidadoso com ela, certo?

— Eu a amo, Flynn. Sempre terei cuidado com ela.

Isso parece satisfazê-lo.

— Acho que é bom o bastante.

— Preciso me preparar para Carolyn.

Ele se move para se afastar e me deixar passar.

— Você vai cuidar dela, certo?

Sei que ele não está falando sobre Carolyn.

— Sempre.

Com um breve aceno de cabeça, ele se vira e vai embora, me deixando sentir que acabei de passar por um grande teste que eu não esperava fazer naquele momento, mas imagino que a conversa era inevitável a partir do momento em que coloquei os olhos na irmã dele. Quando abro a porta para me juntar a Ellie no banheiro, sou saudado com uma nuvem de vapor.

Tiro as roupas e me junto a ela, envolvendo um braço ao redor da sua cintura e apoiando meu queixo em seu ombro.

— Eu me perguntei se você ia voltar.

— O Flynn me encontrou.

— Ah, caramba. Espero que ele não tenha dito nada ridículo.

— De jeito nenhum. Tivemos uma boa conversa.

— Você me diria se ele tivesse agido como um idiota, não é?

— Eu teria muito prazer em lhe dizer isso, mas ele não foi.

— Está tudo bem?

— Tudo está ótimo e assim que terminarmos essa entrevista, me sentirei mil vezes melhor.

— Então vamos tirá-la do caminho.

Jasper

Carolyn Justice é adorável, graciosa e incrível. Depois de alguns minutos em sua presença, vejo porque Flynn a escolheu para a única entrevista que fez quando o doloroso passado de Natalie se tornou público. Ela nos deixa à vontade, primeiro falando conosco sobre o que gostaríamos ou não de abordar na entrevista. Não é de surpreender que ela tenha muitas perguntas sobre como um aristocrata britânico se tornou um dos cineastas de maior sucesso de Hollywood.

Percebo quando conto uma rápida versão da minha história que é um grande alívio não ter mais que manter isso em segredo. Meu pai me fez um favor contando tudo, não que eu vá deixá-lo saber disso.

E então é hora do show. Ellie e eu estamos sentados uma ao lado do outro com câmeras apontadas para nós e descubro o quanto prefiro estar do outro lado. Ser entrevistado não é algo natural para mim, não como Flynn, Marlowe e Hayden.

Como se soubesse que preciso do reforço, Ellie pega minha mão e a segura firme. Depois de passarmos pela apresentação e boas-vindas de Carolyn, ela começa com o anúncio bombástico de quem é meu pai.

— O que você pode nos dizer sobre o motivo pelo qual escolheu manter seu título em segredo por todos esses anos?

— No começo, o objetivo era me separar do nome Kingsley e de tudo o que ele representa. Eu tinha dezoito anos, estava me aventurando pela primeira vez e interessado em uma carreira que não tinha nada a ver com meu título, legado e herança. Eu só queria fazer filmes e foi o que fiz nos últimos quinze anos.

— E muito bem, devo acrescentar — Carolyn fala, listando os prêmios que ganhei ao longo dos anos, culminando com o recente Oscar de *Camuflagem*. — Por que você acha que o seu pai decidiu que agora era a hora de ir a público com a verdade?

— Não finjo entender muito do que meu pai diz ou faz, mas suspeito que o momento tenha a ver com a minha recente visita a Londres, durante a qual o deixei saber que não estarei disponível para assumir a Kingsley Enterprises como ele sempre planejou que eu fizesse.

— Como ele lidou com isso?

Olho para Ellie, que está me observando de perto.

— Nada bem. No tempo que levei para voar de Londres para casa, ele disse ao mundo quem eu realmente sou e aqui estamos.

— O que não entendo é como foi possível manter esse segredo por todo esse tempo, especialmente na era digital, quando tudo está na Internet.

— Em casa, Jasper Kingsley é conhecido como um inventor excêntrico, enfurnado em sua oficina na Cornualha. Aqui, sou um humilde diretor de fotografia, famoso por osmose graças à empresa da qual sou sócio. Fui extremamente afortunado que ninguém nunca pesquisou meu passado. Acho que não sou tão interessante assim.

— Não concordo com isso — Ellie comenta, provocando sorrisos meu e de Carolyn.

— Pelo que entendi, você foi ver seu pai porque decidiu se casar e ter uma família aqui em Los Angeles.

— Isso mesmo. — Aperto a mão de Ellie quando olho para ela. — Ellie e eu estamos fazendo planos que não combinam com os que meu pai fez para mim a vida toda. Achei que era hora de informá-lo de que não me juntaria a ele na Kingsley Enterprises. Senti que era justo dar-lhe tempo para fazer outros planos para o seu negócio.

— Ellie, como você se sentiu quando soube a verdade sobre o passado de Jasper?

— Primeiro de tudo — ela diz —, eu já sabia quando isso foi a público. Respeito e admiro a história da família do Jasper, mas não acredito que ele ou alguém deva ser forçado a viver uma vida que não seja a escolhida por ele mesmo. No momento atual, ele pode manter suas responsabilidades para com seu título, continuando a investir em uma carreira que significa o mundo para ele ao mesmo tempo. Para não mencionar que ele é incrivelmente talentoso e o mundo cinematográfico teria uma grande perda sem suas contribuições.

— Você parece uma mulher apaixonada, Ellie — Carolyn declara.

Embora meu coração esteja cheio de amor, eu falo:

— Paguei a ela para dizer tudo isso.

As duas mulheres riem do meu comentário.

— O que o seu irmão acha do seu relacionamento com o sócio dele? — Carolyn pergunta a Ellie.

— Ele tem nos apoiado muito, e eu não esperaria nada menos dele. Jasper é nosso amigo há muitos anos, então não é como se ele fosse um estranho.

— E os seus pais?

— Igualmente. Eles são grandes fãs de Jasper e sempre quiseram o melhor para mim. Estão felizes por eu ter encontrado a felicidade com alguém que eles já amam.

— Primeiro Flynn, depois Hayden e agora você, Jasper. O amor está no ar no edifício Quantum?

— Assim parece.

— Alguns dos nossos espectadores podem não entender o papel de um cineasta. Pode nos explicar?

— Simplificando, sou o diretor de fotografia nas filmagens. Trabalho muito de perto com o diretor, geralmente Hayden, cuja visão eu trago à vida através da iluminação e da filmagem. Sou eu que estou no comando das câmeras e de como uma cena é gravada.

— Como alguém se torna cineasta?

— Muitos de nós começam como fotógrafos primeiro. Para mim, tudo começou quando meu avô, ironicamente o pai do meu pai, me deu uma Leica Rangefinder de trinta e cinco milímetros e depois me ensinou como revelar o filme em sua câmara escura. Fiquei instantaneamente viciado. Passei a atormentar minhas irmãs com uma câmera de filmagem de oito milímetros. Ser aceito na escola de cinema da USC foi um dos melhores dias da minha vida e nunca mais deixei de fazer isso.

— Quando seu pai vier a falecer, você se tornará duque, que é o posto mais alto abaixo da família real na Grã-Bretanha. Como planeja equilibrar suas responsabilidades com sua família lá e a família aqui em L.A.?

— Vou encontrar uma maneira de fazer as duas coisas, mas não vejo nenhum motivo para abandonar uma vida e uma carreira que amo para cumprir minhas responsabilidades lá. Enquanto a empresa do meu pai não estiver na mistura, não vejo razão para não ter tudo.

— Estar aqui é ter tudo — Carolyn fala. — Obrigada aos dois por estarem aqui, pela oportunidade exclusiva de ouvir sua história. Desejo-lhes o melhor.

— Muito obrigado.

— E corta. — Carolyn imediatamente remove o microfone da lapela. — Que história incrível, Jasper. Obrigada por compartilhá-la comigo.

— A Liza explicou que o *timing* desta entrevista é crítico? — pergunto, me referindo a nossa relações públicas.

— Sim. Planejamos transmiti-la amanhã durante meu programa no horário nobre. Isso será suficiente?

— Seria o ideal. Obrigado mais uma vez.

Ela aperta minha mão e depois a de Ellie.

— Obrigada aos dois. Aprecio a exclusividade.

— O Flynn tem muito respeito por você — Ellie fala.

— Digo o mesmo.

Quando estamos sozinhos, Ellie olha para mim.

— Foi bom, não acha?

— Tudo correu muito bem e você foi brilhante, meu amor.

— Te ouvir falar sobre o seu trabalho... seria tão errado você estar em qualquer lugar que não seja aqui, onde você pertence.

Envolvo meus braços ao seu redor.

— Eu sei, amor. — Eu a abraço por alguns minutos, me sentindo confortado por ela. — Tenho que dar um telefonema e então poderemos nos juntar aos outros.

— Vai ligar para o seu pai?

Balanço a cabeça.

— Não, para seu assistente.

— Quer que eu fique perto?

— Sempre, mas vá tomar uma bebida. Vou ficar bem.

Ela me beija antes de me deixar sozinho na sala que estava cheia de pessoas, luzes e atividades há alguns minutos. A equipe de filmagem de Carolyn arrumou tudo e foi embora com o tipo de eficiência que eu admiro. Deixado sozinho com meus pensamentos sobre Ellie, as coisas que ela disse a meu respeito na entrevista e uma feroz determinação em traçar meu próprio rumo, faço a ligação para Nathan.

Mesmo que seja domingo de manhã cedo em Londres, ele atende no segundo toque.

— Jasper.

— Nathan.

— Estava esperando sua ligação.

— Ele contou como está me chantageando com fotos embaraçosas minhas e das pessoas que amo, que ele irá divulgar para a imprensa a menos que eu ceda às suas exigências?

— Sim.

— Como você faz isso, Nathan? Como pode continuar trabalhando para um homem que tem coragem de chantagear o próprio filho?

— Comecei a me perguntar isso com mais frequência ultimamente.

Esse é a primeira rachadura que já vi na armadura de Nathan quando se trata do meu pai.

— Você deveria vir para Los Angeles. Eu poderia encontrar um emprego para você em um segundo.

— Não me tente.

— Ele foi viajar e te deu as fotos e ordens para liberá-las, não é?

— Possivelmente.

— Nathan, por favor, não faça isso. Você é um cara decente. Você será capaz de viver consigo mesmo se fizer parte de algo assim?

— Você deveria saber que sua mãe esteve aqui antes de ele ir embora. Houve muitos gritos.

Ainda estou chocado que ela realmente deixou a Cornualha para ir a Londres, um lugar que ela odeia. Mas estou ainda mais surpreso com a ideia do meu pai gritar com ela. Só por isso, quero matá-lo.

— Nunca a ouvi gritar com ele assim antes.

— Espere... *ela* estava gritando com *ele*?

— Estava e, pelo que ouvi, ela o avisou que haverá consequências terríveis se ele fizer alguma coisa para prejudicá-lo.

— Caramba. — Nenhuma vez, em toda a minha vida, ouvi a minha mãe gentil e muito educada levantar a voz para alguém, muito menos para o marido, o duque.

— Apesar dos melhores esforços da sua mãe, ele não retirou a ordem que me deu antes de sair.

— Só posso pedir-lhe para pensar com seu coração e refletir se você está disposto a cruzar uma linha como esta em seu nome. O que quer que ele te pague, eu dobro o seu salário se você vier trabalhar para mim. Na verdade, você pode muito bem ser a resposta para minhas orações sobre como lidar com um ducado e uma carreira no cinema ao mesmo tempo. E eu nunca pediria para você fazer algo assim – nunca.

— Estou muito tentado. Estou em conflito com esta tarefa.

— Salte, Nathan. Vou me certificar de que você nunca se arrependa.

— Sua fé em mim é tocante, meu lorde.

— Me chame de Jasper.

— Me dê algum tempo para pensar sobre a sua oferta gentil?

— Leve o tempo que precisar, mas não libere essas fotos. Por favor, não faça isso.

— Já decidi que não liberarei, mas sua ligação só consolidou minha decisão. Seu pai queria ser o único em posse delas, então estou com o único flash drive que existe. Garanto-lhe que será completamente destruído.

— Obrigado, Nathan. — Sinto uma onda de alívio, me deixando tonto. — Agora me fale: o que você sabe sobre a pessoa que se infiltrou na minha vida para tirar essas fotos?

~

Ellie

NUNCA ESTIVE TÃO ANSIOSA. Esperando para ver o que vai acontecer com o pai de Jasper, as fotos, o possível escândalo, a entrevista... é demais para eu processar e a única coisa que quero — estar completamente sozinha com Jasper — não é possível agora. A equipe da Quantum está armando as defesas, trabalhando com as informações que Nathan lhes deu para enfrentar o traidor.

Devon Black chegou há uma hora junto com sua namorada, Tenley, uma das principais *stylists* de Hollywood e nossa amiga. Com um olhar para a expressão tempestuosa de Devon, sou grata por estar do lado dele. Deus ajude a pessoa que se infiltrou em seu clube em busca de fotos embaraçosas de Jasper.

O pensamento de que essa foto de nós dois no Black Vice se torne pública me faz sentir mal, mas apenas porque isso constrangeria meus pais, não porque tenho vergonha de estar lá. Não me sinto assim, de jeito nenhum. Não é da conta de ninguém e saber que fomos fotografados lá para apoiar uma trama de chantagem me deixa enfurecida.

Jasper vem por trás de mim e começa a massagear meus ombros.

— Posso ver o quanto você está tensa do outro lado da sala, amor.

— Só quero ouvir boas notícias.

— Já ouvimos as melhores – o Nathan não vai divulgar as fotos.

— É verdade, mas não vou relaxar completamente até sabermos de onde vieram e que foram destruídas.

— Não se preocupe, vamos ao fundo disso.

Olho para a sala de jantar, onde Hayden, Kristian, Marlowe, Flynn, Sebastian, Gordon e Devon estão conversando.

— É incrível o apoio que eles estão nos dando.

— Não é só por nós, amor. — Isso é tudo o que ele diz, mas é o suficiente para abrir meus olhos para o fato de que não somos os únicos que aparecem nas fotos. Meu Deus... isso é mais informação do que eu queria sobre meus amigos, mas ajuda a explicar o pânico total de Jasper sobre o fato de que elas existem.

— Tenho muitas perguntas.

— Tenho certeza de que tem, mas você tem que entender que há algumas coisas que não posso falar nem com você.

— Eu entendo e um lado meu não quer saber.

Somos interrompidos por um grito de Devon.

— Vou matá-lo, porra! — Ele se levanta e sai pela porta da frente com Tenley atrás dele.

Hayden os segue.

— Vou me certificar de que ele não vá cometer um assassinato.

— Vou com você — Addie diz, correndo para a porta.

Jasper e eu vamos até a mesa, onde os que estão sobrando se sentam, exaustos.

— O que vocês descobriram? — Nathan só falou que encontraríamos a fonte das fotos no Black Vice.

Flynn passa os dedos pelo cabelo até que eles fiquem em pé.

— O diretor de segurança do Devon, Greg Thompson, um convidado frequente do Club Quantum, se vendeu para Kingsley. Há vários depósitos em sua conta em valores que variam de vinte e cinco mil a meio milhão. Thompson teria o *know-how* e o equipamento para fazer vigilância secreta.

— Aparentemente, ele estava passando por um divórcio difícil e precisava do dinheiro — Kristian acrescenta.

— Graças a Deus não foi alguém do nosso pessoal — Sebastian fala.

— Nem brinca. — Gordon se levanta e se estica antes de fechar o laptop. — Estou feliz por não ter que demitir.

— Muito obrigado a todos vocês — Jasper fala.

Posso ouvir o esgotamento em sua voz e vê-lo nos seus ombros caídos.

— Sinto muito por ter trazido isso para cá.

— Não se atreva a pedir desculpas — Marlowe diz de forma brusca. — Fizeram isso com você. Não é culpa sua.

Jasper dá um sorriso fraco, mas sei que vai demorar muito até que ele se perdoe pelo que o pai provocou.

— O objetivo agora — Gordon acrescenta — é chegar à origem das fotos e destruí-las.

— Tenho plena confiança que o Devon será capaz de fazer isso — Flynn assegura. — Até lá, vou tentar dormir um pouco e todos vocês devem fazer o mesmo.

Com nossas casas atualmente cercadas por fotógrafos, Kristian hospeda todos nós, inclusive meus sobrinhos e os filhos de Aileen que estão dormindo em colchões de ar na sala de jogos.

— Flynn — Jasper o chama.

Meu irmão se vira para ele.

— Obrigado novamente por seu apoio.

— Imagina. Tente não se preocupar. Acho que o pior já passou.

— Espero que você esteja certo.

— Quando você já me viu não estar? — Ele abre o sorriso arrogante que fez dele um astro internacional e sobe as escadas para encontrar sua esposa adormecida.

— Entrei de cabeça nisso, não é? — Jasper me pergunta.

— Com certeza. — Seguro sua mão. — Vamos para a cama. — Preciso que ele me abrace e me faça sentir do jeito que só ele pode.

— Vai dormir, Kris? — ele pergunta.

— Vou tomar uma bebida com a Aileen. — Ele acena para ela, sentada em uma das espreguiçadeiras no terraço espaçoso com vista para a cidade.

Não percebi que ela ainda estava de pé.

Jasper aperta a mão do amigo.

— Obrigado por tudo hoje. Agradeço por você abrir sua casa para nós, nos alimentar e tudo mais.

— Não é nada que você não faria por mim. Não é mesmo, *camarada?*

Jasper sorri para o uso da terminologia britânica por Kristian.

— Com certeza. Nos vemos de manhã.

— Cedinho — acrescento. — As ferinhas não dormem.

Kristian estremece.

— Antes você do que eu.

Enquanto subimos, vejo Kristian levando uma garrafa de vinho e duas taças para o terraço. Fico feliz em testemunhar seu interesse óbvio em Aileen, que merece uma história de amor daquelas depois de tudo pelo que passou.

— O que está te fazendo sorrir assim, amor?

— O Kristian e a Aileen.

— Ele parece meio atraído.

— Imagine isso... uma mãe solteira com dois filhos que travaram uma batalha tão difícil e corajosa contra o câncer de mama chamando a atenção de um dos homens mais elegíveis de Hollywood. É quase uma história de cinema.

— Meu amor tem o coração romântico.

— Nunca fui, mas agora quero que todos sejam tão felizes quanto eu.

Ele me leva ao nosso quarto e fecha a porta.

— Você está feliz, amor? Mesmo com toda a loucura...

Beijo as palavras direto dos seus lábios.

— Estou vibrando. Em êxtase. Mais feliz do que nunca.

Seu telefone toca e ele geme.

— Devo atender, ainda que eu não queira.

— Vá em frente.

Ele tira o telefone do bolso e olha para a tela.

— É a minha mãe. — Ele aceita a ligação e a coloca no viva-voz para que eu possa ouvir também. — Oi, mãe.

— Jasper, acabei de deixar seu pai.

— Para sempre?

— Claro que não. Ele está partindo em algumas horas para a Groenlândia, de onde o seu voo partirá. Quando voltar, vai anunciar que a Gwendolyn se tornará a herdeira de seus interesses comerciais.

Jasper se senta na cama.

— Ele concordou mesmo com isso?

— Sim. No entanto, foi categórico quanto a sucessão do título. Receio que ainda seja todo seu, meu querido.

— Isso é bom. É ótimo. Como posso te agradecer, mãe?

— Não precisa agradecer. É a coisa certa para todos os envolvidos.

— E a Gwen concordou com isso?

— Ela ficou emocionada ao ser perguntada a respeito. Aparentemente, é o que ela sempre quis.

— Sinto que fui libertado.

— Você foi e deve usar sua liberdade para viver a vida que melhor lhe convier, Jasper.

Passo o braço ao redor dele e descanso minha cabeça em seu ombro, precisando compartilhar nesta ocasião importante.

— E, por favor, traga a sua Ellie para a Cornualha muito em breve, sim?

— Pode deixar — ele diz suavemente. — Obrigado, mãe.

— Fique bem, Jasper.

Ele desliga o telefone e cai contra mim.

— Isso aconteceu mesmo?

— Sim. Como você está se sentindo?

— Atordoado. Não posso acreditar que ele me libertou. Nunca achei que ele o faria.

— Você não deu lhe muita escolha. Se posicionou e deixou claro que não seria chantageado ou obrigado a nada.

— O fato de a minha mãe provavelmente tê-lo ameaçado com o divórcio caso ele fizesse algo para me prejudicar ajudou também.

— Sim, mas o primeiro passo foi seu e estou muito orgulhosa por você ter se posicionado pela vida que quer.

— E estar bem aqui com você é a vida que quero. É a única vida que eu quero. — Ele me beija e depois se afasta para me olhar. — Você perguntou como me sinto. E você?

— Me sinto aliviada, tonta e animada pelo futuro e muito feliz por você.

— Por nós.

— Por nós.

— E como você se sentiria se o seu filho fosse o décimo primeiro duque de Wethersby?

— Ele vai ter o amor e o apoio do pai enquanto aprende a cuidar da história da sua família e ao mesmo tempo correr atrás dos seus próprios sonhos?

— Ele vai ter todo o coração e a alma do pai e todo o apoio que precisar para ser o que quiser.

— Nesse caso, eu ficaria honrada em dar à luz ao décimo primeiro duque de Wethersby.

Sorrindo, ele olha nos meus olhos e inclina meu queixo para receber seu beijo. É um beijo suave e doce, cheio de amor e esperança. O desejo arde tão quente como sempre entre nós, mas vamos devagar, nos despindo com uma paciência incomum, nos tocando com reverência. Agora que o caminho se abriu diante de nós, temos a liberdade de aproveitar nosso tempo para saborear cada momento.

Ele se estica em cima de mim e me olha com admiração e espanto em sua expressão, como se também estivesse se perguntando o que fez para ter tanta sorte. Segurando minhas mãos, ele as coloca sobre a minha cabeça.

— Mantenha-as lá — ele diz de forma ríspida.

— Por quê?

Erguendo a cabeça, ele encontra meu olhar, levantando uma sobrancelha em questionamento.

— Por que você sempre quer que minhas mãos estejam afastadas? Eu quero te tocar.

— Eu, hum... não quero que elas fiquem afastadas.

— Quer, sim. Quase sempre.

— Ah, err, bem, não precisa se não quiser.

Levo uma das mãos ao seu rosto para acariciar sua bochecha.

— Me fale porque isso é importante para você.

Ele solta um suspiro e apoia a cabeça no meu peito.

— Ele me batia. Sempre que eu não respondia de forma adequada às suas perguntas, sempre que eu era incapaz de fingir entusiasmo pelas coisas que ele queria me ensinar, sempre que eu era menos do que ele queria em um filho.

Envolvo meus braços ao seu redor e coloco sua cabeça no meu peito, o tempo todo tentando conter as lágrimas pelo garoto que tentou tanto ser o que seu pai queria que ele fosse.

— O pior foi quando eu disse a ele que tinha recusado todas as escolas em que fui obrigado a me candidatar e a única que sobrou foi a escola de cinema da USC. Ele quebrou meu queixo naquele dia.

— Meu Deus, Jasper. — Solto um soluço e as lágrimas caem dos meus olhos. — E a sua mãe? Onde ela estava?

— Ela nunca soube disso. Estava na Cornualha quando aconteceu. Apareci na faculdade com o queixo enfaixado e o rosto tão machucado que mal me reconhecia. Mas me recusei a deixá-lo tirar isso de mim. Eu disse às pessoas que sofri um acidente de carro. Até agora, a única maneira que eu poderia relaxar com uma amante era garantir que suas mãos estivessem fora da equação.

Passo os dedos pelos seus cabelos, desejando poder rastejar dentro dele e erradicar pessoalmente cada cicatriz em sua alma.

— Sinto muito.

— Não quero que você tenha pena de mim, Ellie. Eu odiaria isso.

— Pena é a última coisa que sinto por você. Estou tão orgulhosa de você por tê-lo enfrentado quando era tão jovem, por seguir seu sonho, não importando o que isso lhe custou. Olhe para onde esse sonho te levou: ao topo da sua profissão.

— E isso me trouxe aqui para você.

— Isso também. Nunca vou te tocar com algo que não seja amor.

Erguendo a cabeça do meu peito, ele beija minhas lágrimas.

— Não chore por mim, doce Ellie.

— Só derrubarei lágrimas felizes a partir de agora. — Mantenho meus braços ao seu redor enquanto ele se instala entre as minhas pernas, seu pênis duro e quente contra a minha entrada.

— Se lembra do projeto que nos uniu?

— Como eu poderia esquecer?

— Nos últimos dois dias, ficamos um pouco distraídos e acredito que havia um cronograma a cumprir.

— Estou me sentindo muito pronta e muito fértil.

— Humm, adoro quando você fala sacanagem para mim, amor.

Em sintonia com a calma daquele momento, ele entra em mim lentamente, penetrando profundamente antes de recuar, me deixando desesperada por mais, o que acredito que seja sua intenção. Na vez seguinte, evito que ele escape, enrolando as pernas ao redor de seus quadris.

Rindo, ele encosta os lábios nos meus.

— Parece que você me prendeu completamente, meu amor.

Sorrio para ele.

— Esse foi o meu plano maligno o tempo todo.

— Nunca fiquei tão feliz em ficar preso em toda a minha vida.

Ellie

Jasper e eu estamos juntos no banheiro, olhando para o conjunto de bastões de plástico na bancada. Meu coração está batendo tão forte e tão rápido que temo que possa hiperventilar. Seguindo o conselho da dra. Breslow, nos obrigamos a esperar até que meu ciclo atrasasse uma semana antes de fazermos os testes e, agora que o momento está chegando, não suporto olhar.

Fecho os olhos e faço uma oração silenciosa. Esperei muito para tentar ter um bebê. Teria sido mais fácil quando eu era mais jovem. Mas naquela época, eu não tinha Jasper ao meu lado, seu braço em volta dos meus ombros e o calor do seu corpo aquecendo o frio que me dominou enquanto os medos se multiplicam a cada segundo que passa.

Viro o rosto para o peito dele.

— Não suporto isso.

— Pobre amor. — Quero que essa voz seja a última coisa que eu vá ouvir antes de deixar esta vida. — Como você pode *não* estar grávida depois do esforço que fizemos ao longo das últimas semanas?

Como eu não poderia amar um homem que me faz rir quando estou mais nervosa que nunca? Mas é assim com Jasper. Ele sabe exatamente o que dizer para acalmar meus medos, minhas mágoas e me incendiar com o tipo de desejo que eu nunca soube que existia até que eu o tivesse.

Estamos na Cornualha visitando sua mãe por uma semana e tivemos momentos maravilhosos explorando sua casa de infância, fazendo longas caminhadas e piqueniques em recantos remotos da propriedade, onde fizemos amor ao ar livre mais vezes do que consegui contar. Está sendo uma fuga pacífica e tranquila da loucura que nos atingiu em Los Angeles depois que a entrevista com Carolyn foi ao ar.

As revelações da linhagem de Jasper, seu relacionamento com a irmã de Flynn Godfrey e o momento da última loucura do seu pai se combinaram para provocar um frenesi durante uma semana de notícias que, de outra forma, seria tranquila. Agora, tenho uma compreensão muito melhor do que Flynn lida regularmente, embora como ele possa suportar isso é um mistério para mim.

Jasper sugeriu que viajássemos para a Cornualha, então aqui estamos nós. Recebi a mais calorosa recepção possível da sua mãe e conheci duas das suas irmãs e suas famílias. Já me sinto em casa com os Kingsley. Não ouvimos falar do seu pai, e ele me disse que não espera notícias dele, especialmente depois que ele conseguiu levar Nathan para Los Angeles. Provavelmente é melhor que eu não encontre Henry ou faria uma cena infernal, deixando-o saber o que penso de um homem que trata o próprio filho do jeito que ele tratou Jasper. Greg Thompson entregou as imagens e vídeos originais dos clubes para Devon Black, que prestou queixa contra seu ex-chefe de segurança.

Finalmente relaxamos um pouco quando Devon nos avisou que as imagens haviam sido destruídas. Ainda estamos tentando rastrear o investigador particular que seguiu Jasper, e Gordon também está progredindo. Não vamos relaxar completamente até que todas as imagens de Jasper em situações comprometedoras tenham sido localizadas e destruídas.

— Vamos falar sobre outra coisa enquanto esperamos — Jasper sugere. — Como as notícias de que a Aileen e as crianças vão se mudar para Los Angeles. O que achou disso?

— Estou muito feliz por eles virem.

— Nunca vi Kris tão animado.

— Sabe como aconteceu?

— Ele me disse que quando Maddie e Logan choraram na hora de voltarem para casa, Nat sugeriu que Aileen se mudasse para L.A. e as crianças imploraram para que ela aceitasse. Hayden ofereceu a ela a vaga de recepcionista que está em aberto na Quantum. Flynn prometeu ajudá-la a encontrar um lugar para morar e Kris disse que faria o que pudesse para ajudá-los a se instalarem.

— Eles a colocaram contra a parede, hein?

— Com certeza e deu certo. Ela vai esperar as crianças terminarem o ano letivo em Nova York, e então vão se mudar.

— É uma ótima notícia.

— O Kris está louco por ela, não que ele vá admitir isso para mim, mas é óbvio para quem o conhece.

— Eu diria que é bastante recíproco. Ela se ilumina quando está perto dele.

— Mal posso esperar para ver o que acontecerá com eles — Jasper comenta. — Sabe quem mais se ilumina quando está perto de alguém?

— Quem?

— A Leah, sempre que Emmett está por perto.

— Esse seria um par interessante. Ela vai lhe dar trabalho.

— Com certeza vai — ele fala com uma risada. — Vamos dar uma olhada, meu amor?

Solto um gemido e pressiono meu rosto ainda mais em seu peito.

— Olhe você. Não consigo.

— Estamos procurando por duas linhas, certo?

— Hum-hum. — Sua camisa abafa minha voz. Fecho os olhos o mais forte que posso e prendo a respiração.

— Amor... dê uma olhada.

— Não posso.

— Você vai querer ver isso.

Ainda prendendo a respiração, eu me viro lentamente, me preparando para qualquer possibilidade. Abro os olhos e pisco para focar nos bastões de plástico. Há linhas duplas em todos os lugares que eu olho.

— *Ah, meu Deus! Ah, meu Deus, Jasper*! Nós conseguimos! *Conseguimos mesmo*!

— Conseguimos mesmo e você está completamente grávida, meu amor.

Levo as mãos à boca, como se isso pudesse conter o soluço que surge de dentro de mim. Conseguimos.

Ele me abraça com força enquanto a emoção me atinge na forma de lágrimas, soluços e, provavelmente, uma coriza não muito atraente. Nunca estive tão feliz. Nunca.

Então ele fica de joelhos diante de mim, e eu suspiro.

— Meu amor, Ellie, que me deu a coragem para lutar pela vida que quero mais do que já quis alguma coisa, por favor, me conceda a honra de se tornar minha esposa agora que eu te engravidei?

Estou rindo e chorando. Estou fora de mim com alegria quando aceno e sussurro:

— Sim — em resposta à sua proposta adorável. Então ele segura a minha mão e coloca uma chupeta roxa palma. Choro ainda mais, percebendo que ele planejou tudo.

Ele se levanta e me abraça.

— Minha mãe me deu o anel da minha avó para que eu possa dá-lo a você. Espero que você goste, mas se não gostar, vamos escolher outro.

— Sua mãe é tão amável, mas não me importo com o anel. Isso... *nós*... é a única coisa que importa.

Ele me abraça com mais força.

— Eu te amo desesperadamente, Estelle Godfrey. Só você. Para sempre.

— Também te amo, meu lorde. — Eu amo provocá-lo, chamando-o assim. — Obrigada por tornar todos os meus sonhos realidade.

— Confie em mim, meu amor. O prazer foi todo meu.

Continua em *Delirante*, livro 6 da série Quantum

DELIRANTE

Capítulo 1

Kristian

Contei os dias. Não me lembro da última vez em que fiquei tão animado para que alguma coisa acontecesse a ponto de contar os dias. Fiz isso até hoje, o dia em que Aileen e os filhos, Logan e Maddie, se mudam oficialmente para Los Angeles. Eu os conheci em janeiro quando vieram para o casamento de Flynn e Natalie. Antes que Natalie se juntasse a Flynn e sua vida fosse exposta, ela era professora de Logan. Aileen estava doente na época, com câncer de mama, e Natalie foi uma boa amiga para ela e os filhos.

A primeira vez que vi Aileen no casamento, ela estava dolorosamente magra, com olheiras enormes e o cabelo mais curto que já vi uma mulher usando. Descobri mais tarde que ela havia perdido o cabelo durante a quimioterapia e estava começando a crescer de novo. Eu me lembro de ter perguntado sobre o corte estranho e me senti culpado quando descobri o motivo.

Mas os sinais da doença não são o que mais me lembro no dia do casamento do meu amigo. Não, foi a alegria de Aileen que se destacou. Nunca conheci uma mulher que tivesse essa luz incandescente sobre si, mesmo durante os dias mais sombrios e difíceis da sua vida. Mesmo no meio da doença, ela era muito *viva*.

Fui atraído para ela como a proverbial mariposa para a chama e não pude resistir a falar com ela, conhecê-la e nutrir uma atração imediata e sem precedentes. O calor daquele sentimento me engoliu por inteiro e não pude me afastar. Deixei a atração crescer e virou uma amizade nas visitas que fez, incluindo aquela em que ajudei a convencê-la de que ela e as crianças deveriam se mudar de Nova York para Los Angeles para morar perto de nós. Hayden ofereceu um emprego na Quantum e todos nós a incentivamos a aceitar.

E eu contei os dias.

Então, o que estou fazendo sentado no chão do armário da sala de jogos da minha cobertura em Hollywood, ignorando todas as ligações dos meus sócios — que também são meus melhores amigos e a única família que já tive? Eles querem saber onde estou, se estou bem e por que estou incomunicável em um dia pelo qual todos estávamos ansiosos.

Temos planos. Flynn e Nat vão buscar Aileen e as crianças no LAX enquanto o resto de nós — Jasper, Ellie, Hayden, Addie, Leah, Emmett, Marlowe, Sebastian e eu — deveríamos esperá-los na antiga casa de Ellie em Venice Beach. Como ela se mudou para a casa de Jasper, alugou o lugar para Aileen. Tenho certeza de que os outros já estão lá, pois o grupo que vem do aeroporto deve chegar em casa dentro de uma hora. Todo mundo está animado para a chegada deles.

Temos surpresas os aguardando. Há dois dias, Natalie, Marlowe, Addie e Leah receberam a empresa de mudança que trouxe as coisas de Aileen de Nova York. Flynn, Hayden e eu passamos uma noite inteira montando as camas enquanto as mulheres desempacotavam as coisas na cozinha. Aileen acha que vai ter que arrumar tudo quando chegar, mas quando entrarem em casa, as coisas estarão arrumadas esperando por eles juntamente com um Audi sedã preto na garagem.

Verifico o relógio para confirmar que o carro está sendo entregue agora. Ele está em nome da empresa, mas eu o comprei para ela. Sabia que ela nunca aceitaria um presente tão extravagante, a menos que eu comprasse como um carro da Quantum. Não sei por que senti a necessidade de fazer isso, mas estava na concessionária finalizando a compra quando me ocorreu que poderia ser cedo demais para comprar um carro para ela. A essa altura, já era tarde demais para voltar atrás e, além disso, eu não queria. Ela precisa de um carro, então comprei um.

Natalie abasteceu a cozinha com mantimentos e encheu a casa com vasos cheios das hortênsias brancas, as flores favoritas de Aileen.

Imaginar sua reação a tudo que fizemos me faz desejar algo que simplesmente não tenho o direito de fazer. Se ela é um anjo enviado diretamente do céu, eu sou o próprio diabo.

Cresci principalmente nas ruas, na parte mais pobre de Los Angeles e abri meu caminho na indústria cinematográfica aproveitando alguns golpes de sorte que me levaram até onde estou hoje. Sou um dos produtores mais influentes e poderosos de Hollywood, sócio da *Quantum Production Company*, com alguns dos maiores nomes do ramo. Estou no topo do mundo — literalmente — no meu apartamento de cobertura bem no centro de Hollywood, que repentinamente voltou a estar na moda.

Apesar do meu sucesso, do Oscar e do Globo de Ouro que estão em uma prateleira na minha sala no trabalho e da fortuna que acumulei com muito esforço e determinação, ainda sou o garoto sem lar e sem raízes que já fui. Paralisado pelo medo, estou sentado no canto de um armário, ignorando ligações e mensagens das pessoas mais próximas a mim e dizendo a mim mesmo que é a coisa certa a fazer.

Sou um merda comparado a ela. As coisas que fiz para sobreviver e prosperar neste mundo cruel a deixariam horrorizada. Sou mais rico do que já sonhei ser — e sonhei muito quando criança, correndo pelas ruas perversas de LA —, mas nem todo o dinheiro do mundo consegue tirar a dor da minha alma.

Estremeço em repulsa quando penso nas coisas que fiz para continuar vivo. Não acredito em arrependimentos por uma questão de princípio. Não se pode mudar o passado, então por que desperdiçar o presente com arrependimentos? Pelo menos, essa sempre foi a minha filosofia. Mas pela primeira vez na vida, mergulhei em um vasto mar de arrependimentos. Gostaria de ser alguém diferente, assim eu seria bom o suficiente para um anjo lindo e inocente como ela. A bile atinge minha garganta, trazendo lágrimas aos meus olhos. Tenho que ficar longe dela e de seus preciosos filhos, mesmo que tudo dentro de mim clame por ela, desejando poder permitir que ela consertasse o que há de errado comigo, que Aileen pudesse ser a pessoa a afastar a dor e me encher com sua luz.

Ela finalmente está aqui. Eu podia ir vê-la *agora*. Tudo o que tenho a fazer é me levantar da porra do chão, entrar no carro e seguir para Venice Beach. Todo mundo que é importante para mim está lá. Estão procurando por mim, imaginando onde estou.

Gemendo, apoio a cabeça nas mãos e balanço para frente e para trás enquanto meu telefone toca novamente.

Não posso. Simplesmente não posso.

Aileen

Nunca fiquei tão animada com algo além dos meus bebês que agora tem nove e cinco anos e estão loucos de empolgação. Não pude acreditar quando Flynn insistiu em enviar o jato da Quantum para nos buscar.

O Flynn Godfrey, que agora é meu *amigo*. Ainda não consigo acreditar nisso!

Mesmo que ele esteja casado e feliz com uma das minhas melhores amigas, ainda sou fã dele. Vi todos os filmes em que ele já atuou pelo menos cinco vezes. Assisti *Camuflagem* uma dúzia de vezes ou mais. Ele ganhou o Oscar e todos os outros grandes prêmios de atuação para esse filme e, tendo conhecido e passado algum tempo com ele, sei em primeira mão que ele é tão bom como pessoa quanto como ator.

Nunca me esquecerei do dia em que Natalie o levou ao meu apartamento pela primeira vez. Foi no inverno passado quando eu estava terrivelmente doente e com medo do que seria de mim e dos meus filhos. Flynn fez uma doação enorme para o fundo que a escola das crianças abriu para nós, aliviando muitas das minhas preocupações. Em seguida, contratou governanta e babá para me ajudar com as crianças. Ele salvou minha vida de todas as maneiras possíveis, especialmente ao me levar para me consultar com o melhor especialista em câncer de mama da cidade que assumiu meu tratamento e fez alguns ajustes nele. Em poucas semanas, eu estava me sentindo muito melhor do que em um ano infeliz após a cirurgia, quimio e radioterapia.

Ainda não estou livre da doença. Vai demorar alguns anos até que eu possa me considerar "curada", mas estou muito melhor do que antes e tenho que agradecer a Flynn por isso também.

Toda a equipe da Quantum se tornou uma espécie de família para mim e meus filhos desde que fomos a Los Angeles para o casamento de Flynn e Nat e, mais tarde, durante as férias escolares. Eles nos aceitaram e nos fizeram sentir como parte do grupo. E quando eles me sugeriram que nos mudássemos, as crianças me imploraram para fazer isso. Eles amam a Califórnia e as pessoas que conhecemos por lá. Sem nada que nos segurasse em Nova York, resolvi atender aos pedidos deles e concordei com a mudança, mas só depois que terminassem o ano letivo.

As aulas terminaram ontem e hoje estamos no jato da Quantum, prestes a pousar em Los Angeles, a nossa nova casa. Se há uma pessoa entre nossos novos amigos que estou ansiosa para ver mais do que qualquer outra? Bem, esse é o meu segredinho.

Não sei se chamaria de flerte o que quer que exista entre Kristian e eu, mas existe algo, e mal não posso esperar para descobrir se pode se transformar em algo mais. Faz anos desde que namorei ou me interessei por um homem e nunca me senti atraída por ninguém do jeito que estou por ele. Kristian me faz sentir muito especial quando ouve cada palavra que eu digo como se fossem as mais importantes que já ouviu. Na última vez que estivemos em Los Angeles, quando todos nós ficamos em seu apartamento para evitar os repórteres que estavam cobrindo um escândalo na família de Jasper, Kristian e eu nos sentamos no terraço e conversamos até as quatro da manhã, enquanto todos os outros haviam ido dormir.

Com cabelos escuros ondulados, intensos olhos azul-cobalto e covinhas sensuais que aparecem só quando está realmente feliz ou se divertindo, ele é tão lindo que muitas vezes me vejo olhando para ele como um filhote de cachorro apaixonado.

Estou *morrendo* de vontade de vê-lo novamente para descobrir se a atração ainda existe e ver o que pode acontecer. Nunca vou admitir que ele foi uma das principais razões pelas quais eu quis me mudar para cá, mas estaria mentindo se tentasse negar isso.

— Quanto tempo falta, mãe? — A pergunta de Logan interrompe meus pensamentos deliciosos a respeito de Kristian Bowen.

Verifico a hora no celular.

— Cerca de vinte minutos.

As crianças estão muito animadas para ver nossa casa nova, se instalarem e passarem o verão em Los Angeles. Vou começar a trabalhar na Quantum em duas semanas, por meio período durante o verão enquanto as crianças frequentam o acampamento e depois em período integral, quando voltarem para a escola. Não posso acreditar que vou trabalhar para a empresa que produziu *Camuflagem* e que tem como sócios Flynn Godfrey, Hayden Roth e Marlowe Sloane. É incrível para uma fã de celebridades! E nem mencionei os outros dois sócios da Quantum, Jasper Autry e Kristian Bowen.

Kristian Bowen.

Seu nome me faz querer suspirar em antecipação por saber que vou vê-lo novamente hoje. Se voltasse a ser uma garota do ensino médio, estaria escrevendo o nome dele ao lado do meu no guardanapo que o comissário de bordo me deu com a taça de vinho que pedi e, em seguida, desenhando corações ao redor dos nossos nomes. Mas não sou uma garota do ensino médio. Sou uma mulher madura de trinta e dois anos, com dois filhos incríveis que são o meu mundo e uma vida nova em uma cidade dinâmica pela frente.

Talvez com um homem novinho em folha também. *Deus, espero que sim.* Ele é lindo, sexy e intenso, e não transo com ninguém desde que os dinossauros estavam vagando pela terra ou, pelo menos, é o que parece. A última vez foi quando eu estava grávida de Maddie, que terminou o jardim de infância. Há períodos de seca e há a minha vida, um terreno baldio sem sexo. Estou pronta para entrar no ritmo novamente, e Kristian Bowen é o que quero.

Ele é o único que quero.

Mas ele me quer assim? Ou estamos presos na temida *friend zone*? Por que um homem como ele que poderia ter — *literalmente* — qualquer mulher no mundo iria querer ficar com alguém que está lutando contra um câncer de mama enquanto cria dois filhos pequenos sozinha? Algumas pessoas têm bagagens, e eu tenho um baú de duas toneladas — uma carga muito pesada para mim e mais ainda para um homem que pode ter qualquer mulher que queira.

Argh. Garota, faça um grande favor a si mesma e não coloque a carroça na frente dos bois. O bonitão pode correr de você e de toda a sua bagagem.

Antes que eu possa deixar esse pensamento deprimente atrapalhar minha empolgação, ouço um som do sistema de alto-falantes. É a voz do piloto.

— Olá da cabine de controle, família Gifford.

As crianças pulam nas cadeiras, a empolgação é palpável.

— Começamos nossa descida para o LAX e pousaremos em aproximadamente dez minutos. Pedimos que apertem os cintos de segurança e preparem-se para a chegada. Bem-vindos ao lar, pessoal.

As doces palavras de boas-vindas do piloto trazem lágrimas aos meus olhos. Depois do que passei, sou muito grata por todos os dias e decidi fazer dessa mudança a melhor coisa que já aconteceu com minha pequena família. Minha principal preocupação é garantir que as crianças estejam felizes e saudáveis. Eles sentirão falta de amigos de Nova York, mas estão empolgados com a mudança para a Califórnia, especialmente Logan, que sentiu muita saudade de Natalie depois que ela foi embora no meio do ano letivo.

Poucos minutos depois, o avião desce através das nuvens para revelar a cidade de Los Angeles.

— Olha, pessoal. — Aponto para a janela. — Aí está.

— Mova a cabeça — Logan diz para a irmã. — Quero ver também.

— Ela insistiu que ele se sentasse ao seu lado, e ele permitiu que ela fosse na janela, mesmo que quisesse o lugar. Ele é muito bom com Maddie e se esforçou para ajudá-la quando eu estava muito doente para cuidar deles. Ele é maduro demais para seus nove anos e espero que esta mudança permita que ele seja criança novamente e não uma criança com a mãe doente e uma irmãzinha que precisa dele mais do que deveria.

Eles aplaudem quando o avião toca o solo com um baque e o rugido dos propulsores, o que já se acostumaram desde os nossos primeiros voos para Los Angeles.

Depois de taxiar por alguns minutos, o avião finalmente para.

Supervisiono as crianças, me certificando de que elas peguem seus pertences e as conduzo até a porta, que se abre diretamente em uma pista onde Natalie espera com seu marido astro de cinema, que agora é nosso amigo. Me belisque, por favor. *Flynn Godfrey é meu amigo!* Precisei de um pouco de prática para me acostumar a dizer essa frase, mas ele facilitou tudo sendo incrível conosco desde a primeira vez que o vi. Ele fez muito para ajudar essa mudança acontecer e nunca vou poder recompensá-lo por sua espantosa generosidade. É fácil esquecer como os dois são lindos até que eu esteja com eles, e me sinto impressionada mais uma vez que minha querida e maravilhosa amiga Natalie tenha tirado a sorte grande com seu marido lindo e generoso. Os dois têm cabelos escuros e enquanto os olhos dela são verdes, os dele são castanhos. Mal posso imaginar como os filhos deles serão lindos. Será injusto com o resto do mundo de aparência comum.

Logan e Maddie correm para Natalie, que os abraça ao mesmo tempo enquanto Flynn os observa com um sorriso enorme. Ele e Natalie são tão apaixonados que estar perto deles me dá esperança. Talvez um dia eu encontre alguém que me olhe do jeito que ele olha para ela. Me sinto levemente desapontada ao perceber que Kristian não veio ao aeroporto, mas depois me repreendo. *Por que* ele viria? Afinal, a minha amiga é a Natalie.

Flynn me abraça e me beija.

— Bem-vinda a L.A.

— Muito obrigada por tudo. O avião, a mudança, tudo.

— Não precisa agradecer.

Ele faz qualquer coisa por Natalie — e suas amigas — e provou isso muitas vezes nos meses desde que nos conhecemos.

Eles nos levam até um Mercedes SUV prateado, um dos sessenta carros que Flynn possui. Natalie mencionou isso uma vez e pensei que ela estava brincando até que ela me disse que estava falando sério. Sessenta carros! Isso me deixou chocada. Mas como ele mesmo diz, poderia ser viciado em coisas piores do que carros.

No caminho para nossa casa em Venice Beach, Natalie e Flynn apontam marcos e outros pontos turísticos, mas não percebo nada, porque tudo em que posso pensar é se Kristian estará lá quando chegarmos. Agora que estou finalmente aqui, quero conhecê-lo melhor. Quero descobrir se a atração que ardia tão intensamente entre nós ainda existe ou se desaparecerá agora que vamos nos ver com mais frequência.

Espero que isso não aconteça. Vou ficar muito desapontada. Deixei minha paixão por ele ficar totalmente fora de controle, explodindo em minha mente em um romance com potencial épico. Na realidade, é provável que ele só estivesse sendo legal comigo porque sentiu pena da mãe solteira com câncer.

Estou chocada com as lágrimas que enchem meus olhos. Olho pela janela para o cenário que passa enquanto tento me controlar. Com tudo o mais que tenho para lidar, incluindo uma nova casa, um novo emprego e dois filhos que foram arrancados da única vida que conheceram, simplesmente não tenho tempo para ficar obcecada por um homem.

Mas então chegamos a Venice Beach e nos dirigimos para o bangalô que agora nos pertence, graças à irmã de Flynn, Ellie. A rua está cheia de alguns dos carros mais legais que já vi, incluindo um Range Rover preto, um Jaguar cinza, um Porsche e outro que não reconheço, mas que parece caro. Começo a me sentir esperançosa novamente. Um desses carros chiques pertence a Kristian? Não tenho ideia do que ele dirige, mas provavelmente é algo incrível.

Na entrada da garagem há um Audi sedan preto que parece novo. O alpendre está decorado com balões e a varanda está cheia de amigos esperando para nos receber. Meu coração bate com entusiasmo quando vejo os rostos familiares: Marlowe, Leah, Emmett, Sebastian, Addie, Hayden, Ellie e Jasper.

Todo mundo está aqui. Todos, exceto Kristian.

AGRADECIMENTOS

Obrigada por ler Voraz! Espero que você tenha gostado da história de Jasper e Ellie tanto quanto amei escrevê-la. Se gostou, por favor, considere ajudar outros leitores a encontrá-la, deixando um comentário na loja onde comprou, bem como no Skoob ou Goodreads. Junte-se ao Quantum Series Reader Group para ser o primeiro a saber sobre novos livros e outras notícias da série e acompanhe mais da série Quantum em 2019.

Um agradecimento especial à amiga autora Victoria Connelly por sua ajuda com todas as questões britânicas, bem como Michelle Farrell, ex-moradora de Londres, ambas as quais forneceram feedbacks que ajudaram a tornar Jasper tão verdadeiro quanto possível. Quaisquer erros na sintaxe britânica são todos meus. Obrigada à autora Sarah Mayberry por seu astuto feedback e às minhas leitoras beta, Anne Woodall, Ronlyn Howe e Kara Conrad, por sua contribuição.

Como sempre, um agradecimento a minha equipe incrível: Julie Cupp, CMP, Lisa Cafferty, CPA, Holly Sullivan, Isabel Sullivan, Nikki Colquhoun e Cheryl Serra, bem como nossas designers, Courtney Lopes e Ashley Lopez, que são responsáveis pelas lindas capas da série Quantum. Meus sinceros agradecimentos a Gregg, Caroline e Kelsea,

AGRADECIMENTOS

da Sullivan & Partners, pelo incrível apoio de marketing e publicidade.

Obrigada a todos os leitores que abraçaram a série Quantum. Tem muito mais por vir!

Beijos,
Marie

Vá até o blog e insira seu endereço de e-mail no canto superior direito.

OUTROS LIVROS DE MARIE FORCE

Série Quantum:

Livro 1: Virtude (Flynn & Natalie, parte 1)
Livro 2: Valentia (Flynn & Natalie, parte 2)
Livro 3: Vitória (Flynn & Natalie, parte 3)
Livro 4: Arrebatador (Hayden & Addie)
Livro 5: Voraz (Jasper & Ellie)
Livro 6: Delirante (Kristian & Aileen)
Livro 7: Escandaloso (Emmett & Leah)
Livro 8: Fama (Marlowe)

SOBRE A AUTORA

Marie Force é a autora de romances contemporâneos best-seller do New York Times, incluindo a Serie Gansett Island e Série Fatal da Harlequin Books. Além disso, ela é autora de Butler, da Série Vermont, da Série Green Mountain e da série de romance erótico Quantum. Duchess By Deception é o seu primeiro novo romance histórico da Gilded Series, que continuará com Deceived By Desire em setembro de 2019.

Seus livros já venderam mais de 8,5 milhões de cópias em todo o mundo, foram traduzidos para mais de uma dúzia de idiomas e apareceram na lista de best-sellers do New York Times 30 vezes. Ela também é best-seller do USA Today e do Wall Street Journal, best-seller da Speigel, na Alemanha, palestrante freqüente e apresentadora de workshops de publicação, bem como editora na Jack's House Publishing. Ela foi três vezes indicada para o prêmio RITA® - Romance Writers of America na categoria romance de ficção.

Seus objetivos na vida são simples: terminar de criar dois jovens adultos felizes, saudáveis e produtivos, continuar escrevendo livros pelo maior tempo possível e nunca estar em um voo que apareça nos jornais.

Junte-se à lista de discussão de Marie para receber notícias sobre novos livros e eventos futuros em sua região. Siga-a no Facebook e no Instagram. Junte-se a um dos muitos grupos de leitores de Marie. Entre em contato com Marie em marie@marieforce.com.